Call
me
Princess 콜미
프린세스

Call me Princess 콜미 프린세스

사라 블레델 장편소설

구세희 옮김

21세기북스

이 책을 남동생 예페에게 바칩니다

차례

1부

수산네

1

찢어질 듯한 통증이 양 손목을 파고들었지만 아무것도 할 수 없었다. 양손이 등 뒤로 꽉 묶여 있었기 때문이다. 잔뜩 겁에 질린 그녀는 그를 향해 고개를 돌렸다. 그때 날아온 주먹이 너무나도 세어 머리가 침대에 한 번 부딪혔다가 다시 한 번 튀어 올랐다. 기다렸다는 듯 두 번째 주먹이 날아왔다. 그녀는 비명을 지르기 위해 입을 열었지만 소리가 입 밖으로 나오기도 전에 무언가 딱딱한 것이 입 안으로 들어와 입을 막았다. 입을 덮은 테이프 때문에 마치 마스크를 쓰고 있는 것만 같았다.

거실의 양초는 아직도 켜져 있었다. 와인 병과 잔들도 여전히 커피 탁자 위에 놓여 있었다. 은은한 촛불을 멍하니 바라보고 있는데 코에서는 피가 흘러내렸다. 그녀는 머리를 옆으로 돌리고 레스토랑과 세 가지 코스의 저녁식사를 떠올렸다. 그것이 단 몇 시간 전의 일이라는 사실을 믿을 수가 없었다.

그는 커피와 곁들이자며 칼바도스를 주문했다. 그것을 좋아하는지 묻지 않아 그것이 무엇인지 모른다는 사실을 털어놓을 필요도 없었다. 탁자 위에서 손도 잡았었다.

그가 양 발목을 한데 잡아 꽉 묶자 통증이 한 차례 더 밀려왔다. 무언가 딱딱한 것이 발목뼈 바로 위의 연약한 부위를 파고들었다.

식사를 마친 다음에는 거실에서 춤도 추었었다. 서로 몸을 밀착하고. 그는 양손으로 그녀의 얼굴을 잡고 다정하게 입을 맞추었었다.

'오 하느님, 도와주세요!'

코피가 계속해서 흘렀지만 그녀는 코로 공기를 들이마시기 위해 안간힘을 썼다. 정신을 집중해 묶인 양 다리를 들어 올렸다. 그를 발로 차 침대 가장자리에서 밀어내기 위해서였다. 그는 등을 돌리고 앉아 있었는데도 손쉽게 몸을 돌리더니 그녀의 다리를 쳐냈다. 주먹이 또 한 번 날아와 그녀의 볼과 관자놀이를 강타했다.

"가만히 누워 있어. 그러면 아무 일 없을 테니까."

그는 그녀의 다리를 꽉 붙잡더니 성난 듯 옆으로 밀쳐냈다.

그의 옷은 옷장 옆 의자에 걸쳐져 있고, 그녀의 옷은 침대 발치에 어지럽게 쌓여 있었다. 하나씩, 하나씩, 천천히 옷을 벗으라고 했었다.

얼굴 왼쪽이 맥박 뛰듯 욱신거렸다. 거실에는 조용한 음악이 흘렀다. 두려움이 뱃속을 강하게 옥죄었다.

그녀는 고통과 수치심으로 흐느껴 울었다. 얼굴과 몸을 부드러운 이불에 파묻고 그것이 그녀를 모조리 삼켜버렸으면 좋겠다고 생각했다. 그가 그녀의 몸을 침대 가장자리로 잡아당겨 상체만 매트리스 위에 걸쳐지게 했다. 눈물과 피가 한데 섞였다. 그가 그녀의 몸속으로 거칠게 쑤시고 들어오는 순간 세상과 현실은 폭발하듯 산산조각 났다.

입에 단단히 붙은 테이프 때문에 비명은 새어 나오지 않았다. 그녀는 코가 침대에 파묻히지 않게 발버둥을 치며 침착하게 숨을 들이쉬려고 애썼지만 극심한 고통 때문에 호흡의 리듬을 되찾기가 쉽지 않았다. 고통은 그녀를 모조리 집어삼킬 듯 엄습해왔다. 몸에서 힘이 빠지기 시작하더니 천천히 안개가 고통을 덮어주었고 이내 의식을 잃고 말았다.

2

🕊

버튼을 누르자 찰칵하는 소리가 작게 들리고 몇 초 뒤 응급실 유리문이 활짝 열렸다. 루이세는 바닥을 내려다보며 빠르게 걸어갔다. 여전히 눈을 내리깐 채로 보니 한쪽 옆으로 모여 앉아 조용히 이야기를 나누고 있는 가족이 보였다. 누군가 검사실에서 정맥 절개술 기기를 밀고 나와 하마터면 정면으로 충돌할 뻔했다.

루이세는 스치듯 "미안해요"라고 말하고 서둘러 유리창으로 둘러싸인 간호사실을 지나 안내 데스크로 향했다.

"코펜하겐 경찰 A팀 소속 루이세 릭 형사입니다. 어디로 가야 하죠?" 루이세가 물었다.

젊은 간호사 한 사람이 일어나더니 루이세에게 미소 지었다.

"잠깐만 기다리세요. 의사 선생님을 부를게요. 잠시 앉으실래요?"

간호사가 흰색 타원형 탁자를 가리켰다. 누군가 간식이라도 먹고 갔는지 탁자에는 커피 얼룩이 남아 있었고 과자 부스러기가 떨어져 있었다.

루이세는 진한 색 머리 위에 걸친 선글라스를 벗어 탁자에 올려놓고 간호사가 의사에게 전화를 거는 모습을 지켜보았다. 그리고 양손을 머리 뒤에 깍지 끼고 깊이 숨을 내쉬었다. 칼브보르 부두부터 폴레하우엔까지 거북이걸음으로 오는 동안 차가 설 때마다 짜증을 내며 수차례 핸들을 내리쳤었다. 코펜하겐 경찰 본부에서 겨우 십 킬로미터도 안 떨어진 이곳 비도레병원까지 오는데 다른 때보다 훨씬 더 오래 걸렸다.

۔

강력계 반장인 한스 수르가 루이세의 사무실로 들어온 것은 다섯시가 거의 다 되어서였다. 퇴근하는 길에 장볼 것들을 적고 있던 루이세는 반장의 표정을 본 순간 수첩을 옆으로 밀쳤다. 페테르에게 전화를 걸어 대신 장을 봐달라고 부탁해야 할 것 같았다. 어차피 아침에 차로 데려다줄 때도 자기가 장을 보겠다고 하지 않았던가. 하지만 루이세는 괜찮다고, 이번 한 번은 자신이 할 수 있다며 마다했었다.

"강간 사건이 일어났어. 그것도 아주 폭력적인 것 같아. 가서 확인해주면 좋겠군." 반장은 루이세의 책상 옆 딱딱한 나무 의자에 앉으며 말했다.

그가 말을 잇기 전 루이세는 수첩을 꺼내 맨 위에 있던 장거리목록을 찢었다. 반장은 성폭력 사건이 벌어지면 루이세를 불렀다.

피해자의 진술을 받는 데는 여자가 나왔고 강력계에는 여자 형사가 별로 없었기 때문에 그런 사건은 거의 그녀의 차지가 되었다.

루이세가 받아 적을 준비를 마치자 반장이 말을 이었다.

"피해자는 비도레에 있어. 발뷔에 사는 서른두 살 먹은 여잔데, 아파트 위층에 사는 어머니가 저녁때 내려왔다가 손이 등 뒤로 묶이고 재갈이 물린 채 침대에 쓰러져 있는 딸을 발견했다는군. 침대에 핏자국이 있고 여자는 거의 의식이 없었어."

그러고선 반장은 몇 마디 덧붙일 것이 있는지 잠시 생각하는 듯 입을 다물었다가 다시 말을 이었다.

"구급차를 부르기 전에 어머니가 딸의 입에 붙어 있던 테이프를 떼어냈고 말이야."

루이세는 반장의 얼굴을 유심히 쳐다보며 사건이 얼마나 추악하든 차분히 받아들일 수 있도록 마음의 준비를 했다. 피해자의 팔다리가 묶이고 재갈이 물려졌다는 사실만으로도 관할 경찰서에서 A팀을 부르기에 충분했다. 그리고 피해자의 상태 때문에 이 강간은 자동으로 가중 폭행으로 간주되었다.

"피해자 수산네 한손은 혼자 살고 있으며, 어머니 말로는 현재 남자친구가 없고 특별히 자고 갈 친구도 없다더군."

루이세가 눈썹을 찌푸렸다. "피해자는 뭐라고 했대요?"

반장이 어깨를 으쓱했다. "아무것도. 관할 경찰이 병원에서 몇 가지 물어보긴 했는데 아무것도 못 알아냈다는군. 그 이후 여의사 하나가 이야기를 좀 했다는데 무슨 이야기를 들었는지는 나도 몰라. 그거 말고는 강간에 대해 신고하고 싶어한다는 거. 일단 이야기를 좀 나눈 다음에 국립병원으로 가서 검사를 받게 해야 할 거야."

루이세는 고개를 끄덕였다. 시내의 성폭력 피해자 센터에 가기 전에 수산네와 조금 가까워질 수 있는 기회가 있어서 다행이었다. 이전 성폭력 피해자들과의 경험으로 볼 때 반장의 말처럼 폭행을 심하게 당했다면 곧바로 검시관의 검사를 받고 더욱 큰 충격에 시달릴 것이 뻔했다. 수산네가 조금이라도 안전하다는 기분을 느낄 수 있도록 그 전에 그녀와 가까워질 수 있다면 훨씬 나을 것이다.

"지금 상태는 어떤데요?"

"가서 알아봐. 뤼스호이 알레에 있는 그녀의 아파트에는 라르스를 보낼 거야. 과학수사반은 벌써 나가 있고. 사건 경위를 알아내면 바로 전화하라고."

반장은 말을 마쳤다는 듯 손으로 루이세의 책상을 한 번 내리치고는 일어나 밖으로 나갔다.

루이세는 한 팔에 청재킷을 걸치고 책상에 쌓인 서류 한 무더기를 흘낏 쳐다보았다. 그리고 경찰차 사용대장이 보관되어 있는 상사의 사무실로 가면서 모든 차가 이미 나가버리고 없으면 어떻게 하나, 그러면 차고에 가서 스벤센에게 어떻게 아양을 떨어야 하나 지레 걱정을 했다. 하지만 다행히도 아직 두 대가 남아 있었다. 루이세는 차 열쇠를 집어 들고 대장에 서명을 했다.

'별것도 아닌 일로 걱정을 하다니.'

루이세는 한 번에 두 칸씩 계단을 내려가며 생각했다.

"의사 선생님이 오고 계세요." 간호사가 전화를 끊으며 말했다.

루이세는 고맙다고 말하고 자리에서 일어섰다. 아까 벗은 선글라스를 주머니에 넣고 립밤을 꺼냈다.

"안녕하세요. 안네 비르기테입니다." 금테 안경을 쓴 젊은 여의사가 말했다.

악수하며 잡은 안네의 손은 차가웠지만 센 힘이 느껴졌으며, 긴 머리는 깔끔하게 뒤로 묶여 있었다. 상대와 비교하자니 루이세는 자신이 땀투성이에 지저분하다는 느낌이 들었다. 그래서 목소리를 더욱 날카롭게 하고 필요 이상으로 무심한 척하며 부족한 부분을 채워나갔다.

"피해자한테 얘기를 얼마나 들으셨습니까?" 루이세가 자신을 소개하지도 않고 무뚝뚝하게 물었다.

하지만 다음 순간 상대의 반응을 보며 조금 후회가 되었다. 협조적이던 의사의 표정이 돌변한 것이다. 공격적인 태도를 돌이키기에는 이미 늦어버렸다.

"경찰한테 심문을 받게 하기에는 너무 이르다는 걸 파악할 정도는 들었죠."

둘은 잠시 서로 눈을 들여다보았다. 루이세는 상대에 대한 존경심이 작은 거품처럼 보글보글 올라오는 것을 느꼈다. 그래서 그러한 마음이 자신의 눈을 통해 드러나게 하여 자신이 한 걸음 뒤로 물러났음을 알려주었다.

"경찰에 신고하도록 한 건 잘하신 겁니다." 긴장이 누그러지자 루이세가 미소를 띠며 말했다.

"시간이 괜찮으시다면 제가 메모해놓은 것을 알려드리는 건 어떨까요?" 의사가 제안했다.

둘은 나란히 앉았고, 의사는 가지고 온 종이를 훑어보며 입을 열었다.

"손과 발이 플라스틱 끈으로 묶여 있었어요."

의사가 잠시 읽기를 멈추더니 그 끈은 전선을 한데 고정하거나 경찰이 일회용 수갑으로 사용하는 종류의 것이라고 설명했다.

"구급대원이 그녀를 태우기 전에 끈을 잘라냈고 입에 붙어 있던 테이프는 어머니가 이미 떼어냈죠. 혈압이 낮았고 탈수 증세를 보여서 포도당 주사를 놓았는데 많이 좋아졌어요. 의식도 돌아왔고요."

의사는 말을 끝내고 차트를 옆으로 밀어놓은 다음 질문이 있으면 하라는 듯한 표정으로 루이세를 바라보았다. 루이세는 고개를 끄덕이고 한스 반장이 또 무슨 말을 했었는지, 아직 더 알아야 할 것이 있는지 잠시 기억을 더듬었다.

"혈흔이 있었다고 들었는데 얼마나 다쳤습니까?" 루이세가 물었다.

"얼굴을 심하게 맞아서 출혈이 꽤 심했어요. 복부에도 출혈이 있었는데 그건 멈췄어요. 하복부 검사는 하지 않았는데 그건 국립병원에 가면 하게 되겠지요."

"환자한테선 얘기를 얼마나 들으셨습니까?"

의사가 잠시 머뭇거렸다. "별로요. 큰 충격을 받았고, 말을 하고 싶어하지 않는 건지, 기억하지 못하는 건지 잘 모르겠어요. 범죄가 벌어졌다는 사실조차 확인을 해주지 않으려 했으니까요. 하지만 그건 의심의 여지가 없죠."

루이세는 범죄가 분명하다는 의견을 피력하는 듯 의사가 입술을 앙다무는 것을 눈치챘다.

'범죄가 맞나?'

루이세는 수첩에 이렇게 쓰고는 손으로 그것을 가렸다.

"피해자가 범인을 알던가요?" 루이세가 다시 물었다.

"아직 말을 잘 못해서 거기까지는 알아내지 못했어요. 하지만 경찰에 신고하고 싶으냐는 질문에 고개를 끄덕여서 그녀를 데리고 온 경찰 두 사람한테 그렇게 전달한 거예요."

루이세는 수첩을 가방에 집어넣었다. 의사한테는 더 들을 것이 없어 보였다. 병실로 들어가서 수산네한테 직접 듣는 편이 나을 터다.

루이세는 자리에서 일어서며 상대도 그렇게 하기를 기다렸지만 의사는 여전히 앉은 채로 탁자 위의 과자 부스러기를 노려보았다.

"환자는 아직도 흥분 상태예요. 그리고 아무리 보아도 입을 막고, 손발을 묶고, 두들겨 맞는 거친 섹스에 동의할 사람처럼 보이지는 않아요." 의사가 올려다보며 말했다.

루이세가 무언가를 말하려 했지만 의사는 계속해 말을 이었다. "신체적·정신적으로 엄청난 폭력을 당했으니 그 점을 꼭 명심해주시기 바랍니다."

"물론이죠." 루이세가 대답했다.

루이세는 조금 짜증이 났다. 강간 사건이 보고될 때마다 경찰은 공정하게 양쪽 편의 상황을 모두 고려해야만 한다. 그것이 경찰이 할 일이 아닌가. 그런 이유 때문에 관련된 사람들의 충고를 받는 것은 이번이 처음이 아니었다.

"그러면 환자를 국립병원으로 옮겨도 되겠죠?"

"괜찮을 거예요. 그렇다고 상태가 악화되진 않으니까. 그럼 들어 갈까요?" 의사가 말했다.

루이세는 의사가 앞장서도록 하고 뒤를 따라갔다. 의사가 방으로 들어가 경찰이 왔다는 것을 알리는 동안에는 복도에서 기다렸다. 잠시 후 병실 문이 열리고 오십대 중반으로 보이는 여자가 달려 나와 루이세의 팔을 붙잡았다. 피해자의 어머니가 분명했다.

"정말 끔찍한 일이 벌어졌다는 걸 명심해야 해요."

그녀가 말했다.

루이세가 팔을 빼려고 하자 그녀는 팔을 쥔 손에 더욱 힘을 주었다.

"제가 이야기를 해야 할 상대는 따님입니다. 제가 들어가서 이야기를 나누는 동안 여기서 기다리시는 게 어때요?"

루이세가 팔을 빼어 복도 벽에 줄지어 놓은 의자들을 가리켰다.

그러고는 어머니가 무어라고 하기도 전에 재빨리 그녀를 이끌고 의자 쪽으로 데려가 어깨를 가볍게 눌러 앉혔다.

"수산네하고 이야기를 마치고 나면 국립병원으로 가게 될 겁니다. 그동안에는 댁으로 돌아가서 따님을 기다리시는 게 나을 거예요. 저한테 번호를 알려주시면 진술을 받고 국립병원에서 검사도 마친 다음에 전화를 드리지요."

루이세가 수첩을 꺼내 빈 쪽을 펼쳐 수산네 어머니에게 내밀었다.

"같이 가겠어요." 어머니가 그것을 무시하며 고집스럽게 말했다.

루이세는 의자 옆에 쭈그려 앉았다.

"굳이 그렇게 하시겠다면 말릴 수는 없겠지만 미리 말씀드리고 싶네요. 할 일도 없이 몇 시간씩 앉아서 기다리셔야 할 테고 누군가한테 무언가를 묻거나 듣기도 힘드실 거예요. 지금으로서는 무엇보다도 따님이 가장 중요합니다. 당연히 곁에 있고 싶으시겠죠. 하지만 이런 짓을 저지른 놈이 누구인지 밝혀내려면 따님과 이야기를 할 시간이 꼭 필요해요. 해야 할 검사도 많고요."

어머니는 조금 이해가 간다는 표정을 지었다.

"알겠어요. 그럼 돌아가서 딸아이 집이나 좀 정리하죠." 그녀가 혼잣말 하듯 중얼거렸다.

루이세가 그녀의 어깨를 다시 한 번 짚었다.

"따님 집에는 아직 경찰이 있을 거라 시간이 조금 더 지나야 들어갈 수 있을 거예요. 댁으로 가세요. 따님을 그렇게 발견하신 것도 큰 충격이었을 텐데요."

어머니가 고개를 끄덕였지만 금방이라도 반박하고 나설 것처럼 보였다. 그래서 루이세는 서둘러 대화를 끝냈다.

"오늘 밤에 전화 드리죠."

그러고는 서둘러 병실로 들어갔다.

이런 대화는 전에도 여러 번 해보았고, 수산네가 검사를 받는 동안 어머니를 곁에 두는 것이 도움이 될지 방해가 될지 판단하는 데는 시간이 그리 오래 걸리지 않았다. 상황으로 보건대 어머니가 곁에 있는 것은 도움이 되지 않을 것이 분명했다.

침대는 창문 가까이에 있었고 열린 창문으로 들어오는 산들바람에 커튼이 조금씩 흔들렸다. 멍하니 바깥을 바라보며 누운 수산네는 루이세가 들어와 침대 바로 옆에 설 때까지 고개를 돌리지 않았다.

"제 이름은 루이세 릭입니다. 코펜하겐 경찰서의 경사죠. 잠깐 이야기 좀 할 수 있을까요?"

루이세는 침착하고 부드러운 목소리로 자신을 소개했다.

수산네가 고개를 돌렸지만 상대가 거기에 있다는 것을 모르는 것처럼 초점 없는 눈으로 멍하니 바라보기만 했다. 자기만의 세상으로 숨어버린 것이다.

'안됐군. 하지만 그곳이 여기보다 더 힘들 텐데.'

"정말 끔찍한 경험을 하신 거 잘 압니다. 이미 검사를 조금 받으셨다는 것도 알고, 지금 혼자 있고 싶어하실 것도 잘 압니다. 하지만 성폭력 피해자 센터가 있는 국립병원으로 모시고 가야만 해요. 거기에 가면 강간을 신고하는 데 필요한 검사를 할 겁니다." 루이세가 맞아서 엉망이 된 수산네의 얼굴을 내려다보며 말했다.

침대에서는 아무런 응답도 없었다. 루이세가 말을 이었다.

"혼자 힘으로 걸을 수 있다면 제 차를 타고 가지요. 하지만 원하신다면 구급차를 타고 갈 수도 있어요."

마침내 수산네가 눈을 루이세의 얼굴 가까이로 아주 조금 움직였다. 루이세는 수산네가 말할 준비가 될 때까지 의자에 앉아 여유 있게 기다리는 편이 나을지, 아니면 그녀를 압박해 반응을 이끌어내는 편이 나을지 재빨리 머리를 굴렸다. 그러고는 그중 절충안을 택했다.

"센터에 가면 검시관이 기다리고 있어요. 그 사람이 검사를 마치면 경찰에서 진술을 받을 거고요. 하지만 그 전에 잠깐 이야기를 나눴으면 좋겠는데요."

"검시관은 죽은 사람을 검사하는 거 아니에요? 왜 나를?"

마침내 수산네가 입을 열었다. 그녀의 목소리는 쉬어 있었고, 목소리가 들릴 때조차 입의 움직임을 거의 볼 수 없었다. 입가는 온통 부르터 있었고 아직도 그 자리에 테이프가 붙어 있는 것처럼 느끼는 것이 분명했다.

루이세는 수산네의 말을 듣기 위해 몸을 앞으로 기울였다. 그리고 의자를 끌어당겨 침대 가까이에 붙였다.

"검시관이 죽은 사람 부검을 하는 건 맞는데 산 사람도 검사를 해요. 성폭력 피해자가 센터에서 검사를 받을 때 항상 그들이 오죠."

별것 아닌 것처럼 들리게 하려고 애썼지만 그런 표현을 쓴 것을 후회했다. 경찰들이 흔히 쓰는 표현을 일반인은 잘 이해하지 못한다는 사실을 잊어버린 것이다.

두 줄기 눈물이 수산네의 볼을 타고 흐르기 시작했다. 루이세는 여자의 팔에 꽂힌 정맥 주사 튜브를 건드리지 않도록 조심하면서 팔을 뻗어 그녀의 손을 잡았다. 그리고 그녀의 팔을 쓰다듬으며 침착한 말투로 입을 열었다.

"범인이 당신에게 남겼을 증거를 확보해야만 하거든요……."

수산네의 소리 없는 울음이 곧 깊은 흐느낌으로 바뀌었다. 그녀의 몸은 아무리 퍼내도 끝없이 눈물이 나오는 거대한 우물 같았다.

루이세는 방법을 바꾸었다. 지금은 필요한 만큼 시간을 줄 것이다. 피해자의 마음속 어딘가에서 응어리져 있던 것이 슬슬 풀리고 있는 것 같았고, 그렇다면 기다릴 가치가 있었다.

마침내 울음이 조금 가라앉았다.

"같이 타고 갈게요. 하지만 옷이 없어서……." 수산네가 눈을 문지르며 말했다.

병원으로 실려 올 당시 알몸이었다는 사실이 수치스러운지 수산네의 목소리는 사과 조가 되어 있다.

루이세가 수산네에게 미소 지었다.

"간호사한테 가운이랑 슬리퍼 한 켤레 달라고 하면 되니까 걱정 말아요."

수산네가 고개를 끄덕였다. 루이세는 옷을 가져다줄 사람을 찾기 위해 병실 밖으로 나가면서 수산네의 눈길이 따라오는 것을 느꼈다.

3

🕊

차 안에서 루이세는 당직 검시관인 플레밍 라르센의 번호로 전화를 걸었다. 조금 뒤 피해자와 함께 방문할 거라고 알려주기 위해서다.

"지금 가고 있어요." 상대편이 전화를 받자 루이세가 말했다.

"알겠어. 피해자가 진술을 했어?"

루이세는 조수석에 앉은 수산네를 애써 외면했다.

"아무것도요."

"진술은 검사 전에 받고 싶어? 아니면 나중에?" 플레밍이 잠시 아무 말 없다가 물었다.

"검사가 끝날 때까지 기다릴게요. 센터로 곧장 갈 테니까 거기서 보죠."

플레밍은 법의학 부서가 있는 뒤편의 텔리움 건물에서 기다리다가 루이세가 전화하면 국립병원으로 건너오기로 했다.

수산네는 창밖만 멍하니 바라보며 앉아 있었다. 비도레병원을 떠나기 전에 간호사가 정맥 주삿바늘을 빼고 환자복 위에 입을 흰색 가운을 주었다. 수산네는 여전히 충격에서 벗어나지 못해 멍해 보였고 구타당한 흔적이 역력했다. 연약함과 수치심의 기운이 마치 베일처럼 그녀를 감쌌다. 그 모습을 지켜보는 루이세의 마음마저 안타까워졌다. 신체적으로는 몇 주만 지나면 회복할 테지만 그런 기운이 사라지는 데는 아주 오랜 시간이 걸릴 것이다.

루이세는 차 안에서 대화를 시작하는 편이 낫지 않을까 생각했다. 하지만 검사를 마칠 때까지 그날 밤의 일들을 억지로 떠올리게 만들 이유는 없었다. 수산네에게는 마음의 평안이 필요했다. 성폭력 피해자에게 진술을 받을 때 언제나 빠지지 않는 불편한 질문들이 떠올랐다.

'이게 강간이 확실합니까? 합의된 것은 아니고요?'

수산네가 지금 당장 그런 질문을 들을 필요는 없었다.

빨간불에 멈춘 루이세는 조수석에 웅크리고 앉은 수산네를 다시 한 번 쳐다보았다. 앞으로 몇 시간 동안 거쳐야 할 검사와 진술에 어떤 반응을 보일지 도무지 판단할 수가 없었다. 지금으로서는 마치 모든 것을 빼앗긴 사람처럼 보였다. 차 안의 침묵이 너무나도 어색했지만 어찌할 도리가 없었다.

루이세는 5번 계단 앞에 차를 세우고 차 문을 잠그자마자 법의학 부서에 전화를 걸었다. 그런 다음 수산네와 함께 엘리베이터를 타고 부인과에서 내린 뒤 복도를 따라 성폭력 피해자 센터가 있는 곳으로 향했다.

루이세는 안내 데스크로 가서 피해자와 함께 왔다고 말했다.

데스크에 있던 간호사가 앞으로 나오더니 수산네의 손을 잡았다.

"가족이 함께 왔나요?" 간호사가 물었다.

"아니요." 루이세가 애써 수산네의 눈을 피하며 대답했다.

간호사는 피해자의 진술을 받기 위해 가족이 따라오지 못하도록 루이세가 이미 손을 썼음을 간파하고는 루이세의 몰인정한 행동이 못마땅하다는 기색을 감추지 않았다.

다시 한 번 '나쁜 경찰'로 몰린 것이 기분 좋을 리 없었지만 루이세는 꾹 참고 입을 다물었다. 직업적으로 이런 종류의 중범죄를 다루는 사람들이 피해자의 신체검사와 진술이 얼마나 중요한지 아직도 파악하지 못했다니, 말도 안 되는 일이었다. 범인을 잡을 여지가 조금이라도 있으려면 가족이 옆에 없는 편이 훨씬 나았다. 어머니가 옆을 지키고 앉아 있으면 딸이 모든 것을 낱낱이 털어놓는 데 방해가 되니 말이다.

"조금 있으면 의사가 와서 봐주실 거예요." 간호사가 수산네에게 말했다.

간호사는 '검시관'이라는 표현을 쓰지 않았다. 루이세가 요령 없이 군 것이 분명했지만 그렇다고 피해자에게 누가 검사를 진행할지 정확히 알려주지 않을 이유는 없었다.

"원한다면 선생님이 오실 때까지 잠시 누워 있을래요? 분명 지금 오고 계실 거예요. 형사님은 여기서 기다리든가 검사실 안으로 들어가든가 하시고요." 간호사가 손목시계를 내려다보며 말했다.

바로 그 순간, 플레밍이 종아리까지 내려오는 흰색 가운을 펄럭이며 들어왔다. 그는 수산네에게 자기를 소개한 뒤 자신을 따라 들어오라고 했다.

"루이세는 여기서 기다리지."

둘은 검사실로 쓰이는 작은 사무실로 들어갔다.

사실 루이세는 검사실에 함께 들어가려고 했다. 하지만 검사 도중 많은 사람이 안에서 북적대는 것을 플레밍이 마음에 들어 하지 않는다는 것을 알았고, 부인과 의사와 간호사도 한 사람 있을 테니 북적댄다는 말로는 부족했다.

그래서 그녀는 그저 고개를 끄덕이고는 키가 이 미터 가까이 되는 플레밍이 상냥하게 수산네를 이끌고 사무실로 들어가 문을 닫는 것을 지켜보았다.

플레밍이 아니라 다른 의사라면 들어오지 말라는 말에 반발하고 나섰을 것이다. 검사를 엿보는 것은 곧 금광을 캐는 것이나 다름없었다. 피해자가 알려주는 정보로 말하자면 시간이 흘러 보고서에 적히는 것보다 지금 당장 아는 것이 훨씬 귀중하게 쓰일 수 있으니 말이다. 하지만 그녀는 플레밍과 업무적으로 좋은 관계를 유지하고 있었고, 수산네가 알려주는 것이라면 무엇이든 자신에게 정확히 설명해주리라 믿었다.

그녀는 옆의 작은 회의실로 들어가 앉았다. 검시관의 검사가 끝나면 성폭력 센터 직원이 와서 경찰 본부로 가기 전에 샤워를 하고 정신과 의사와 이야기할 시간을 줄 것이다. 그동안 플레밍한테 자세한 이야기를 들으면 될 것이다.

루이세는 휴대전화를 꺼냈다. 병원의 어느 구역에서 휴대전화를 사용하면 안 되는지 알 수는 없었지만 회의실만큼은 괜찮을 것 같았다.

"장보기는 물 건너갔네." 페테르가 전화를 받자 그녀가 말했다.

비도레병원에서 의사를 기다리는 동안 이미 문자 메시지를 보내놓아 그도 어느 정도는 예상한 일이었다.

"그럼 행여나 기대라도 한 거야, 엉?" 페테르가 웃음기 담긴 목소리로 대답했다.

그러고는 자기가 집에 가는 길에 풔텍스에 들러 필요한 것을 사겠다고 했다.

"고마워."

루이세는 과장된 한숨 소리를 섞어 대답하고는 꽤 늦을지도 모르겠다고, 얼마나 걸릴지 알게 되면 바로 전화하겠다고 했다.

"뭣 좀 만들어서 냉장고에 넣어둘게." 페테르가 말했다.

루이세는 지지직거리는 통화 소음 때문에 소리가 묻히지 않았기를 바라며 쪽, 하고 그에게 키스를 보냈다.

페테르가 새해 전날 샴페인에 잔뜩 취해서 엄숙히 선언한 것이 한 가지 있었다. 루이세가 늦게 퇴근한다고 전화를 할 때면 언제나 너그러이 이해해주겠다고 한 것이다.

술잔을 한 손에 들고 있던 페테르의 모습이 잠시 떠올랐다. 술에 취해 그런 약속을 했다는 것이 조금 언짢았던 것은 그가 스코틀랜드에서 구 개월 동안 일하고 돌아온 뒤 루이세가 동거에 찬성했을 때에도 그런 약속을 했기 때문이다. 원래 그는 자신이 일하는 다국적 제약회사의 신제품 출시를 위해 애버딘에서 육 개월만 근무하기로 되어 있었는데 어쩌다 삼 개월이 더 늘어났고, 결과적으로는 크리스마스 직전에야 덴마크로 돌아왔다.

"나도!" 페테르가 대답했다.

다행히 키스 소리를 들은 것이 분명했다. 루이세는 기분 좋게 웃으며 전화를 끊고 전화기를 가방 안에 넣었다. 그리고 시간을 때우기 위해 지난달 잡지 한 권을 집어 들었다. 백혈병에 걸려 골수 이식이 필요한 젊은 여자를 다룬 기사가 있었는데 문제는 기부자로 등록된 전 세계 사람 중에 조직이 일치하는 사람이 한 명도 없다는 것이었다. 기분을 조금 띄워주는 읽을거리를 원했는데 기대한 것과 영 달랐다.

한 시간 정도 지났다. 이제 검사가 거의 끝났을 것 같아 루이세는 복도로 나와 커피와 잔 두 개를 찾아냈다.

"커피가 반갑게 느껴지는데."

약 십 분 뒤 플레밍이 루이세의 맞은편에 앉았다.

루이세가 커피를 잔에 따라 플레밍에게 내밀었다.

"어때요?" 루이세가 물었다.

"꽤 지독한 일을 당했더군."

루이세는 이미 수첩과 펜을 꺼내 탁자에 올려놓았다. 플레밍이 커피를 후후 부는 동안 그녀는 수첩과 펜을 끌어당겨 손에 쥐고 기다리고 있다는 듯 그를 올려다보았다.

"질과 항문 모두에 삽입 흔적이 있어." 플레밍이 커피 잔을 내려놓으며 말했다.

루이세가 메모를 시작했다.

"질 입구 뒤쪽 벽이 찢어져 출혈이 있었고, 항문에서 외부로 이어지는 피부는 세 군데가 찢어졌고."

"정액의 흔적은요?"

루이세의 표현이나 어투만 보면 보통 사람들이 매일 일상적으로 하는 이야기처럼 들렸다. 얼핏 무신경해 보일 수 있지만 이런 식으로 하지 않으면 매일 그런 일을 하기가 불가능할 것이다.

"눈으로 보이는 것은 없는데 형광램프로 보니 등에 정액으로 보이는 것이 묻어 있어서 일단 샘플을 채취해놨지."

루이세가 잠시 고개를 들었다.

"음모에도 전혀 묻어 있지 않았나요?"

플레밍이 고개를 저었다.

"양 다리를 그렇게 단단히 묶어 놓았으니 정면으로는 삽입이 불가능했을 거야. 삽입은 뒤쪽으로만 한 것 같아."

플레밍이 잠시 말을 멈추었다가 쓴 미소를 지으며 덧붙였다.

"이 사건만큼은 정면에서 했더라면 제대로 된 증거가 남았을 텐데 말이지."

플레밍은 요즘 젊은 여자들이 유행처럼 음모를 모두 제거하는 것이 영 마음에 들지 않는 눈치다. 루이세도 쿡쿡 웃음을 터뜨렸다. 마치 자신이 할머니가 된 것만 같았다.

"신체의 나머지 부위는요?"

루이세가 수첩에 사람의 몸을 그리며 수산네가 공격받은 부위를 표시할 준비를 했다.

"범인이 그녀의 입에 쑤셔 넣은 것 때문에 입가가 부르트고 출혈이 있었어." 플레밍이 말했다.

루이세가 그림의 입 부분에 표시를 했다.

"양쪽 입가를 세게 짓이기면서 피부를 찢고 들어갔어. 아마 재갈이 아파트에 남겨졌을 테니 이미 법의학 부서로 넘어갔겠지."

루이세는 지금까지 법의학 부서에서 수집한 어마어마한 양의 다양한 재갈을 본 적이 있었다. 피해자가 비명을 지르지 못하게 하려고 입에 무지막지하게 쑤셔 넣은 물건들을 보는 것만으로도 마치 자신이 입막음을 당한 것처럼 양 볼이 화끈거렸었다. 양말에 넣은 나무토막부터 테이프나 붕대로 감은 두꺼운 철사까지 없는 것이 없었다.

"테이프가 붙었던 자리에 두 군데 조그맣게 물집이 잡혔는데 알레르기 반응인 것 같아. 그리고 얼굴을 심하게 구타당했어."

"그녀가 아는 사람이래요?" 루이세가 펜을 내려놓으며 물었다.

"이름은 예스퍼 비에르그홀트야. 호 세이 외르스테스바이에 산대." 플레밍이 가운 주머니에 넣어두었던 메모지를 꺼내 보며 말했다.

루이세는 즉시 전화를 꺼내 라르스 외르겐센의 번호를 눌렀다.

'차 안에 있을 때 수산네에게 직접 물어봤어야 하는 건데!'

파트너가 전화 받기를 기다리는 동안 루이세는 플레밍에게 이야기를 계속하라고 손짓했다.

"어젯밤, 그러니까 월요일 밤에 같이 저녁을 먹으러 나갔다고 했는데 둘이 오랫동안 알고 지낸 건지 아니면 이제 막 만난 건지는 알아내지 못했어. 저녁 먹는 내내 아주 즐거웠는데 도대체 무슨 일이 일어난 건지 전혀 이해를 못하겠다고 누누이 강조하더군."

루이세는 고개를 끄덕이며 듣고 있다는 표시를 했다.

"검사가 끝나갈 즈음에는 범인이 그가 아니었을 수도 있다고 하더라고. 하지만 그가 어떻게 그리 돌변한 건지, 아니면 다른 누군가가 몰래 아파트에 숨어들어 왔는지는 설명하지 못했어."

플레밍은 그렇게 말하면서도 그 말을 믿지 못하겠다는 듯 한 손을 저었다. 그리고 잠시 말을 멈추었다.

"아주 큰 충격을 받은 것만은 분명해. 지금 정신과 의사와 이야기를 하고 있어."

"이 예스퍼라는 놈이 술에 무언가를 탔을 수도 있을까요?" 루이세가 물었다.

"그럴 가능성은 얼마든지 있지만 지금으로서는 그런 것 같지 않아. 일단 혈액 샘플을 분석실로 보냈어."

그때 파트너 라르스가 마침내 전화를 받았다.

"잠깐이면 돼. 용의자의 이름은 예스퍼 비에르그홀트. 호 세이외르스테스바이에 살고, 피해자랑 같이 저녁을 먹었대." 루이세가 전화기에 대고 말했다.

그러고 나서 잠시 플레밍을 돌아보며 물었다. "어디서요?"

루이세의 물음에 플레밍이 어깨를 으쓱하며 고개를 흔들었다.

"어딘지는 모르겠어. 하지만 피해자랑 이야기해보고 바로 전화해줄게. 나중에 보자고." 루이세가 라르스에게 말했다.

막 전화를 끊으려는 순간 수산네가 목욕 가운 하나만 걸치고 성폭력 센터를 나온 것이 떠올랐다.

"참, 옷장에서 옷 좀 찾아서 이리로 좀 보내줄 수 있어? 그러면 본부로 데려가려고."

루이세는 전화를 끊은 뒤 전화기를 가방에 넣고 이야기가 어디까지 진행됐는지 보기 위해 수첩으로 눈을 돌렸다. 그러고는 플레밍에게 계속하라고 말했다.

"손목, 발목 둘레에 약 일 센티미터 너비의 찰과상이 있어. 케이블 묶는 플라스틱 끈으로 등 뒤에 묶여 있었던 것과 일치하지."

루이세도 똑같이 전문 용어로 받아 적었다.

"아주 세게 잡아당겨서 결박 자국도 있고. 아마 구급대원이 풀어줄 때 양손이 모두 시퍼렇게 부풀어 있었을 거야. 하지만 검사를 할 때는 부은 기운이 가라앉았고 색상도 정상이더군."

검사에서 알아낸 것을 모두 적은 다음에는 잠시 아이들과 함께하는 플레밍의 여름휴가 계획에 대해 이야기를 나누었다. 별거하기 시작한 이후 아내 없이 처음 가는 여행인데, 아이들은 유개차를 타고 유틀란트 중부의 삼림을 가로지르는 것에 잔뜩 들떠 있다고 했다.

"텐트에서 자고 모닥불에 요리한다고 얼마나 좋아하는지 몰라."

플레밍이 고개를 설레설레 흔들고는 일어나 루이세를 따라 복도로 나섰다.

막 작별인사를 하고 헤어지는데 센터에서 근무하는 정신과 의사가 루이세를 불렀다.

"지금은 무의식적으로 일어난 일을 잊으려 애쓰는 단계예요. 저녁에 벌어진 일에 대해서는 비교적 선명하게 기억하는데 일단 아파트 침실로 들어온 다음부터는 일의 순서라든가 상황 등에 대해서는 상당히 희미해요. 정신과 개업의 한 사람을 소개해주면서 이틀 안에 연락하라고 했어요." 루이세에게 다가온 의사가 말했다.

루이세는 고개를 끄덕였다. 억압된 기억의 층을 한 꺼풀씩 벗겨내려면 얼마나 오랫동안 진술을 들어야 할지 한숨이 나왔다. 어쩌면 아무 진전이 없을 수도 있었다. 하지만 마음을 다잡았다.

루이세는 수산네가 누워 있는 작은 검사실 문을 노크했다.

"옷가지를 이리로 가져오게 했어요. 옷을 다 입고 나면 경찰 본부로 갈 겁니다." 루이세가 수산네에게 다가가며 말했다.

수산네가 눈을 감았다. 얼굴을 반으로 나누어 보면 왼편은 심하게 부어올라 눈을 제대로 뜰 수 있을지도 의문이었다. 광대뼈를 덮은 피부는 온통 찢어져 엉망이었다.

"힘들고 피곤하겠지만 무슨 일이 벌어졌는지 알려주는 게 정말 중요해요. 이런 짓을 한 자를 반드시 찾아야죠. 수산네 당신도 지금 당신 마음을 갉아먹고 있는 모든 것을 속 시원히 털어놔야 해요. 이야기를 하면 도움이 된답니다." 루이세가 안타까운 마음으로 말했다.

수산네가 안되었다고 느꼈지만 안됐기로는 그녀를 이리 밀어붙여야 하는 자신도 마찬가지였다.

자신의 말이 감긴 수산네의 눈을 통과해 머릿속에 닿기만을 바랐다. 바로 그때 누군가 노크했고 루이세가 문을 열었다. 바깥에는 가방 하나를 든 정복 경찰관이 서 있었다.

"고마워요."

루이세가 가볍게 미소 지으며 가방을 받아들었다. 경찰관을 안으로 들이지는 않을 생각이었다. 루이세는 가방을 들고 수산네에게 다가갔다.

"옷 입는 데 도움이 필요하면 불러요."

그리고 침대 발치에 가방을 내려놓았다.

플레밍의 검사가 끝난 다음 수산네는 샤워를 했고 그녀의 짧고 어두운 색 머리칼이 얼굴에 찰싹 달라붙어 있었다.

"혼자 할 수 있어요."

수산네는 조심스럽게 다치지 않은 오른쪽 눈을 뜨고 팔꿈치로 상체를 지탱하며 몸을 일으켰다.

"난 바로 바깥에 있을게요."

루이세가 밖으로 나가 문을 닫았다.

4

"배고파요?"

경찰 본부로 돌아가는 차 안에서 수산네가 하루 동안 아무것도 못 먹었을지 모른다는 생각이 갑자기 들었다. 경찰서 휴게실에서는 기껏해야 크래커밖에 구할 수 없을 테니 가는 길에 간단히 먹을 것을 사면 되었다. 하지만 수산네는 고개를 저었다. 파트너 라르스와 함께 쓰는 사무실에 도착한 루이세는 수산네에게 의자에 앉으라고 했다. 그리고 이 시간까지 근무하는 사람이 혹시 있을까 싶어 복도로 나가보았지만 경찰서 안은 고요했다. 한스 반장의 사무실은 비어 있고 팀장인 헤니 하일만의 사무실도 불이 꺼져 있었다. 여덟시 이후에 집으로 전화하면 받을 수 있다는 메모만 남겨 있었다. 루이세는 시계를 보았다. 거의 열한시가 다 되었다. 기다렸다가 다음 날 아침에 보고하는 것이 나을 것 같았다.

루이세는 휴게실 뒤에 있는 작은 주방에서 생수 두 병을 꺼내 사무실로 돌아왔다. 계단에서 발소리가 들려 누구인지 보기 위해 잠시 걸음을 멈추고 기다렸다. 라르스가 회전문을 통해 들어오자 루이세는 미소를 지었다.

"그자는 찾았어?" 라르스가 가까이 다가오기도 전에 루이세가 불쑥 물었다.

그동안 예스퍼를 찾을 시간이 한 시간 정도 있었다.

"호 세이 외르스테스바이에 예스퍼라는 사람은 없더라고. 코펜하겐 어디든 마찬가지고."

"젠장. 수산네의 아파트 쪽은 다 끝났어? 어때?" 아파트에서 조금의 실마리라도 나오지 않았을까 하는 마음에 루이세가 물었다.

"아직도 조사 중이야."

루이세가 사무실 쪽으로 고개를 까닥였다.

"수산네는 저 안에 있어. 나랑 단둘이서만 이야기하는 게 나을 것 같아." 루이세가 속삭였다.

"알겠어. 그녀의 컴퓨터랑 휴대전화를 입수했어. 내일 영장 받아서 하드드라이브 복사하고, 휴대전화랑 집 전화 통화 목록 빼봐야지."

루이세는 고개를 끄덕인 뒤 생수병을 들고 다시 사무실로 돌아갔다.

"그냥 그놈 전화번호 가지고 있느냐고 물어보면 안 돼? 난 토마스 사무실에 있을게. 이름 몇 개 좀 확인해봐야겠어." 라르스가 루이세의 뒤통수에 대고 말했다.

"알겠어." 루이세가 대답하고 사무실로 들어갔다.

누군가 일 년 전에 라르스에 대해 어떻게 생각하느냐고 물었다면 지금처럼 좋게 대답하지 못했을 것이다. 이전 파트너 쇠렌 벨린이 잠시 팀을 떠나면서 임시로 온 그를 처음 만났을 때 루이세는 그에 대해 의구심으로 가득 차 있었다. 하지만 놀라울 만한 속도로 그런 마음을 떨쳐버렸고, 쇠렌이 엘리트 집단이라 할 수 있는 경찰 기동부대 유닛 팀원으로 차출되어 코펜하겐 팀을 떠나고 라르스가 정식으로 그녀의 파트너가 된 이후로 일은 여느 때와 다름없이 진행되어 왔다.

⚮

"그러면 예스퍼라는 사람에 대해 좀 알려주시죠. 자주 통화했나요?" 루이세가 수산네 앞에 물병을 내려놓고 물었다.

'전화번호를 알아낼 수 있다면 라르스가 오늘 밤 놈을 찾아낼 수 있을 테고 그러면 수사가 빨리 진척될 텐데.'

"아니요. 전화번호는 받은 적이 없어요."

'그건 물 건너갔군.'

루이세가 컴퓨터를 켰다. 스크린이 잠시 깜빡이더니 천천히 작동을 시작했다.

"파트너한테 그것만 얼른 알려줄게요."

루이세가 수화기를 집어 들었다.

수산네의 얼굴 위로 그림자가 드리웠다. 순간적으로 조금 기가 죽은 것 같았다. 루이세는 그제야 깨달았다. 수산네가 조금 전까지만 해도 팀 전체가 그녀의 사건을 조사하고 있다는 사실을, 그들 모두가 그녀의 삶 전체를 이리저리 쑤시면서 그나마 조금 남은 프라이버시를 완전히 침해하고 있음을 몰랐다는 것을.

전화를 끊은 루이세는 본격적으로 질문하기 전에 가벼운 얘기를 먼저 하기로 마음먹었다. 수산네와 신뢰 관계를 형성할 수 있느냐에 많은 것이 달려 있었다.

"진술을 듣기 전에, 피해자 상담가가 함께 출석하기를 바라는지부터 물어봐야겠군요."

수산네가 입을 열기까지는 조금 시간이 걸렸다.

"아니, 여기 다른 사람이 오는 건 싫어요." 수산네가 마침내 대답했다.

"나중에 사건이 법정으로 가게 되면 그렇게 할걸 그랬다고 후회할지도 몰라요." 수산네의 결정이 어떤 의미가 있는지 정확히 알려주기 위해 루이세가 말했다.

루이세의 책상에 높이 쌓인 서류더미 중 하나를 뚫어져라 쳐다보던 수산네가 다시 고개를 저었다.

"아니, 괜찮아요."

"알겠어요."

루이세는 상대의 얼굴에 나타난 무관심한 표정 때문에 애를 먹고 있었다. 이제 눈물 흘리고 흐느끼는 단계는 지났지만 층층이 쌓인 몇 겹의 보호막 아래에는 아직도 고통이 역력하게 남아 있었다. 그리고 언뜻 스치는 표정에서는 수산네가 단순히 신체적 고통과 망가진 얼굴 때문에 현실로부터 도망치려는 것이 아님을 느낄 수 있었다. 바깥세상으로부터 수산네를 보호하고 있는 벽은 처참히 부서진 그녀의 마음으로부터 그녀 자신을 보호하고 지독한 폭력의 아픔을 숨기는 것만이 아니었다. 수산네의 푸른색 눈동자에서 속속 드러나는 표정은 누군가를 믿었다가 철저히 배신당한 사람에게서 볼 수 있는 것이다. 루이세는 도무지 이해할 수 없었다.

"자, 그럼 예스퍼 비에르그홀트가 누구죠?" 어느 정도 대화가 진행되었다고 느껴지자 루이세가 단도직입적으로 물었다.

수산네는 미동도 하지 않고 책상만 내려다보았다. 그리고 뜨고 있는 한쪽 눈을 심하게 찡그렸다. 통통 부어오른 얼굴 전체가 흉하게 일그러졌다. 시퍼렇게 멍이 든 다른 한쪽 눈은 완전히 부어 감겨 있었다.

루이세가 다시 물었다. "그를 전부터 알고 있었죠? 같이 식사를 했잖아요. 얼마나 잘 아는 사이예요?"

마침내 대답이 나왔다. "한 달 넘게 알고 지냈어요. 아니, 한 달 반."

수산네가 벽을 바라보며 머릿속으로 계산을 했다. 그러고는 성한 한쪽 눈을 돌려 루이세를 쳐다보았다.

'하지만 그런 짓을 할 남자로는 보이지 않았다…….'

루이세는 상대의 입에서 나올 다음 문장을 머릿속에 떠올렸다. 잠시 후 수산네의 입에서 그 말이 실제로 나왔을 때에도 루이세는 무표정한 얼굴을 유지했다.

"물론 그렇지 않았겠죠. 안 그랬으면 집으로 초대했을 리 없으니까."

그렇게 말하는 루이세에게 빈정대는 기색은 전혀 없었다. 루이세는 책상 위로 상체를 기울여 수산네와 눈을 맞추려 했다.

"하지만 그가 당신의 의사와 관계없이 당신을 강간했다는 사실에는 동의하는 거죠?"

수산네는 응답하지 않았다.

"당신이 당한 일에 자발적으로 응할 여자는 거의 없어요. 그러니 함께 저녁식사를 하러 나갔을 때에는 당연히 그렇게 굴지 않았겠죠."

루이세는 잠시 말을 멈추었다가 이내 다시 입을 열었다.

"그리고 중요한 건 그가 그렇게 돌변하리라고는 누구도 예상치 못했을 거라는 사실입니다."

루이세는 수산네의 잘못이 아니라는 것을 분명히 밝히기 위해 의도적으로 '누구도'라는 말을 썼다.

"그래요. 정말 생각도 못했어요. 내가 뭘 잘못했는지 모르겠어요." 수산네가 속삭이듯 대답했다.

"그에게 강간당한 거 맞죠?" 루이세가 다시 물었다.

다시 한 번 긴 침묵이 이어지다가 마침내 수산네가 고개를 끄덕였다.

인내심이 점차 바닥을 드러내고 있었지만 루이세는 마장마술 경기의 기수처럼 목소리를 차분하고 침착하게 유지했다. 천천히, 침착하게, 그리고 신중히.

"예스퍼가 어떻게 생겼는지 설명할 수 있겠어요? 그리고 둘이 어떻게 알게 되었는지도?" 루이세가 미소를 지으며 물었다. 지금처럼 질문하다가는 너무 표 나게 조심스러운 말투를 쓰는 것처럼 보일 수 있었다.

"먼저, 어떻게 만나게 되었는지 말해봐요." 아까보다 조금 날카로운 목소리로 물었다.

"머리 색은 진하고, 눈은 움푹 패고……."

이야기를 나누곤 있지만 제대로 된 대화는 할 수 없겠다는 판단이 섰다. 하지만 아무 말도 못 듣는 것보다는 나았다.

수산네가 고개를 들어 루이세를 보았다. 수산네의 눈은 슬픔과 수치심으로 가득했다.

"어떻게 생겼는지 기억이 안 나요."

수산네가 울먹이며 대답했다. 그리고 울기 시작했다. 다치지 않은 눈에서 눈물이 줄줄 흘렀다. 수산네는 양손으로 얼굴을 감쌌다.

"마치 실제로 일어나지 않은 일 같아요. 그저 몸만 거기 있었던 것처럼. 그가 어떻게 생겼는지 생각나지 않아요."

루이세가 일어서서 수산네 옆으로 갔다. 그리고 옆 의자에 앉아 한 팔로 그녀의 어깨를 감쌌다.

"자책은 그만해요. 무의식이 그 사건을 억누르는 건 아주 자연스러운 현상이에요. 정말 충격적인 경험을 했으니까요. 하지만 최대한 우리에게 알려주도록 노력을 해야 해요."

루이세가 말을 멈추고 깊이 숨을 들이 쉬었다.

"성폭력을 다룰 때는 최대한 빨리 범인을 알아내는 게 중요해요. 그러려면 당신의 도움이 꼭 필요하고요."

루이세가 일어나 티슈 상자를 가져와 수산네 앞에 놓았다.

"호 세이 외르스테스바이에는 예스퍼 비에르그홀트라는 사람이 없었어요. 그의 집에 가본 적 있어요?"

수산네는 코를 풀더니 두리번거리며 쓰레기통을 찾았다. 루이세가 한 발로 그것을 그녀 가까이로 밀었다.

"가본 적 없어요. 하지만 거기 아파트에서 산다고 했어요."

"아. 그럼 인터넷에서 만났나요?" 루이세가 물었다.

이제 이야기가 어떻게 풀리는지 슬슬 알 것 같았다.

수산네가 대답하기까지는 조금 시간이 걸렸다. 머뭇머뭇 대답이 흘러나왔다.

"아니요…… 만난 건…… 시내에서…… 한 카페에서 만났어요."

"어느 카페요? 언제? 그리고 처음에는 어떻게 말을 걸게 된 거죠?"

수산네가 루이세를 뚫어져라 쳐다보았다.

"그건 기억이 안 나는데 그가 내 탁자로 왔었어요."

루이세가 한참 동안 그녀를 바라보다가 실례하겠다고 말하고는 바깥으로 나갔다. 문이 닫히자 유일하게 불이 켜진 사무실로 가 라르스에게 "커피 한잔 줄까?" 하고 물었다.

라르스가 왜 그러느냐는 표정으로 루이세를 올려다보았다.

"잠깐 쉬는 시간이 필요하거든. 가서 커피 내리고 올게." 루이세가 대답했다.

루이세는 휴게실 뒤의 주방으로 천천히 걸어갔다. 커피 봉지를 열어 커피 머신에 원두를 부은 다음 옆의 작은 버튼을 누르고 벽에 기대어 섰다. 루이세는 고개를 뒤로 젖히고 커피가 부글거리는 동안 눈을 감고 그대로 서 있었다.

'마음의 평화가 필요해.'

루이세는 도대체 무슨 감정이 지금 수산네의 머릿속에 바리케이드를 친 건지 알아내려고 애썼다. 사건으로부터 자신을 보호하기 위해 쳐놓은 장벽을 뚫고 들어가려면 어떻게 해야 할까?

지금까지 루이세는 다른 이의 슬픔 같은 감정에 지나치게 공감하지 않기 위해 노력했다. 물론 전에는 다른 이들의 비극에 연루되는 바람에 심하게 영향을 받은 적이 있었지만 시간이 흐르면서 그렇게 하지 않는 법을 배웠다.

'어쩌면 너무 잘 배웠는지도 모르지.'

남의 감정을 잘 알아보는 능력은 강점이 될 수도 있었다. 하지만 수산네에게는 정확히 짚어낼 수 없는 무언가가 있었다.

"무슨 일이야?"

라르스가 문간에 서서 루이세를 쳐다보고 있었다.

루이세는 눈을 떴지만 몸은 그대로 벽에 기대고 있었다.

"더 진행하기 전에 정신과 의사랑 상담을 해야 할지도 모르겠어. 정말 완전히 막힌 것 같아."

"야콥센을 만날 때까지 기다려야 한단 말이야?" 라르스가 물었다.

야콥센은 A팀이 사건 관련자의 심리 상담을 맡기는 국립병원 소속의 의사다.

루이세가 어깨를 으쓱했다. "그러는 게 나을지도 몰라."

그녀는 식기세척기에 든 더러운 머그잔 세 개를 꺼내 물에 씻고는 라르스에게 한 잔을 따라주었다. 그런 다음 커피를 보온병에 가득 따라 나머지 잔 두 개와 함께 사무실로 가지고 돌아왔다.

수산네는 여전히 책상만 노려보며 그 자리에 앉아 있었다.

루이세가 보온병과 잔을 내려놓았다.

"더 계속하기 전에 상담을 좀 받아보는 게 낫겠어요."

야콥센과 상담을 하면 시간이 걸릴 테지만 제대로 된 답변을 들으려면 그것이 유일한 해결책 같았다. 루이세는 먼저 자기 잔에 커피를 따르고 두 번째 잔에 따르는 시늉을 하며 마시겠냐는 듯 수산네를 쳐다보았다.

"네, 고마워요." 수산네가 고개를 끄덕이며 대답했다.

"괜찮다면 나머지는 내일 하죠." 루이세가 커피 한 모금을 마시고 말했다.

"집에 가고 싶지 않아요. 지금 할래요." 수산네가 불쑥 말했다.

두서는 없어도 마침내 머뭇거림 없이 이야기가 터져 나오기 시작했다. 좋은 징조였다.

"인터넷에서 만난 거 맞아요. 숨길 이유가 없죠. 그런 식으로 만나서 데이트를 한 건 그 사람이 처음이에요." 수산네가 말했다.

문자 그대로 그녀의 온몸에서 수치심이 스며 나오는 것 같았다. 카페에서 만났다는 이야기는 거짓말이다. 보호막 하나가 벗겨지는 순간이었다.

'참으로 대단한 첫 번째 온라인 데이트였군.'

한쪽으로 빗어 내린 짧고 진한 색 머리부터 맞아 퉁퉁 부은 얼굴까지 수산네를 찬찬히 훑어보았다. 술집을 드나들며 시간을 보내는 사람 같지는 않다는 생각이 문득 들었다. 수산네는 꽤 예뻤다. 멍과 상처가 얼굴 전체를 뒤덮었는데도 그 정도는 쉽게 알아볼 수 있었다. 그런데 온라인으로 남자를 만났다는 사실을 털어놓는 것을 왜 그리 힘들어하는지 이해할 수 없었다. 그것이 그리도 참혹한 결과를 낳았기 때문일까? 아니면 그런 식으로 남자친구를 만나는 것을 부끄럽게 여기기 때문일 수도 있었다. 하지만 온라인 데이트를 금기시하던 구식 사고방식도 사라진 지 오래되지 않았나? 루이세도 그렇게 생각하고 있었다.

실은 이 주 전쯤 루이세의 친구 카밀라 린드가 인터넷에 개인정보를 올려놓는 사람들이 존경스럽다고 한 적이 있었다.

"그러니까 내 말은, 남이 사용하지 않는 좋은 대화명을 생각해내는 것만도 창의력이 필요하다니까. 한마디로 세상에 자신에 대해 그렇게 알리는 사람은 '멋모르는 뜨내기'는 아니라는 거지."

일간지 〈모르겐나비센〉의 라이프스타일 담당 편집자에게서 온라인 데이트에 관한 연재 기사를 써달라는 요청을 받은 카밀라가 전화로 그렇게 말했었다.

카밀라는 '오래오래 행복하게 살았답니다' 식의 데이트 성공담 몇 개를 수집해서 기사를 썼고, 그 글을 읽은 독자 중 몇 명은 용기를 내어 온라인 데이트에 도전해보았을지도 모른다. 어쩌면 수산네도 그중 하나가 아닐까.

"오늘날 이것은 인생의 동반자를 만날 수 있는 아주 인기 높은 방식이 되었다. 이를 시도하는 사람은 자신의 태도와 견해를 전면에 표현할 수 있고, 이는 곧 좋은 관계의 토대를 쌓는 것과 같다.

술에 취해 술집에서 누군가를 만나는 사람들과 달리 말이다."

루이세는 카밀라의 글을 읽으며 확신에 찬 그녀의 어조에 미소를 지었었다. 하지만 나중에 카밀라를 만났을 때 그녀 자신은 절대 인터넷에서 남자친구를 찾지 않을 것이라 했다. 장점이 보이긴 하지만 자신에 대해서 일종의 영업성 글을 쓴다는 것은 상상조차 할 수 없다면서 말이다.

'수산네도 그렇게 느끼는가 보군.'

사실 수산네는 닳고 닳은 온라인 데이트 애용자라기보다 이제 막 넓은 세상에 발을 들여놓은 소심하고 경험 없는 사람처럼 보였다.

"그런 식으로 남자를 만나는 건 어쩐지 창피한 일 같아요."

수산네의 대답에 루이세의 생각이 잠시 끊겼다. 수산네가 커피를 더 달라고 했다.

"이제는 사람들이 그런 걸 알게 되어도 상관없어요. 하지만 예스퍼는 괜찮은 사람처럼 보였는데. 물론 처음에는 저보다 너무 어린 게 아닌가 생각했지만요."

루이세가 수첩을 끌어당겨 수산네의 말을 받아 적기 시작했다.

"거의 매일 서로 이메일을 주고받았어요." 수산네가 말을 이었다.

"실제로 만난 건 그때가 처음이었나요?" 루이세가 물었다.

이 질문에 수산네의 성한 눈이 발끈 달아올랐다.

"아니요! 그랬다면 집까지 데려오지 않았겠죠. 그 전에 두 번 만났어요. 커피만 마시긴 했지만."

"그는 몇 살입니까?"

"서른이오. 하지만 나이보다 젊어 보여요."

"그러니까 당신보다 두 살 어리군요. 그 정도면 드문 일도 아니죠." 루이세가 말했다.

"사실 그는 자기보다 나이 많은 여자를 찾고 있었어요."

"그렇군요. 당신을 만나기 전에 온라인에서 다른 사람들을 많이 만났다고 하던가요?"

"아니요. 그도 제가 처음이라고 했어요. 그래서 우리 둘 다 서로에게 그렇게 빠지게 된 데에는 무슨 이유가 있을 거라고 했었어요."

수산네는 희미하게 미소를 지으려고 했지만 그렇게 하는 것조차 고통스러워 보였다.

"그가 어디에서 일하는지 알아요? 아니면 직업은?"

"컴퓨터 관련 일이라고 했는데 어디인지 알려주었는지는 기억나지 않아요."

"괜찮아요. 기억날지도 모르죠." 루이세가 말했다.

"우리는 대체로 책, 예술 그리고 인생 전반에 대해 이야기했어요. 그는 이야기 나누기 좋은 사람, 아니 메일을 주고받기 좋은 사람이었죠. 통화한 적은 없으니까. 그는 아는 게 많았고 여행도 많이 했어요. 그런 이야기를 듣는 건 정말 신났어요."

'비행 경험이라고는 저가 항공을 타본 게 전부이면서 항공기 조종사인 양 구는 사람이 아닌가 모르겠네.'

실제 자기 모습이 아니라 자신이 희망하는 모습을 그려내는 데 놀라운 재주를 발휘하는 소름 끼치는 사람들이 많았다.

"그가 어떻게 생겼는지 설명할 수 있겠어요?" 루이세가 물었다.

"머리 색이 짙고, 피부도 조금 어두워요."

"외국인입니까?"

"아니요."

짙은 머리에 어두운 피부. 루이세가 수첩에 적었다.

"어둡다는 게 어떤 식으로 말이죠?"

"그냥, 조금 어두운 거 말이에요. 올리브 톤이 도는 피부."

"특이한 점은 없나요? 문신이나 눈에 띄는 흉터, 아니면 점 같은 거라도?"

수산네가 눈을 감고 곰곰이 생각했다. 그러고는 고개를 저었다.

"없는 것 같은데 확실치는 않아요. 문신이 있었던 것 같기도 하고."

"처음 서로 메일을 주고받기 시작했을 때 누가 먼저 연락했습니까?"

"그가요. 내가 자기가 꿈꾸던 여인상이랑 맞아떨어지는 것 같다고 했어요."

그녀의 대답은 머뭇거리는 기색 없이 즉각적이었다.

수산네의 기억이 마침내 돌아오고 말이 쉽게 흘러나오고 있었다. 루이세는 미소를 지었다.

"그냥 할 수 있는 만큼 그를 묘사해봐요. 눈은 무슨 색이죠?"

"어두운 파란색, 회색…… 아니, 갈색이었을지도 몰라요. 그냥 크고 깊었어요. 그 점이 제 마음을 빼앗은 것들 중 하나예요."

"하지만 눈동자 색은 기억이 안 난다고요?" 수산네가 다시 고개를 흔들었다. "키는요? 대략이라도."

"저보다 꽤 많이 컸어요. 제 키가 백육십이 센티미터 정도 되는데 저보다 한 이십 센티미터는 컸어요. 제가 그의 어깨에 닿았으니까."

"그러면 이십 센티미터가 아니라 한 삼십 센티미터가 될 수도 있는 거네요?"

루이세가 양손으로 삼십 센티미터가 어느 정도 되는지 보여준 다음 자신의 어깨로부터 그만큼 높은 곳을 가리켰다.

수산네가 고개를 끄덕였다.

"그럼 삼십 센티미터라고 하는 게 더 나을 것 같기도 해요."

'그러니까 잘 모르겠다는 거지?'

한숨을 애써 삼키며 의자에 몸을 기댔다. 새벽 한시가 거의 다 되었는데 아직도 진전이 없었다. 그녀가 말한 인상착의는 너무나도 허술해 이제는 그만하는 것이 나을지도 몰랐다.

"일단 오늘 밤에는 좀 쉬고 내일 다시 만나죠. 같이 사진을 좀 보면 좋겠어요. 비교 대상이 있으면 생김새를 설명하기도 더 쉬워질 테니까."

수산네가 하품을 하며 고개를 끄덕였다.

"시간이 좀 늦었는데 어머니 댁으로 갈 수 있나요?"

"우리 집 바로 위에 사세요. 아마 안 자고 기다리고 있을 게 빤하니 갈 수 있죠. 하지만 괜찮다면 제 집으로 가고 싶은데요."

"아마 아직 들어갈 수 없을 거예요. 그리고 혼자 있는 것보다는 누군가와 함께 있는 것이 나을 거고요."

내키지 않는 것 같았지만 이내 수산네는 고개를 끄덕였다.

"내일 오후 두시에 이리로 다시 와요. 일단 지금은 댁까지 모셔 다드릴 사람을 찾아볼게요."

루이세는 교환한테 전화를 걸어 수산네를 집까지 데려다줄 사람이 있는지 물었다. 대답을 기다리는 루이세의 손가락이 초조한 듯 책상을 두드렸다.

"좋아요."

수산네를 데려다줄 사람이 정해지자 루이세가 수화기를 내려놓았다. 루이세가 일어섰다.

"일층까지 같이 내려가죠. 차가 그리로 올 거예요."

그들은 함께 복도를 따라 걸어갔다. 놀랍게도 라르스가 아직 옆 사무실을 지키고 있었다. 수산네가 떠나자 루이세는 라르스에게 가서 무언가 알아낸 것이 있는지 물었다. 아직까지 퇴근하지 않은 걸 보면 단서를 잡았는지도 몰랐다.

"범죄자 명단을 확인했는데 그 이름으로 된 사람은 없어. 그렇게 쉽게 풀릴 리가 없지." 라르스가 말했다.

그러고선 자리에서 일어나 루이세를 집에 데려다주겠다고 했다.

"좋지, 고마워. 자전거를 타고 가도 좋겠지만 내일까지 여기다 세워놔도 괜찮으니까, 뭐." 루이세가 말했다.

⚘

루이세는 페테르가 깨지 않도록 살금살금 들어갔다. 페테르가 식탁에 남겨놓은 메모지가 보였다. 냉장고를 가리키는 커다란 화살표 아래에 빨간색 사인펜으로 '간식'이라 쓰여 있었다. 루이세는 씩 웃으며 냉장고 문을 열었다. 소시지와 햄 슬라이스, 여러 종류의 치즈가 접시에 가지런히 놓여 있었다. 루이세는 빵을 한 조각 자르고 맥주 한 병을 꺼내 뒷문 계단 앞에 앉아 신문을 폈다. 이제는 거의 하루가 지난 기사 내용이다. 아까도 그렇고 지금도 그리 배가 고프지는 않았지만 잠시 앉아 숨을 돌릴 필요가 있었다. 꺼내온 음식을 다 먹고 나니 갑자기 피곤이 몰려왔다. 루이세는 하품을 하며 신문을 접고 이를 닦으러 화장실로 들어갔다.

5

🕊

"여자라는 존재는 대체 어디까지 순진해질 수 있는 거야?"

미켈 스티가 루이세의 책상 위에 엉덩이를 걸치며 말을 꺼냈다. 루이세는 당장 엉덩이를 치우라고 할까 하다가 억지웃음을 지으며 무슨 뜻이냐고 물었다.

아침에 수산네의 이메일 계정에 접속해 그녀의 아웃룩 익스프레스에서 받은 메일함을 뒤졌고, 예스퍼 비에르그홀트는 야후 계정으로 그녀에게 메일을 보냈다는 사실을 알아냈다. 또 둘이 사진을 교환한 적이 없다는 것을 확인했다. 수산네가 그의 인상착의를 설명하는 데 그리 애를 먹었던 이유도 어느 정도 이해할 수 있었다.

루이세는 콧방귀가 나오려는 것을 참았다. 애초에 이메일을 뒤져 무언가 찾아낼 수 있을 거라는 희망을 품었던 것에 조금 짜증이 났다. 그의 사진이 있다면 수산네가 말을 했을 게 아닌가.

루이세는 의자에 몸을 기댄 뒤 동료의 성차별적 발언을 참고 들어줄 준비를 했다.

'더 기분 나빠지지 않으려면 얼른 그를 쫓아내야 하는데.'

"이런 상황이라면 남자는 자기 개인 계정으로 이메일을 보내는 짓 따위는 안 하지."

미켈이 말을 멈추더니 루이세가 자기 말을 듣고 있는지 확인하려는 듯 그녀를 쳐다보았다.

"남자라면 야후나 핫메일 같은 웹메일 계정을 하나 열 거야. 그래야 자기 신상이 고스란히 드러나지 않으니까. 하지만 여자들이란 정말 뻔하다니까. 아무 생각도 없이 자기 이메일 주소를 턱 알려주지. 전화번호랑 집 주소 같은 것도 술술 불고 말이야. 이런 사고가 더 자주 일어나지 않는 게 용치, 용해."

미켈이 한심하다는 듯 눈알을 굴렸다.

미켈이 책상에서 내려와 루이세의 의자 뒤로 가더니 벽에 붙은 메모판을 살폈다. 거기에는 루이세와 페테르가 스코틀랜드에서 함께 찍은 사진과 카밀라가 일곱 살 된 아들 마르쿠스를 아이슬란드 말에 태우고 고삐를 쥔 사진이 붙어 있었다.

"다른 용건이 없으면, 지금 좀 바빠서……." 루이세가 나가달라는 투로 말했다.

그리고 미켈이 사진들에 대해 무언가 말을 꺼내기 전에 벌떡 일어나 그에게 아주 가까이 다가갔다. 그러자 미켈이 본능적으로 한 걸음 뒷걸음질 쳤다.

바로 그때 전화벨이 울렸다. 루이세는 수화기를 집으며 미켈에게 나가라는 투로 문을 향해 고개를 까닥였다.

"A팀, 루이세 릭입니다."

"안내 데스큰데, 손님이 왔어요."

"올 사람이 없는데. 그리고 막 나가려던 참이라서요."

라르스와 함께 수산네의 아파트를 살펴보기로 되어 있었다.

"수산네 한손 씨예요. 어젯밤에 여기 왔었다던데⋯⋯." 경비원의 목소리가 갑자기 작아졌다. "그리고 지금 상태가 그다지 좋아 보이지 않아요."

루이세는 의자에 앉아 의자를 책상 가까이 당겼다. 지금이 열한 시 삼십분이니 수산네와의 약속시간은 두 시간 반이나 남았다. 무언가 잘못된 것 같았다. 하지만 수산네를 만나는 건 조금 내키지 않았다. 루이세는 책상에 이미 쌓여 있는 수많은 사건 보고서들을 힐끗 쳐다보았다. 이번 사건만은 그리 복잡하지 않기를 바랐는데. 수산네 사건은 꽤 단순명료하지 않은가. 일급 가중성폭력. 그리고 지금까지는 범인 신원 확인 불가.

"올려 보내요." 루이세가 수화기에 대고 말했다.

루이세는 휴게실로 가서 라르스에게 여유 있게 점심을 먹으라고 일렀다.

수산네는 입은 옷과 전혀 어울리지 않는 야구 모자를 쓰고 있었다. 그 덕분에 엉망이 된 얼굴이 조금이나마 가려졌다. 수산네는 루이세의 맞은편에 있는 라르스의 의자에 앉았다.

"이건 옳지 않아요." 수산네가 불쑥 입을 열었다.

예의상의 인사말 같은 것도 없었다.

루이세의 머리가 갑자기 무거워졌다. 그리고 불길한 생각이 슬금슬금 밀고 올라왔다. 수산네가 마음을 바꿔 신고하지 않기로 한 것이 분명했다. 이걸 어떻게 말리면 좋담?

루이세가 심호흡을 하고 수산네를 보며 고개를 끄덕였다.

"뭐가 옳지 않아요?" 루이세는 자신이 낼 수 있는 가장 침착하고 상냥한 목소리로 물었다.

"이걸 그의 책임으로 돌릴 수는 없어요." 수산네가 속삭였다.

목소리는 후회와 변명으로 가득했다. 루이세는 잠시 수산네를 쳐다보았다.

"어제 국립병원에서 소개해준 상담의하고 통화해봤어요?" 루이세가 물었다.

수산네가 고개를 흔들었다.

"그럴 필요 없어요. 언젠가는 도움이 필요할지도 모르지만 지금 당장은 아니에요."

루이세는 의자를 굴려 수산네 옆으로 갔다.

"그게 무슨 소리예요?"

"그가 하자는 대로 한 거예요. 정도가 지나쳤다는 이유만으로 이제 와서 발을 뺄 수는 없어요." 수산네가 털어놓았다.

그녀의 목소리는 조용했지만 굳은 결심을 한 것 같았다.

루이세는 수산네의 팔을 꽉 붙들고 자기 쪽으로 끌어당겼다. 수산네의 눈에 금세 눈물이 가득 고였다.

"사디즘이나 마조히즘을 즐겨요? 줄에 묶이고, 두들겨 맞고, 강간당하는 게 흥분된다고 그에게 말했어요?" 루이세가 따져 물었다.

수산네가 자기 팔을 확 뺐다. 힘이 너무 세 루이세와 그녀의 의자도 그리로 끌려갔다.

"왜 그런 말을 해요? 왜 내가 그런 걸 좋아할 거라고 생각해요?" 수산네가 소리를 치며 울기 시작했다.

그때 문이 열리며 라르스가 들어오자 수산네는 그들에게 등을 돌리고 의자를 끌어 구석으로 갔다.

라르스는 도대체 무슨 일인지 모르겠다는 표정으로 문간에 그대로 서 있었다.

"나 나갈까?" 라르스가 루이세에게 슬쩍 물었다.

루이세는 어깨를 으쓱하기만 했다. 그런 응답에 라르스는 사무실 문을 닫고 문 옆의 낮은 책장에 걸터앉았다.

루이세는 다시 수산네에게 정신을 집중했다.

"기분 나쁘라고 한 말이 아니에요. 당신이 여기 걸어 들어와 그 사건의 책임이 자신에게 있다고 말했으니 몇 가지는 정확히 짚고 넘어가야 할 거 아니에요?"

구석에서는 아무 소리도 들리지 않았다.

루이세는 의자를 끌고 수산네 옆으로 갔다. 이제 수산네가 평정을 되찾도록 만들든가, 완전히 구석에 몰린 것처럼 느껴 도망치게 만들든가 둘 중 하나다. 루이세는 조심스럽게 수산네의 어깨에 손을 얹고 차분히 말했다.

"당신이 원한 게 아니에요. 당신을 폭행하고 수치심을 안기라고 초대한 것도 아니고요. 자기 탓으로 돌려서는 절대 안 돼요."

루이세는 부드럽게 수산네의 등을 쓰다듬으며 아무 말도 하지 않았다. 그녀가 울음을 그치기만 기다렸다.

"무언가 잘못되었다는 걸 알아챘어야 하는 건데. 잘 알지도 못하면서 집에 남자를 데려온 것 자체가 그런 일을 자초한 거나 마찬가지예요." 수산네가 마침내 입을 열었다.

"누가 그런 말도 안 되는 말을 해요?" 루이세가 불쑥 끼어들었다.

분노가 가득한 루이세의 목소리에 수산네는 움찔 놀라며 몸을 폈다.

"맞는 말이잖아요." 수산네가 힘없이 말했다.

루이세는 수산네의 의자를 돌려 자신과 마주 보게 했다. 수산네는 저항하지 않았다.

"수산네. 어젯밤에 집에 갔을 때 어머니가 그런 말을 했어요? 그런 거예요? 자기나 탓하는 이런 말도 안 되는 소리는 도대체 어디서 나온 거예요?"

수산네는 응답하지 않았다.

루이세는 라르스를 쳐다보았다. 그는 최대한 주의를 끌지 않기 위해 미동도 하지 않고 앉아 있었다.

"야콥센한테 전화해서 한 시간 내로 수산네를 만날 수 있냐고 물어봐줄래?"

라르스가 어려울 거라는 표정으로 눈살을 찌푸렸다. 약속을 잡기에 너무 촉박하지 않은가. 하지만 라르스는 어쨌든 밖으로 나갔고 다행히 잠시 후 돌아와 약속이 잡혔다는 뜻으로 고개를 끄덕였다.

사실 루이세는 수산네에게 정신과 의사와 상담을 하고 싶은지를 물어보게 되어 있었다. 하지만 지금 당장은 수산네에게 선택권을 줄 수가 없었다.

"같이 국립병원으로 가요. 거기 가면 훌륭한 정신과 의사가 있어요. 모든 것을 자기 탓으로 돌리는 건 물론이고 심하게 자책할 이유가 전혀 없어요. 의사를 만나는 동안에 우리 둘은 당신 집을 살펴볼게요. 사건 현장을 훑어보고 나면 정확히 무슨 일이 벌어졌는지 파악하기도 쉬우니까. 그래도 괜찮죠?"

수산네는 고개를 끄덕이며 윗옷 주머니에서 아파트 열쇠를 꺼냈다.

병원으로 가는 차 안에서 루이세는 수산네에게 월요일 밤 예스퍼와 저녁을 먹은 곳이 어디인지 물었다.

"티볼리 가든에서 일곱시에 만났는데 레스토랑 이름은 모르겠어요. 플레넨 야외무대 바로 옆인데."

루이세는 범인의 인상착의를 비교하기 위해 사진 몇 장을 같이 보고 나서 함께 그리로 가자고 하려다가 마음을 돌렸다. 지금으로서는 상담이 무엇보다도 시급했다.

함께 차를 타고 간 라르스는 루이세가 수산네를 상담실까지 데려다주는 동안 차 안에서 기다렸다. 그녀가 돌아오자 둘은 코펜하겐 남서부 발뷔의 뤼스호이 알레로 향했다. 안타깝게도 경찰이 아파트에 도착했을 당시 커피 탁자에 놓여 있던 레드와인 병이나 와인 잔에서는 지문이 발견되지 않았다.

"놈은 아주 주도면밀해." 계단을 통해 이층으로 올라가면서 루이세가 말했다.

"침대에서 찾은 모발 분석 결과가 언제 나오나 궁금하군." 루이세가 아파트 문을 열자 라르스가 한 손으로 짧은 머리를 쓸어 넘기며 말했다.

"한 이 주 걸릴 거야. 어쨌든 플레밍이 그녀의 등에서 발견한 정액 같은 물질도 DNA 검사 결과가 나오려면 그 정도 걸릴 테니까."

루이세가 문을 닫고 호기심 어린 눈으로 현관을 둘러보며 대꾸했다.

과학수사반은 없으나 여전히 아파트는 출입 금지다. 현장 감식이 끝나려면 하루나 이틀이 더 걸릴 터다. 조사 도구가 여기저기 놓여 있는 것만 빼면 그곳에는 공허감도 감돌았다.

"처음부터 무슨 짓을 할지 계획을 세우고 있었어. '강간 케이스'를 챙겨온 순간부터 말이야." 라르스가 말했다.

강간 케이스란 예스퍼가 재갈과 테이프를 담아 들고 왔다는 작은 검은색 서류가방을 뜻했다. 그 이야기를 듣자마자 플레밍은 그 가방을 그렇게 불렀다.

"티볼리에서 만날 때부터 팔에 끼고 있었다니. 그것보다 더 철저하고 계산적인 행동은 없을 거야." 루이세가 덧붙였다.

그들은 침실 한 개짜리 아파트의 거실에 서 있었다. 루이세는 작은 발코니로 가 문을 열었다. 그리고 밖으로 나가 토프트가르 광장 환승센터의 붐비는 인파를 내려다보았다.

"놈은 수산네가 직접 옷을 벗게 했어." 거실에서 라르스가 말했다.

아파트 안을 돌아다니며 벌어진 일을 설명하는 식으로 범행을 재연하는 것이다.

"그가 와인 병을 따서 이리로 가지고 들어와 탁자 위에 놓지. 하지만 지문은 없앴어. 와인을 잔에 따른 건 수산네고. 놈은 자기 손이 어디에 닿았는지 지독하게도 잘 알았던 거야." 루이세가 거실로 돌아오자 라르스가 말했다.

루이세는 소파에 앉았다. 한쪽 벽 전체를 차지하는 책장이 있고 그 한가운데에는 수산네가 컴퓨터를 두는, 지금은 텅 빈 책상이 있었다.

"더 볼 거 있어?" 라르스가 복도에서 루이세를 불렀다.

과학수사반이 아직 증거를 수집 중이니 마지막으로 침실을 간단히 둘러보고 서둘러 끝내야 했다.

루이세가 일어섰다. 아파트는 예상대로 꽤 여성적이었고 남자의 흔적은 어디에도 없었다. 부엌에는 라벨에 꽃무늬가 있는 흰색 사기병들이 줄줄이 놓여 있었고 '밀가루' '설탕' 같은 이름이 예쁘게 타이핑되어 있었다.

루이세는 일어서서 주변을 둘러보았다. 아파트는 전체적으로 꽤 수수했다. 사치스러운 구석은 어디에도 없었다.

루이세는 몸을 돌려 현관으로 나갔다.

"아니. 그냥 가자."

"수산네를 데려온 다음에는 나 혼자 티볼리에 잠시 들를까? 너희 둘은 사무실에 가서 사진을 좀 보고 말이야?" 차에 타자 라르스가 물었다.

루이세는 잠시 생각을 해보았다.

"아니, 티볼리에는 수산네도 데려가야 할 것 같아. 야콥센이 별다른 말을 하지 않으면 말이야. 둘이 좋은 시간을 보냈던 장소에 다시 가보면 억눌렸던 기억이 되살아날지도 모르잖아."

하지만 루이세가 야콥센의 비서에게 수산네를 데리러 왔다고 말하자 야콥센이 직접 나와 상담을 마치려면 적어도 한두 시간이 더 필요하다고 말했다. 그는 매우 심각해 보였다.

"루이세 형사. 그녀를 성폭행한 남자는 자신이 그저 그녀가 부탁한 대로 해준 것뿐이라는 생각을 그녀에게 확고히 심어준 것 같아요." 야콥센이 말했다.

루이세가 한숨을 쉬었다.

'오, 하느님. 불쌍한 수산네. 이렇게 말도 안 되는 일이.'

과거의 경험으로 미루어보면 기억이 억눌린 경우에는 두 가지 결과가 나타날 수 있고, 몇몇 사례에서는 아주 충격적인 일이 벌어지기도 한다. 피해자는 보통 끔찍한 사건을 기억에서 몰아내려고 하는데, 간혹 이번 사건처럼 정반대 효과가 나타나기도 한다. 그가 '그저' 그녀가 원한 것을 해준 것뿐이라고 말했다는 것은 곧 그녀가 사건의 세세한 부분에 대한 기억을 억누르고 있다는 뜻이다. 어떻게 된 영문인지는 몰라도 수산네는 자신이 강간당하길 원했다는 생각을 하고 있었다.

"이건 그녀의 정신 상태에 매우 해롭죠. 그런 생각부터 제거해야 합니다." 야콥센이 말을 이었다.

루이세는 고개를 끄덕이며 자신의 힘으로는 어떻게 할 수가 없다는 사실을 인정해야 했다. 야콥센은 언제나 자신이 원하는 대로 할 수 있는 교묘한 능력을 가진 사람이다. 하지만 지금 당장 범인의 인상착의를 알아내는 것보다 수산네가 평생 건강한 정신으로 살아가게 돕는 것이 훨씬 중요하지 않은가.

'인간적인 시각에서 그게 더 중요하다고!'

루이세는 마음속 깊은 곳의 경찰 본능을 애써 억누르며 생각했다.

"그러면 귀가한 뒤 저한테 전화해달라고 전해주세요. 약속을 새로 잡을 테니까."

6

🕊

그들은 오토 뮌스테스가데에 차를 세우고 지방법원 옆문을 통해 A팀이 있는 이층으로 올라갔다.

"그러니까 한마디로 대기 상태로 있어야 하는 거군. 이놈의 신원을 확인해줄 증인 하나 없다니 정말 짜증 나. 엄청난 양의 목격자 진술을 훑어볼 필요가 없다니. 젠장 기분이 이상하기도 하고."

"그럼 티볼리에 가서 뭐라도 목격한 사람이 있는지 물어보지 그래?" 루이세가 외출한 동안 남겨진 메시지가 없나 살펴보면서 대꾸했다.

"사람들에게 어떤 사진을 보여줄지는 모르겠지만. 우리가 가진 사진이라고는 맞아서 엉망이 된 수산네의 사진뿐이라고. 그런 사진으로 그녀의 얼굴을 알아볼 사람은 없을걸. 그리고 범인의 인상착의라고 할 만한 것도 없잖아. 여러 레스토랑을 찔러보면 월요일 밤 식사를 한 남녀 커플 중에는 머리 색이 짙은 사람도 꽤 있을 테고. 거기 가야 직성이 풀리겠다면 부디 가봐. 하지만 그 전에 그녀의 아파트로 다시 가서 실제 그녀 사진부터 한 장 찾아보라고." 루이세가 라르스를 쳐다보며 덧붙였다.

바로 그때 노크하는 소리와 함께 팀장이 들어왔다.

"놈의 이메일을 추적했어."

쉰일곱 살의 헤니 하일만 경위는 루이세가 강력계에 근무한 지난 사 년 동안 A팀을 담당했다. 작년 남편의 건강이 심하게 악화되자 헤니는 휴가를 내어 남편이 숨을 거둘 때까지 극진히 돌보았다. 남편이 세상을 뜨는 데는 일주일도 걸리지 않았지만 그녀가 일터로 돌아오는 데는 삼 개월이 걸렸다. 복직한 후 들으니 처음 한 달은 자신이 혼자라는 사실에 적응하면서 보냈다고 했다. 이십육 년 동안의 결혼 생활이 끝난 것에 대해서 말이다. 그다음에는 프랑스에 사는 언니를 찾아가 함께 지냈고, 다시 출근하기 몇 주 전에는 브로에서 열리는 이 주짜리 요가와 명상 코스에 참가하기도 했다. 복직 후에는 출근하기 전 매일 인어공주 동상이 있는 랑엘리니 산책로를 따라 조깅을 하며 몸무게를 칠 킬로그램이나 감량했다. 본래 날씬했던 그녀의 몸은 반소매 티셔츠와 무릎 바로 위까지 오는 짧은 치마 아래로 매우 건강하게 근육 잡혀 있었다.

루이세는 처음부터 팀장을 존경했고 요가 이야기를 들은 다음부터 그녀를 향한 존경심은 한층 커졌다. 루이세가 보기에 팀장은 비교적 조용하고 아주 열심히 일하는 사람이다. 가운뎃손가락과 엄지를 둥글게 말아 붙이고 연꽃 자세로 앉아 명상을 하는 팀장의 모습을 상상하는 것만으로도 상사의 전혀 다른 면이 보이는 것 같았다.

"예스퍼가 이메일을 보낸 게 어딥니까?" 루이세가 물었다.

"호 세이 외르스테스바이의 인터넷 카페." 팀장이 대답했다.

라르스는 이미 자리에서 일어서 사무실 한가운데에 서 있었다.

"말도 안 돼!" 라르스가 성난 표정으로 오른손 주먹으로 왼손바닥을 세게 쳤다.

"그가 지난달 매일 같은 장소에서 이메일을 썼다면 그곳 단골이라든가, 그를 알아보는 사람이 있지 않을까요?" 루이세가 말했다.

"사실 이메일을 보낸 장소는 여러 곳이야. 수산네에게 이메일을 보낸 계정의 아이피 주소를 추적했더니 대부분이 그 카페였어. 거기엔 컴퓨터가 스무 대 정도 있지. 하지만 프레데릭스베르도서관이랑 중앙 도서관 컴퓨터의 아이피 주소도 있었어." 팀장이 말했다.

"추적을 어렵게 만들려고 작정을 했군요." 루이세가 말했다. 그를 알아볼 사람이 있을지도 모른다는 기대감은 이미 한풀 꺾였다.

"그렇지. 하지만 먼저 제대로 된 인상착의를 알아내야 그곳을 찾아가 목격자가 있는지 확인할 수가 있어." 팀장이 고개를 끄덕이며 말했다.

루이세는 수산네가 야콥센과 상담을 하고 있어서 같이 사진을 보면서 이야기하려면 시간이 좀 걸릴 것이라고 말했다.

그때 누군가 문을 벌컥 열어 문에 기대서 있던 팀장이 앞으로 고꾸라질 뻔했다. 빌룸센 경감이었다.

"뉘쾨빙 셸란에 나갈 사람 열 명이 필요해. 자네들도 간다. 삼십 분 후 출발이야."

"그건 힘들겠는데요." 팀장이 침착하게 말했다.

"영영 미제로 남을 것 같던 이민자 여성 살인 사건의 용의자를 찾아냈어." 경감이 팀장의 말을 무시하고 말했다.

"그거 잘됐군요. 우리는 지금 강간 사건의 범인 인상착의를 확인하느라 바쁘니 다른 그룹을 데려가지 그러세요?" 팀장이 여전히 차분한 목소리로 말했다.

강력계에는 팀이 다섯 개 있으니 사실 차출할 사람은 많았다. 하지만 도와줄 시간이 있는지 물어보고 다니는 것은 경감의 성격상 맞지 않았다. 그냥 가장 가까이에 있는 사람들에게 일을 맡기곤 했다.

"자네 사건은 잠시 기다려야 할 거야. 바로 준비하라고. 범인이 지금 뢰르비의 별장에 있는데 거기 얼마나 머무를지 알 수가 없단 말이야." 경감이 손목시계를 쳐다보며 말했다.

"저희 팀에는 그 사건에 투입할 사람이 없어요."

팀장이 침착하게 말했지만 루이세는 잔잔한 수면 아래에서 그녀의 성미가 점점 불타오르기 시작했음을 느꼈다. 경감은 자신의 계급이 그녀보다 높다는 사실을 한껏 이용하고 있었다.

"누굴 찾아야 하는지도 모르고 놈이 어디 도망가는 것도 아니잖아?"

경감이 말하고는 그 자리에서 빙글 돌아 밖으로 나가려 했다.

"경감님은 범인이 어디 있는지 정확히 아니까 뉘쾨빙 경찰을 시켜 잡아오게 할 수도 있잖아요. 그런 다음 여유 있게 놈의 집을 수색하시고." 팀장이 그의 뒤통수에 대고 말했다.

경감은 우뚝 걸음을 멈추더니 천천히 뒤로 돌았다.

"우리 사건이야. 살인이 코펜하겐에서 벌어졌으니 우리가 직접 체포할 거라고."

팀장은 한숨을 쉬며 포기했다. 그녀는 무뚝뚝한 말투로 자신의 팀에서 누군가가 꼭 필요하다면 토마스와 미켈을 데려가라고 했다.

"자네 부하를 찾아 돌아다닐 빌어먹을 시간이 없단 말이야. 게다가 어딘가에서 볼링이나 치고 있을 텐데. 그 둘이 요즘 그러고 다니지 않나?"

이 말을 듣고 발끈한 루이세는 무언가 대꾸하려다가 꾹 참았다. 경찰 본부에서 근무하는 사람이라면 누구나 토마스와 미켈이 시간만 나면 볼링장을 드나드는 것을 알고 있었다. 경찰 볼링 리그에서 금메달을 따기 위해서다. 하지만 근무에 영향을 끼쳐가며 그러는 것은 절대 아니었다.

경감이 팀장을 쳐다보며 같은 말투로 말을 이었다. "자네도 오지. 차 석 대에 나눠 타고 같이 나갈 거야."

루이세는 경감이 얼마나 타인의 신경을 거슬리게 하는 사람인지 본인도 아는지 궁금했다. 그는 다른 그룹에서 사람들을 차출할 때면 항상 생떼를 쓰면서도 막상 한스 반장이 자신의 부하직원들 몇 명을 내놓으라고 하면 그때마다 야단법석을 떨었다.

경감이 사무실을 완전히 나갈 때까지 팀장의 얼굴 표정은 전혀 달라지지 않았다.

"토마스와 미켈이 올라오고 있어. CCU에서 수산네의 컴퓨터를 조사할 때 같이 있었거든. 어쨌거나 뉘쾨빙에는 가야 할 것 같으니 사진은 내일 계속하자고." 경감의 발소리가 멀어지자 팀장이 말했다.

CCU, 즉 컴퓨터 범죄팀은 컴퓨터에서 벌어진 모든 활동을 추적할 수 있는 전문가 집단이다. 때로 경찰들이 직접 할 수 있는 일도 있었지만 지금으로서는 수산네의 컴퓨터가 사건의 유일한 단서라서 CCU의 전문가들에게 보낸 상태다.

"세상에, 저 인간 정말 못 봐주겠다니까." 팀장이 나간 뒤 라르스가 휴대전화를 꺼내들며 말했다. 아마 아내에게 자기 대신 아이들을 데려오라고 말하려는 것이리라.

라르스는 볼리비아에서 입양한 세 살배기 쌍둥이 아들 둘이 있다. 아이들이 처음 이곳을 방문했을 때는 사방을 거의 난장판으로 만들어놓았다. 어른들이 잠시 한눈을 파는 사이 녹색 사건 파일 몇 개에 담긴 내용물을 바닥에 완전히 쏟아놓았고, 루이세가 화장실에 다녀오는 사이에 나란히 앉아 각종 서류를 하늘로 던져대고 있었다. 물론 귀엽긴 했지만 경찰의 생산성에는 전혀 도움이 되지 않았다. 라르스는 야근을 반기지는 않았지만 요청을 받을 때면 언제나 충실히 근무를 해주었다.

루이세도 페테르에게 전화를 했지만 곧장 음성 메시지로 넘어갔다. 그녀는 간단히 늦겠다고 말하고 언제 집에 들어갈 수 있을지 아는 대로 다시 전화하겠다고 했다. 그런 다음 깊은 한숨을 내쉬며 일어서서 경감의 팀이 있는 곳으로 향했다.

별장의 위치는 지도에 표시되어 있었다. 약 사백 미터 전방에 이르자 경감이 방향 지시등을 켜고 갓길에 차를 세웠다. 그러고는 뒤에 따라오는 차들에게도 그렇게 하라고 수신호를 보냈다. 모두 차에서 내려 그의 자동차 주변에 모여 섰다.

"오늘 아침에 이곳 경찰에게서 제보를 받았다. 오랫동안 이자를 찾고 있었는데 이 근처에 사는 경찰이 우리가 보낸 사진으로 그를 알아보고 연락한 것이다." 경감이 말했다.

루이세는 조금 가까이 다가서서 임무를 알려주는 경감의 목소리에 귀를 기울였다. 팀장의 말 대로 뉘쾨빙 경찰에 체포를 맡기고 범인이 맞으면 인계받으면 될 텐데 왜 경감이 직접 나섰는지 이해할 수가 없었다.

"별장은 이 길의 막다른 곳에 있어." 경감이 손가락으로 지도 위의 한 지점을 짚으며 말했다.

루이세는 경감의 말을 듣는 것만으로 충분하다고 여기고 지도를 자세히 들여다보기를 포기했다. 빌룸센은 집 주변에 자리 잡을 경찰관들에게 고갯짓을 했다. 이제 경찰관 두 명이 그를 체포하러 들어갈 것이다.

"놈을 잡은 다음에는 집 전체를 뒤진다. 없애고 싶은 걸 이리로 가져왔을 개연성이 크다. 이 잡듯 아주 샅샅이 뒤져야 할 거야."

루이세는 여자의 주소지나 용의자의 집에 그를 살인과 연계할 증거가 하나도 없다는 얘기를 이미 들었다. 여자의 시신은 용의자의 차인 푸조의 옛 모델 309 흰색 차량 근처에서 발견되었다. 루이세는 별장의 앞문을 더 잘 보기 위해 자리에서 일어섰다.

경감이 다시 한 번 주변을 둘러보고 정문으로 다가가 문을 두드렸다. 모두가 무기를 꺼내 들었고, 그가 다시 한 번 손을 들어 문을 두들기는 순간 루이세도 자신의 권총과 권총집에 손을 갖다 댔다. 이런 일은 대체로 별다른 문제없이 진행되지만 일이 잘못 흘러가는 것을 몇 번 본 적이 있다. 그리고 그런 경우라면 일은 순식간에 터지는 법이다.

꼬

허름한 트레이닝복을 입은 남자는 빌룸센 경감이 말하는 여자에 대해서 아무것도 모른다고 했다. 그는 손짓, 발짓을 해가며 항의했지만 곧 경찰 두 사람이 그를 양쪽에서 붙들고 거실로 데려갔다.

루이세는 흰색 푸조 뒤에 서서 기다렸다. 잠시 후 다른 경찰들이 그자를 데리고 밖으로 나왔다. 그들은 고집스러운 표정으로 화를 내는 남자를 경찰차 뒷좌석에 앉혔다.

경감이 루이세에게 다가왔다.

"자네랑 라르스는 본부로 돌아가지. 난 여기 남아 수색을 주도할 테니까."

"같이 가서 심문 안 하시고요?"

토요일부터 이자를 찾아놓고선 이제 와서 심문은 천천히 해도 된다?

"당연히 해야지. 하지만 집을 수색하는 동안 좀 잡아둬도 괜찮아."

물론 틀린 말은 아니다. 하지만 루이세는 이렇게 업무를 나누는 이유를 이해할 수 없었다. 평소대로라면 경감이 직접 놈을 본부로 데려가 심문을 하고 다른 이들이 수색을 할 것이다. 그게 논리적이다.

"얼른 가라니까!" 경감이 명령했다.

'도대체 무슨 속셈이야.' 자신의 귀를 믿을 수가 없었다. '오만방자한 상사 한 사람 때문에 빌어먹을 운전사 노릇이나 하려고 여기까지 끌려오다니. 이럴 시간이면 수산네와 사진을 같이 볼 수도 있었을 텐데.'

루이세는 화가 머리끝까지 나서 팀장을 찾아 주변을 두리번거렸다. 루이세는 씩씩거리며 곧장 경감을 지나쳐 팀장을 찾아내 본부로 돌아가겠다고 보고했다.

팀장은 진한 갈색 가죽 수트케이스 앞에 쪼그리고 앉아 흰색 라텍스 장갑을 끼고 안에 든 옷가지를 하나씩 꺼내고 있었다. 먼저 돌아가겠다는 루이세의 말을 듣긴 했는지 무심코 고개를 끄덕이고는 자신의 일에 푹 빠져 계속해서 옷가지만 뒤적였다. 경찰관들이 목재 별장을 뒤지는 동안 강한 기운이 집안 전체에서 뿜어져 나오는 것 같았다. 결국 이대로 돌아갈 수밖에 없었다. 창문으로 자동차 옆에 서 있는 라르스가 보였다. 누군가를 찾고 있는 것 같았다. 루이세는 라르스가 찾는 사람이 자신일 거라 생각하고 밖으로 나갔다.

코펜하겐으로 돌아오는 내내 뒷좌석의 루이세 옆에 앉은 용의자는 아무 말도 하지 않았다. 그러다 경찰 본부가 가까워지자 큰 목소리로 떠들기 시작했다.

"나한테 왜 이러는 거요? 뭘 원하는 거야?"

"당연히 경찰과 이야기할 게 있어서죠. 당신 아내가 살해됐고 지금껏 당신이 어디 있는지 몰랐으니까." 루이세가 끼어들었다.

"난 아내를 사랑했다고. 지금도 상중(喪中)이라고!" 용의자가 소리쳤다.

용의자가 계속해서 무언가를 주절댔지만 루이세는 신경을 완전히 껐다. 라르스는 마치 로봇처럼 꼿꼿하게 앉아 운전하고 있었다. 이내 용의자가 울기 시작했다. 루이세는 고개를 돌려 그를 째려보았다.

"지하실에 넣어야 하나?" 라르스가 어깨 너머로 물었다.

"그래, 더는 못 들어주겠어. 경감이 직접 와서 꺼내라지."

루이세가 본부 지하에 있는 유치장으로 남자를 데려가는 동안 라르스는 주차장에 차를 댔다.

잠시 후 사무실로 올라오면서 루이세는 휑한 벽을 둘러보며 사무실 벽을 다시 칠할 때가 되었음을 느꼈다. 1970년대에 구비한 책상을 높이를 조절할 수 있는 새것으로 바꾼 지 두어 달 되었는데 그 덕분에 다른 것들이 더 낡고 촌스러워 보였다. 사무실 안에서 사람 냄새를 느낄 수 있는 부분은 루이세와 라르스가 각자의 가족과 친구 사진이나 조금 특별한 사건에서 얻은 기념품 등을 걸어놓은 메모판 두 개뿐이다. 예를 들면 한때 녹색 가루라 불리며 코펜하겐 전체를 들썩였던 연한 녹색 마약의 제조 방법이 적힌 종이가 붙어 있었다. 녹색 가루의 정체를 밝혀내는 데는 루이세의 친구 카밀라의 공이 매우 컸고 그녀는 이것 때문에 거의 목숨을 잃을 뻔하기도 했다.

메모판의 오른쪽 끝에는 EU 정상회담의 출입증이 걸려 있다. 그건 그때까지 루이세가 했던 수많은 임무 중 가장 지루했지만 경찰로 근무하는 한 종종 담당해야만 하는 일이기에 어쩔 수가 없었다.

루이세는 잠시 앉아 책상 위를 내려다보며 생각을 정리했다. 책상에는 약속이 다음 날로 미뤄졌음을 알려주는 수산네의 전화 메모가 남겨져 있었다.

그녀는 집에 전화해 페테르에게 곧 퇴근한다고 말했다.

"차 끓여 놓을게. 밥은 먹었어?" 페테르가 물었다.

때로는 마치 엄마처럼 구는 페테르가 성가시게 느껴질 때도 있었다. 페테르와 함께 살기 전까지만 해도 루이세가 밥을 먹었는지 안 먹었는지 챙기는 사람은 없었다. 이유는 모르겠지만 루이세는 그것이 매우 불편했다. 루이세는 치즈 샌드위치 하나면 된다고 페테르를 안심시켰다.

7

루이세는 자기 잔에 커피를 따르고 커피가 담긴 보온병을 오른쪽으로 넘겼다. 휴게실에서 열린 아침 브리핑에 참석한 이들은 대부분 이민자 여성 살인 사건의 용의자가 어제 뉘쾨빙 셸란 외곽 별장에서 체포되었음을 알고 있었다. 이미 몇 주에 걸쳐 수사하던 사건이 아닌가. 함께 현장에 나가지 않았거나 밤늦게까지 계속된 용의자 심문에 대해 듣기만 한 사람들은 한스 반장의 말에 귀를 기울였다.

"그 부부는 족히 칠 개월은 별거 중이었어. 아이가 둘인데 여자가 임시로 살던 아파트에서 함께 데리고 있었고. 사실 큰 문제는 없었는데 여자가 남자와 다시 합치고 싶은 생각이 없다고 한 날 문제가 터진 거지."

"남자가 토요일 아침에 아이들을 데려가 어딘가 내려놓고 이전 아내한테 돌아갔다고 생각하고 있다. 오후 한시쯤 위층의 이웃이 들었다는 다툼 소리와 일치하지. 그가 살인을 미리 계획했는지 아니면 말다툼을 하다 홧김에 아내를 찔러 죽인 건지는 확인하기 어렵다. 하지만 여자가 아홉 차례 칼에 찔려 목숨을 잃은 것만은 확실한 사실이지. 그는 자기가 토요일 오후 늦게까지 아이들과 함께 있었고 아이들을 아내 집에 데려다주러 갔을 때 거실에서 피 웅덩이 속에 쓰러져 있는 아내를 발견했다고 증언했다." 빌룸센 경감이 끼어들어 말을 받았다.

"그러면 아무도, 친구들조차 모르게 별장으로 도망간 것에 대해서는 뭐라고 하던가요?" 누군가 물었다.

"그게 아니라더군. 도망간 게 아니래. 오히려 '슬픔을 잊고 마음을 정리하기 위해' 조금 멀리 떠난 것뿐이라고 하더군. 과학수사반에서는 그자의 지문을 아내의 집 구석구석에서 발견했고." 경감이 양손의 검지와 중지를 까닥여 공중에서 따옴표 표시를 만들며 빈정거렸다.

"여자의 피가 묻은 칼이든 옷이든 찾아내야 해. 자기 혐의를 모두 부인하면서 지문이 나온 건 그곳에 수시로 드나들었기 때문이라고 둘러대기 쉽거든." 반장이 탁자 가장자리에 기대서 있다가 똑바로 몸을 펴며 말했다.

경감이 고개를 끄덕였다. 그것이야말로 어젯밤 놈을 체포하기 전에 그 자신이 말했던 것이 아닌가. 직접적인 증거가 없으면 법정에 섰을 때 불리할 것이다.

"뭔가 반드시 찾아낼 겁니다. 하지만 별장에는 아무것도 없었습니다." 빌룸센 경감이 말했다.

"그 강간 사건은 어떻게 되어가고 있어요?" 누군가 물었다.

반장이 팀장, 루이세, 라르스가 앉아 있는 탁자 끝으로 다가와 섰다.

"〈모르겐나비센〉에서 오늘 아침 나한테 전화했더군. 용의자를 찾기 위해 무슨 조치를 취하고 있는지 알고 싶다면서."

"이 사건에 대해서는 어떻게 알았대요?" 루이세가 발끈하며 물었다.

그녀는 쿵쾅대는 심장을 진정시키고 얼굴을 붉히지 않으려 애쓰면서 몸을 앞으로 바싹 기울였다. 루이세는 친구 카밀라가 기자로 일하는 〈모르겐나비센〉과 거리를 두기 위해 언제나 노력했다. 루이세가 친구에게 이야기를 흘렸다고 비난할 사람이 아무도 없도록 말이다. 그런데 카밀라가 어떻게 먼저 알았던 것일까.

"그 여기자가 어젯밤 수산네 어머니한테서 전화를 받았다더군." 반장이 말했다.

루이세는 한숨을 쉬며 잠시 눈을 감았다. 반장이 휴게실 한쪽 끝에 걸린 거대한 화이트보드로 다가갔다.

루이세는 눈을 떴지만 반장을 쳐다보지 않았다. 그의 입에서 곧 나올 말이 듣고 싶지 않았다.

"피해자의 어머니가 '경찰이 내 딸을 공격한 놈을 찾기 위해 하는 일이 하나도 없다'라면서 극도로 화를 냈다는군."

반장의 어조로 보아 어머니가 모든 것을 낱낱이 고해 바쳤음을 직감했다.

'나쁜 년.' 루이세가 중얼거리며 이제는 차게 식은 커피를 벌컥벌컥 들이켰다.

"용의자의 인상착의 확인은 어떻게 되어가나? 지금까지 알아낸 건 있고?"

반장이 파란색 마커의 뚜껑을 열고 글씨를 쓸 준비를 하며 화이트보드 앞에 섰다.

"아직 쓸 만한 인상착의는 없습니다. 원래 계획은 어제 루이세가 수산네와 함께 사진을 보면서 인상착의를 알아내는 거였는데 뉘쾨빙 셸란 작전 때문에 오늘로 미룰 수밖에 없었습니다." 팀장이 대답했다.

루이세는 DNA 분석을 할 수 있을 만큼 충분한 생물학적 증거가 있는지조차 아직 모르지만 DNA 분석실이 빠르면 이번 주말이나 늦어도 다음 주 초까지 결과를 보내올 것이라고 차분히 설명했다. 그녀의 말에 확신은 없었다. 현실적으로 결과가 나오는 것은 다다음 주가 될 수도 있고, 경찰이라면 누구나 그런 것에 대해서는 애써 생각하지 않으려 했다.

"그러면 여기 할 일이 그렇게나 많은데 왜 뉘쾨빙에 따라간 거야?" 반장이 물었다.

그 질문에 담긴 저의가 무엇인지 루이세는 이해할 수 없었다. 기껏해야 용의자를 데리고 본부로 돌아오는 운전사 노릇을 하러 뉘쾨빙까지 끌려간 일을 이미 팀장이 반장한테 고해 바쳤든가, A팀이 어제 체포 당시 현장에 나갔다는 사실을 반장이 전혀 몰랐든가 둘 중 하나다.

"명령을 받았기 때문에 협조할 수밖에 없었습니다." 팀장이 그 명령이 경감에게서 나왔음을 밝히기 위해 그를 향해 슬쩍 고개를 까닥이며 대답했다.

팀장의 눈은 한스 반장한테 박혀 있고, 경감은 아무렇지 않다는 듯 이 대화를 듣고만 있었다.

"오늘 오후까지 바로 조사에 착수할 수 있는 단서를 가져와. 요즘에는 성폭력 사건이 사람들의 관심을 모으고 있다. 특히 피해자가 온라인에서 상대를 만났을 때는 말이야. 게다가 이런 사건은 언론이 끼어들면 몇 주씩이나 질질 끌 수 있어. 곧 신문에 놈이 피해자에게 재갈을 물리고 손발을 묶었다는 내용이 뜨게 될 거야. 이 어머니란 사람은 딸을 발견했을 당시의 상황에 대해 입을 다물 기세가 아니거든. 하지만 놈을 온라인으로 만났다는 것만은 모르는 게 분명해. 그 여자의 말이 생판 모르는 남이 아파트를 침입한 것처럼 들렸다니까. 이제 피해자가 놈을 순순히 집에 들여놓았다는 사실이 알려지면 사건이 일파만파 커질 거라고!" 반장이 고래고래 소리를 질렀다.

루이세는 반장이 이미 헤드라인을 떠올리고 있음을 느꼈다.

"이 사건 당장 마무리 지어. 그리고 이게 해결될 때까지 다른 사건에 시간 낭비하지도 말고. 이것 말고 다른 급한 사건이 있으면 당장 다른 팀에 넘기도록. 그리고 모든 것은 내 허락을 거쳐야만 해." 반장이 경감을 흘깃 쳐다보며 말을 마쳤다.

모두가 자리에서 일어섰다. 루이세는 팀장을 슬쩍 쳐다보았지만 경감을 향한 반장의 가벼운 질책을 만족스러워하는지는 알 수 없었다.

"내 사무실에서 만나 다시 이야기를 하자고." 팀장이 휴게실을 빠져나가며 말했다.

"반장한테 전화한 게 네 친구 카밀라야?" 모두 팀장의 사무실에 모여 앉자 미켈이 물었다.

"나도 몰라. 요새 통화한 적 없어." 루이세가 조금 방어적으로 대답했다.

"수산네 어머니가 카밀라에게 전화를 걸어 대체 뭐라고 했는지, 그리고 대체 왜 신문사에 그런 전화를 했는지 알아보는 것도 좋겠지." 팀장이 말했다.

루이세는 자기 말고 다른 사람이 하라고 말하려다 자신과 카밀라의 관계에 더 주의를 끌고 싶지 않아 꾹 참았다.

"알겠어요. 제가 전화할게요. 하지만 열시에 수산네와 약속이 있어요. 이리로 와서 같이 인상착의 확인을 마무리하기로 했거든요."

"놈이 온라인에 등록해놓은 신상 정보를 이미 삭제했어요. 수산네가 놈에게서 받은 메시지를 확인하기 위해 그녀의 메일함에 들어갔는데 제가 보기엔 놈이 신상 정보를 내린 것 같습니다." 토마스가 말했다.

"아마 그녀의 피를 자기 몸에서 닦자마자 첫 번째로 한 일이겠지." 미켈이 끼어들었다.

"그 데이트 사이트를 통해 놈이 다른 여자와도 접촉한 사실이 있는지 확인해봐야 하지 않을까요?" 라르스가 물었다.

"'미스터 노블(귀족)'과 메시지를 주고받은 적 있는 다른 계정이 있는지 추적해봐야 해요." 토마스가 말했다.

루이세의 눈썹이 치켜 올라갔다. 혹시 그가 귀족 가문 출신이라는 뜻이 아닐까, 아니면 단순히 매력적인 사람이라는 뜻일 수도 있다.

"이야기가 나와서 말인데, 수산네의 대화명은 뭐였어?" 루이세가 물었다.

"'스노우 와이트.' 스노우 화이트(Snow White, 백설공주)에서 'h'만 빼고."

"아, h가 들어간 대화명은 이미 다른 사람이 쓰고 있었나 보지?" 루이세가 말했다.

"웹사이트 관리자는 '미스터 노블'이 주고받은 메시지를 추적할 수 있을 거예요. 못 해주겠다고 하면 CCU를 풀어버리죠, 뭐."

그 말을 들으니 진공청소기 같은 장치를 등에 메고 유령을 쫓는 영화 〈고스트버스터〉의 주인공이 떠올랐다.

'어쩌면 같은 종류일지도 몰라. 우리가 찾는 것도 눈에 보이지 않으니까.'

"사진 분석실에 오늘 간다고 얘기해놨어?" 팀장이 루이세에게 물었다.

루이세가 고개를 끄덕였다. 그러고는 수산네가 보관된 사진들을 보는 것이 나중에 용의자를 확인할 때 그녀의 기억을 방해할 우려는 없는지 팀장에게 물었다. 피해자가 범인의 인상착의를 확실히 기억하지 못하는 경우 나중에 피고 측 변호사가 경찰에서 미리 여러 사진을 보여주었기 때문에 피해자의 인지력을 신뢰할 수 없다고 주장할 여지가 있다. 그리고 실제로도 경찰이 피해자에게 여러

84

사진을 보여줄 때 그것이 피해자의 기억에 영향을 미치는 경우가 종종 있다.

"지금으로서는 다른 수가 없잖아?" 팀장이 말했다.

"그렇죠, 없죠." 루이세가 대답했다.

목격자들이 인상착의를 잘 기억하지 못한다는 사실이 그렇게 못마땅할 수가 없었다. 사람은 세부적인 내용을 정확히 기억하는 능력이 놀라울 만큼 떨어진다. 머리 색이 짙은 남자는 중간 정도의 금발이 되고, 누군가 이목구비가 뚜렷하다고 기억하는 사람을 다른 누군가는 평범한 인상이라고 한다.

"아니면 언론의 힘을 빌리는 건 어때요? 사건에 대해 설명하고 비슷한 경험을 한 여자들이 있는지 찾는 겁니다. 그중에 범인의 모습을 더 잘 기억하는 사람이 있을지 모르잖아요." 그들을 둘러싼 침묵을 깨고 루이세가 제안했다.

"그러면 다른 피해자가 있나 찾는 겁니까?" 라르스가 물었다.

마치 깊은 생각에서 갑자기 깨어난 사람 같았다.

"아직은 아니야. 이 이야기가 신문에 나면 당장 수산네의 잘못이라고 비난하는 여론이 들고일어날 게 분명해. 피할 수 있다면 그녀가 그런 일을 당하지 않게 하는 게 최선 아닐까."

팀장은 이미 그런 생각을 충분히 해본 것 같았다.

모두가 고개를 끄덕였다. 수산네만을 위한 게 아니라 그런 식으로 여론이 시끄러워지면 수사에도 방해가 된다.

"일단 인상착의를 받아내야 해. 나머지는 우리가 할 일이야. 하지만 어머니가 뭐라고 했는지부터 알아내." 팀장이 마지막으로 루이세에게 말했다.

모두 자리에서 일어섰다. 팀장은 미켈에게 수산네 어머니를 찾아가 이야기를 좀 나누라고 했다. 그녀를 직접 만나 입을 다물게 하라는 뜻이 분명했다.

⌒

루이세는 사진 슬라이드가 비춰질 노란색 스크린 앞 의자에 수산네를 앉혔다.

옆방에서는 분석가가 지금까지 나온 인상착의와 비슷한 사람의 사진을 고르고 있었다. 남자, 다소 어두운 피부, 넓은 이마, 짙은 눈, 부드러운 얼굴. 이것이 수산네에게 받은 인상착의고 여기에 키는 평균편차 십 센티미터, 나이는 오 년이다.

슬라이드를 보기 전에 루이세는 성범죄자 파일부터 수산네에게 보여주고 싶었다. 유죄판결을 받은 성범죄자들의 사진.

"지금 마침 그 파일을 옆방에서 쓰고 있어요. 슬라이드를 보고 난 다음에 그걸 보죠." 루이세가 그 파일을 부탁하자 분석가가 대답했다.

분석가가 슬라이드 영사기의 버튼을 누르자 찰칵 소리와 함께 둥그런 영사기가 돌아가기 시작했다. 그가 수산네에게 영사기 조작기를 넘겼다.

"특정한 사람을 집어내는 건 잠시 잊어요. 수산네는 그의 모습을 잘 기억하지 못하니까. 그저 인상착의에 맞는 타입만 골라내는 겁니다." 시작하기 전 루이세가 분석가에게 말했다.

사진 분석가가 고개를 끄덕였다.

"좋아, 준비됐어요." 루이세가 말했다.

루이세는 수첩을 꺼내 들고 수산네 옆에 앉아 원하는 속도로 사진을 넘기되 충분히 여유를 가지라고 말했다.

수산네가 고개를 끄덕이고 버튼을 눌렀다. 사진 분석가가 경찰에서 소장한 전체 범죄자 목록에서 찾아낸 사진 중 첫 번째가 스크린에 떠올랐다.

"전혀 저렇게 생기지 않았어요." 수산네가 단호하게 말했다.

루이세는 사실 그 남자가 수산네가 알려준 인상착의와 정확히 들어맞는 사람이라고 말하려다 입을 다물었다. 찾는 사람과 조금이라도 닮은 점이 있는 사람을 골라내려면 얼마나 정확한 인상착의가 필요한지 대부분의 사람들은 이해하지 못하니까. 기억을 토대로 '어두운 피부'와 '짙은 색 머리'라고 진술했을 때 그것이 얼마나 다양한 타입을 포함하는지 알기는 쉽지 않았다.

수산네가 다음 사진으로 넘겼다.

"이마가 저 정도로 넓진 않아요. 저 사람 관자놀이는 그보다도 훨씬 높아요." 마구 헝클어진 머리에 졸린 눈을 한 남자의 사진을 보고 수산네가 말했다.

대부분의 사람들이 체포된 다음 날 아침에 사진 찍히기 때문에 대체로 몸을 제대로 가누지 못하고 부스스한 사진이 많았다. 그런 사진을 보고 누군가를 짚어내기란 쉽지 않았다.

루이세는 수산네의 말을 받아 적었다.

"그의 눈이 더 예뻐요!" 수산네가 말했다.

"어떻게요?"

"더 정직해 보여요."

"그러니까 어떻게요?" 루이세가 다시 물었다.

"더 매력적이에요."

"자세히 설명해봐요."

"이렇게 눈 사이가 좁지 않았어요." 수산네가 스크린을 가리키며 말했다.

'눈 사이 좁지 않음.' 루이세가 메모했다.

한 시간 뒤 그녀는 분석가에게 종이 한 장을 넘겼다. 수산네는 세 번이나 "그 사람이에요!" 하고 외쳤다. 그리고 첫 번째로 그랬을 때에는 곧장 울음을 터뜨려 그 뒤로 몇 분 동안 허공만 쳐다보며 멍하니 앉아 있었다.

그럴 때마다 루이세는 잠시 휴식을 취하자고 했다. 새로운 사진이 나올 때마다 들리는 지루한 찰칵 소리는 점점 듣기 싫어지고, 캄캄한 어둠 속에 앉아 있자니 졸음이 쏟아졌다. 하지만 수산네는 곧 자신을 추스르고 계속하자고 말했다. 루이세가 왜 그 사진 속 그라고 생각하느냐 묻자 사실 확실치 않다고 말했다.

"비슷하게 생겼어요. 입이랑 코가 똑같아요."

분석가가 들어와 수산네가 고른 세 사람의 이름과 자세한 신상이 담긴 종이를 건넸다. 첫 번째 남자인 카르스텐 플린트홀름은 강간 혐의로 실형을 받은 적이 있다. 그걸 보자마자 루이세의 맥박이 빨라졌다. 그의 사진은 분명 성범죄자 명단에 들어 있을 것이다.

나머지 두 사람은 강간과 관련 지을 만한 전과가 없다.

카르스텐은 수산네가 성범죄자 명단이 담긴 푸른색 서류철을 넘기다가 즉각적인 반응을 보인 유일한 사람이다. 그녀는 종이를 넘길 때마다 나타나는 새로운 사진을 매번 뚫어져라 쳐다보았다.

'얼굴을 외우기라도 하려는 것 같군.'

어쩌면 정신을 집중해 쳐다보고 있으면 그 사진들 속에 숨은 악한 마음을 알아볼 수 있다고 생각하는 것 같았다. 루이세는 그런 수산네가 안타까웠다. 그리고 그들 대부분이 꽤 평범해 보인다는 사실에서 그녀가 조금의 위안이라도 얻기를 바랐다. 캄캄한 밤에 마주치고 싶지 않은 사람은 그중 두어 명뿐이었다.

루이세는 라르스에게 전화를 걸어 수산네가 지목한 세 사람이 성범죄자 명부에 있는지, 그렇다면 그들이 현재 감옥에 있는지 아니면 출소했는지 확인해달라고 부탁했다.

이 세 사람 말고도 루이세는 수산네가 이야기한 전반적인 인상착의를 설명했다. 이마가 넓고, 눈 사이가 그리 가깝지 않고, 그 밖에 루이세가 수첩에 적은 다른 세부 사항을 이용해 분석가는 옆방에서 인상착의를 완성했고, 루이세에게 출력한 종이를 건네주었다.

루이세는 수산네를 데리고 아래층으로 내려갔다. 수산네의 얼굴은 다시 한 번 짙은 멍을 가려주는 야구 모자의 그늘에 파묻혀 있었다. 처음에는 이번 주까지 직장에 병가를 내려고 했으나 과학수사반에서 그날 아파트 조사를 마쳐 원한다면 집에 들어가도 된다고 하자 수산네는 곧장 출근을 하는 것도 좋겠다고 했다.

"사건의 충격이 조금 가실 때까지 어머니와 함께 지내는 건 어때요?" 루이세가 물었다.

루이세는 수산네 어머니가 신문사에 연락했다는 사실을 밝힐까 말까 생각 중이었다. 수산네가 그것을 아는지도 궁금했다.

"아니, 집에 가고 싶어요."

"어머니는 어때요? 큰 충격을 받으셨을 텐데." 루이세가 조심스럽게 물었다.

"열쇠 수리공을 불러 자물쇠를 바꾸고, 문에 밖을 볼 수 있는 구멍을 뚫고 체인도 달았어요. 엄마는 내가 그와 데이트 한 걸 몰라요."

수산네가 몸의 중심을 한쪽 발에서 다른 쪽 발로 옮겼다.

"그건 비밀로 하는 거예요?" 루이세가 물었다.

수산네가 왼쪽 광대뼈에 난 상처를 조심스레 만졌다.

"비밀은 아니에요. 그냥 그런 이야기를 안 한 것뿐이에요." 수산네가 한참 있다가 말했다.

"사이가 가깝지 않군요?" 루이세가 물었다.

"그래요. 그렇다고 할 수 있죠. 엄마는 내 인생에 대해 자기만의 생각을 가지고 있어서 스스로 만든 이미지 말고는 보려하지 않죠."

루이세는 그녀를 계단참의 벤치에 앉혔다. 그들은 계단을 통해 다른 이들이 말을 들을 수 없도록 목소리를 낮췄다.

"당신의 인생이 어떻기를 바라시는데요?" 루이세가 물었다.

"평상시처럼요. 전 십이 년 동안 혼자 살았어요. 스무 살 때 은행에 취직하면서 엄마가 사는 집의 아래층으로 이사 갔죠. 곧 엄마랑

내 생활에 일정한 리듬이 생겼고 엄마는 모든 게 계속 그런 식으로 흘러가길 진심으로 바라죠. 모든 게 규칙적인 일상 말이에요."

"당신이 벗어나고 싶어하지 않을, 감히 벗어날 생각도 하지 못하는 그런 일상?"

"꼭 필요하기 전까지는 변화를 만들 이유가 없잖아요." 수산네가 회피하듯 대답했다.

"어머니가 언론과 접촉해 당신 이야기를 한 건 알아요?"

이 이야기를 꺼내는 것이 과연 잘하는 일인지 확신할 수 없었다. 하지만 지금이야말로 둘이 마음을 터놓고 이야기한다고 볼 수 있는 유일한 순간이 아닌가. 월요일 밤 자칭 예스퍼 비에르그홀트라는 남자와 저녁식사를 하기 전까지 수산네가 어떤 삶을 살았는지 조금이라도 알 수 있는 기회다.

처음에 수산네는 루이세의 말에 아무 반응도 보이지 않았다. 잠시 후 그녀가 양 발의 엄지발가락을 툭툭 마주쳤다.

"몰랐어요. 엄마는 왜 범인이 잡히지 않는지 이해를 못 했거든요. 그래서 그가 다시 올까 봐 걱정하고 있어요." 수산네가 한숨을 쉬며 말했다. 그러고는 성한 눈으로 루이세를 힐끗 쳐다보았다.

"당신도 놈이 다시 올까 봐 두려워요?" 루이세가 물었다.

수산네가 어깨를 으쓱했다. "두려운 건…… 아닌 것 같아요. 하긴, 아직 별다른 감정을 느끼지 못하니까. 물론 출근하는 길에 마주칠 수도 있고, 퇴근해 돌아오면 집 앞에서 기다리고 있을 수도 있죠. 그날 밤 그렇게 끔찍한 일이 벌어지리라고는 상상도 못했어요. 이 상황에서 이상하게 들릴지 모르겠지만 그런 일이 다시 일어날 거라고 생각지도 않아요."

수산네는 모자를 벗어 무릎 위에 올려놓고 자신의 짧은 머리를 흔들었다.

루이세는 수산네를 유심히 쳐다보았다. 오랫동안 그녀를 감싸고 있던 순진함과 보호막 같은 것이 분명히 느껴졌다. 하지만 이제 그녀는 살면서 일어나는 모든 일을 자신이 완벽히 통제할 수 없다는 사실을 깨달은 것이다.

"이제 당신의 삶을 살아야 할 때가 된 건지도 모르죠." 루이세가 말했다.

그런데 일상과 규칙에서 조금이라도 벗어나기로 한 첫 번째 시도에서 그렇게 큰 아픔을 당하다니, 참으로 어처구니없는 일이었다.

"그럴지도요."

"어쨌거나 어머니하고 이야기를 해봐요. 어머니나 당신이나 기자들하고 이야기를 해선 안 될 것 같아요."

루이세는 잠시 말을 멈췄다. 지금부터 이어질 이야기를 조금 덜 충격적으로 만들려면 어떻게 해야 할지 골치가 아팠다.

"이제 이야기가 언론에 들어갔으니 당신이 범인과 아는 사이였고 데이트를 했다는 사실 역시 언젠간 드러날 수 있어요. 마음의 준비를 해야 할 거예요."

수산네가 다시 모자를 쓰고 고개를 끄덕였다.

"그건 제 잘못이 아니에요. 그렇죠?" 수산네가 자신을 납득시키기라도 하는 듯 말했다.

"당연히 아니죠." 루이세가 맞장구를 쳤다.

수산네와 헤어진 루이세는 사무실로 들어가 출력물을 라르스의 책상 위로 던졌다.

"얼추 이 정도야." 루이세가 자리에 앉으며 말했다.

라르스는 인상착의를 읽으며 그녀가 없는 동안 자신이 알아낸 것에 대해 들려주었다.

"카르스텐은 칠 개월 전에 출소했어. 놈의 지문이랑 DNA 다 가지고 있으니까 수산네의 집에서 확인할 만한 증거가 나오면 비교하기도 쉽겠지. 그녀가 지목한 두 번째 사람은 닐스 뷀더라고, 출소한 지 일 년이 지났는데 말했다시피 이런 중범죄는 저지른 적이 없어. 대부분 바로 현금화할 수 있는 것들에 관심이 있었지."

루이세는 의자를 뒤로 밀고 책상 위에 다리를 올렸다.

"그리고 마지막 놈 쇠렌 마티센은 아직도 교도소에 있어. 강간 혐의로 일 년이 더 남았으니 일단 놈은 제외할 수 있지."

"주말에 외출 나왔다가 월요일 날 안 돌아갔을 가능성은?" 루이세가 불쑥 물었다.

라르스가 씩 웃으며 고개를 흔들었다. "벌써 확인했지."

"그럼 난 카밀라한테 전화 좀 해볼게."

수산네 어머니가 카밀라에게 무슨 말을 했을지 생각하면 조금 걱정이 되었다. 루이세는 수산네의 말을 떠올렸다. 과거 자신의 어머니가 지나치게 간섭하려 들었을 때 느꼈던 짜증이 떠올랐지만 그 정도는 수산네의 경우와 비교도 할 수 없었다. 그녀는 딸의 인생을 쥐고 흔드는 사람이다. 바로 위층에 산다는 사실만으로 루이세는 눈살이 찌푸려졌다. 딸이 하는 일, 딸의 인간관계, 딸의 견해를 모두 통제하고 간섭하려 드는 어머니. 아마 수산네가 어울리는 사람들을 모두 알고 있을 것이고 그런 사람의 수도 많지 않을 터다. 마치 거대한 구속복을 입고 사는 것 같은 기분이리라.

'불쌍한 수산네.'

그때 라르스가 호기심 어린 표정으로 자신을 쳐다보고 있는 것이 느껴졌다. 수산네는 자신만의 행복을 찾고 남편과 가정을 이루기 위해 어머니의 손아귀에서 벗어날 길을 몰래 찾고 있었던 것이다. 어느 정도 동정심도 느껴졌다. 그렇게 위아래 층에 살다 보니 어머니의 감시의 눈초리에서 벗어나는 유일한 길은 인터넷이었는지도 모른다. 왜 수산네가 자신과 어울리지 않는 온라인 데이트를 시도했는지 납득이 갔다.

8

🕊

    카밀라가 전화를 너무나도 빨리 받아 루이세는 그녀의 손이 수화기 위를 맴돌고 있었던 것이 아닐까 생각했다.

    "수산네 한손의 어머니가 전화해서 대체 뭐라고 했어?" 루이세가 인사도 없이 불쑥 물었다.

    "수산네 한손?" 카밀라가 짐짓 모르는 척하며 되물었지만 그런 얕은 수가 통할 리 없다.

    "장난치지 말고. 어머니가 뭐라고 했는지 정말로 알아야 한단 말이야. 대체 왜 그쪽으로 연락을 한 건지도 이해를 못 하겠어. 뭘 원해?" 루이세가 따져 물었다.

    카밀라가 침묵하는 것으로 보아 이 정보를 알려주는 대가로 다른 무언가를 얻을 수 있을지 없을지 생각하는 것이 분명했다.

    "왜 언론에서 그 사건에 대해 말이 없는지 모르겠다고 하더라고. 신문이나 뉴스에서는 온통 성폭력 이야기뿐인데 자기 딸이 당한 범죄에는 아무도 관심을 안 갖는 것 같다나." 카밀라가 마침내 대답했다.

"그러면 고마워해야 하는 거 아냐?" 루이세가 씩씩거리며 대꾸했다.

"그러게 말이야!" 카밀라는 쾌활하게 대답했지만 곧 진지한 목소리로 말했다. "끔찍한 사건 같더라. 세부적인 부분에 대해서는 아직 한스 반장의 확인을 받지 못했는데 그걸 보니 내가 아는 게 꽤 정확한 것 같더라고. 아니면 실제 사실은 그보다 더 심각해서 그렇게 입을 꽉 다물고 있는 건지도 모르고."

"수사에 집중하기 위해 발설하지 않는 걸 수도 있고, 엉?" 루이세가 끼어들었다.

"사건에 대해 정확히 알려준다면 어머니가 말한 것도 들려줄 수 있는데." 카밀라가 말했다.

"됐어. 난 아무것도 말 못 해. 무엇이든 반장의 입에서 직접 나와야 하거든. 오늘 늦게 정보가 좀 있을 것 같기도 해. 네가 전화를 걸어 반장을 압박하는 바람에 언론에 제공하기 위해서라도 뭔가 찾아내라고 성화를 했거든."

"잘됐네."

카밀라는 자신의 전화에 반응이 있었다는 말을 듣고 기분이 좋아진 것 같았다. 그래서인지 수산네 어머니와 통화한 내용을 루이세에게 말했다.

"딸이 손과 발이 뒤로 묶인 채 맞고, 재갈이 물려 피 웅덩이 속에 있는 걸 자기가 발견했다고 했어. 그 짓을 한 놈은 피해자의 입에 나뭇조각을 물려 그녀를 질식시키려 했고."

"잠깐! 피 웅덩이 같은 건 없었고, 질식시키려고도 하지 않았어! 이제 그만해도 돼. 괜히 헛고생 하지 말고 네 이름으로 그런 말도 안 되는 기사 쓰는 건 그만둬. 나중에 기사 철회하느라 쇼를 하게 될 테니까."

카밀라가 안타까운 신음을 흘렸다. 아마 기사를 거의 완성한 것 같았다.

"그렇게 자극적이진 않았어. 이 사건에서 가장 극적인 부분이 있다면 뭔지 알아? 피해자가 엄청나게 입이 가벼운 어머니를 뒀다는 거야." 루이세는 엉망이 된 수산네의 얼굴을 떠올리며 최대한 설득력 있게 말하려 애썼다.

"그럴지도 모르지. 하지만 적어도 그 어머니가 언론의 관심을 받으려고 딸이 성폭행당한 걸 꾸민 건 아니잖아." 카밀라가 끼어들었다.

"물론 아니지. 하지만 일단 기회가 생기니까 아주 적극적으로 나오는 건 분명해." 루이세가 대꾸했다.

"그럴 수도 있지. 그럼 그녀와 이야기를 더 해봐야겠네." 카밀라가 생각에 잠겨 말했다.

"아무것도 못 알아낼 거야. 미켈이 지금 같이 있거든. 알지? 미켈의 입막음 솜씨가 꽤 뛰어난 거."

"하! 알았어. 그럼 반장하고 이야기를 나누기 전까지는 기사를 내지 않을게. 하지만 다른 신문에서 읽게 되는 일은 없는 거지?"

기자가 이미 작성한 기사를 내지 않는다는 건 어느 정도 위험을 감수하는 것임을 의미했다.

"그 불쌍한 여자한테 무슨 일이 일어났는지 밝힐 수 있게 되면 날 잊지 말라고. 참, 혹시 이번 주말에 마르쿠스 좀 봐줄 수 있어?"

대화의 주제가 순식간에 바뀌어 루이세는 생각을 정리하느라 머리를 흔들었다. 일단 주말에 다른 계획은 없다. 그래서 고개를 끄덕이며 대답했다.

"물론이지."

카밀라는 마르쿠스와 둘이서 살기 때문에 가끔 주말에 일을 할 때마다 문제가 생겼다. 아이의 아버지 토비아스는 격주 주말마다 아들을 데려갔고, 카밀라에게 일이 생길 때마다 최대한 도와주기도 했지만 그렇지 못할 때에는 아이를 봐줄 사람을 찾느라 애를 먹었다. 카밀라의 부모는 네 시간이나 떨어진 유틀란트의 스칸데르보르에 살고 있는데 카밀라 아버지는 아이를 데려오고 데려다주는 일을 달가워하지 않았다.

"출근하는 길에 우리 집에 두고 가." 루이세가 말했다.

"출근하는 게 아냐. 손님이 오기로 했거든."

"뭐? 그 남자 누구야?" 놀란 루이세가 웃으면서 물었다.

"잠깐만 기다려봐. 그 정보를 너하고 나눌 이유가 있는지 잠깐 생각 좀 해보고." 카밀라가 비꼬듯 말했다.

"온라인에서 만난 사람만 아니면 돼." 루이세는 잠시 수산네의 부은 얼굴을 떠올리며 말했다. 그런데 그 문장을 채 끝내기도 전에 카밀라가 끼어들었다.

"그건 또 무슨 소리야? 나보고 데이트 좀 하라고 잔소리할 때는 언제고!" 카밀라가 벌컥 화를 냈다.

루이세는 잠시 생각을 해보았지만 카밀라에게 데이트하라고 압력을 가한 적은 없는 것 같았다.

카밀라가 말을 이었다. "그래서 이제 정말 데이트를 한다니까 수십만 다른 사람들이 쓰는 방식으로는 안 된다고? 그게 뭐가 잘못된 건데? 설사 내가 그런 식으로 이 사람을 만났다고 해도 말이야?"

"잘못된 거 없지. 네가 결국 포기하고 온라인 데이트 같은 걸 시작하게 된 줄 몰랐어."

루이세는 이렇게 말해놓고는 '포기'라는 말을 쓴 것을 금세 후회했다. 벌써 카밀라가 말 한마디에 민감하게 반응하고 있지 않은가.

"내가 그렇게 사람을 만났다고 한 적은 없어. 하지만 요즘은 이게 새로운 사람을 만나는 가장 흔한 길이란 말이야."

루이세는 말머리를 돌려 카밀라를 말리려 했지만 소용없었다. 카밀라의 투덜거림은 계속되었다.

"얼마 전에 어느 부부 이야기를 들었는데 남편은 큰 슈퍼마켓 체인 CEO고 아내는 패션업계의 저명한 세일즈 전문가래. 둘 다 사람 좋고 연봉도 짭짤한데 술집에 나가 놀 시간이 없어서 온라인으로 만났다고 하더라고."

루이세는 수화기로부터 쏟아져 나오는 카밀라의 말에 대꾸하지 않으려고 입을 다물었다. 그 대신 결과가 좋다면 아무 문제가 없지만 재수가 없으면 정말 안 좋게 끝날 수 있다는 식의 말을 돌려서 할 방법을 찾기 시작했다. 하지만 그런 말을 할 수는 없다. 그렇게 하면 카밀라가 그것이 지금 루이세가 맡은 사건과 관련이 있음을 즉각 눈치채고 사건 전체를 꿰어 맞출 것이 분명했다. 수산네 어머니가 몰랐던, 그리고 몰라야 할 바로 세부적인 내용을 말이다.

"인터넷 데이트가 잘못된 건 아니지. 다만 컴퓨터 속 신상 정보 뒤에 숨어 있던 사람을 실제로 만나기로 했다면 조금 조심하는 게 좋지 않겠냐는 뜻이야." 루이세가 말했다.

"오, 왜 그래. 꼭 식수 안전 협회에서 나오는 우스꽝스러운 책자 속 이야기 같잖아."

그렇게 이야기를 끝냈다.

***

"이 사건도 우리가 찾는 사람이 홀연히 연기 속으로 사라지고 마는 그런 사건 중 하나가 될지 몰라. 이 예스퍼라는 놈은 존재하지 않아."

전화를 끊은 루이세가 사건 전체를 돌아보며 딱히 누구에게랄 것도 없이 중얼거렸다. 라르스는 쌓인 서류를 읽다가 무슨 소리를 하느냐는 표정으로 루이세를 쳐다보았다.

"존재하지 않아? 수산네가 스스로 팔다리를 묶은 것도 아니잖아." 라르스가 대꾸했다.

루이세는 씩 웃으며 라르스를 쳐다보았다.

"당연히 아니지. 하지만 이 예스퍼 비에르그홀트란 사람은 누구도 될 수 있잖아. 만들어진 존재니까. 그의 정체를 알아낼 단서가 쥐꼬리만큼도 없다고. 올보르에 사는 비아르네라는 사람일 수도 있지. DNA가 등록되어 있지 않고 AFIS에 지문이 없다면 잡을 수도 없어."

AFIS는 수십만 개의 지문이 등록되어 있는 덴마크 경찰의 데이터베이스다.

"한번 보자고. 사람이 완벽하게 자취를 감추는 건 거의 드문 일이니까." 라르스가 서류를 내려놓으며 말했다.

"그런 거 본 적은 있잖아. 이거랑 비슷한 사건에도 그런 적이 있었고." 루이세가 다시 말했다.

"회르스홀름의 킴이라는 놈 말이야?"

루이세는 이 미제 사건 이야기를 한 적이 있다. 코펜하겐 교외의 뢰도레에 사는 여자가 온라인에서 남자를 만났는데 그는 자기 이름이 킴 옌센이며 회르스홀름에 산다고 했다. 만나기 시작한 지 얼마 안 되어 그녀는 *끔찍한 폭행을 당했다*. 나중에 경찰이 킴을 찾아 나섰을 때 그는 마치 지구상에서 자취를 감춘 것 같았다. 인터넷의 신상 정보는 삭제되었고, 휴대전화는 더 사용되지 않았으며, 지문과 DNA 샘플 외에는 다른 증거가 없었는데 그나마 그것으로는 신상을 확인할 수 없었다.

"놈의 샘플이 아직도 보관되어 있어. 나타날 때만 기다리고 있지." 루이세가 미제 사건 파일을 향해 고개를 끄덕이며 말했다.

성폭력 범죄자들은 다른 사건으로 붙잡혀 와 지문을 떴다가 지문이 과거의 사건과 일치하는 바람에 범죄가 들통 나는 일이 흔했다. 컴퓨터가 일치하는 지문을 발견하는 순간, 짜잔 하고 단 일초만에 놈의 이름과 사회보장번호를 알게 되는 것이다.

"그 사건 용의자의 인상착의가 생각나지 않는데. 혹시 놈이 짙은 색 머리라면 그 피해자와 연락을 해보는 것도 좋겠지. 연쇄 범죄일 수도 있잖아." 라르스가 말했다.

루이세는 자리에서 일어나 뢰도레 사건 파일이 어디에 있는지 기억해내려 애썼다. 루이세는 사무실 벽 한쪽 전체를 차지하고 있는 철제 책장에서 이것저것 꺼내보다가 세 번째로 꺼낸 파일에서 그것을 찾아냈다. 이 년 전 그 사건을 맡으면서 비슷한 일들이 많이 일어날까 봐 걱정했던 게 떠올랐다. 이제는 지금 이야기하고 있는 상대가 누구인지, 어디에 있는지 확신할 수 없는 세상이 아닌가. 전화를 받는 상대가 집에 있을 것이라 생각하지만 사실은 북부 셸란 섬의 별장에 있는지도 모르는 것처럼 말이다.

루이세도 그런 경험이 있었다. 한번은 퇴근 후 자전거를 타고 집으로 돌아가다 감멜 콩게바이에 들어섰을 때 휴대전화가 울리기 시작했다. 셸란 섬 북부에서 열린 세일즈 세미나에 참석 중인 페테르한테서 온 전화였다. 루이세는 자전거를 보도에 세워놓고 통화를 했다. 그리고 이 분여 뒤, 페테르가 갑자기 통화하면서 미소 짓는 모습을 보니 참 좋다고 하는 것이 아닌가. 루이세는 아무 말도 못하다가 이내 페테르가 자신을 보고 있음을 깨달았다. 아니나 다를까, 페테르가 예정보다 일찍 돌아와 근처 식품점에서 나오다가 그녀의 자전거를 발견한 것이다.

처음에는 그런 페테르를 보고 활짝 웃었지만 곧 어딘가 불편한 기분이 들었다. 그녀의 마음속에서 그는 아직 셸란 섬에 있었고, 가까운 곳에 있으리라는 생각은 조금도 하지 못했다. 그런데 그가 바로 거기에 서서 자신을 지켜보고 있는 것을 알게 되니 조금 섬뜩한 기분이 들었다. 지금도 그 생각을 하면 사람들이 상대의 위치에 대해 자신만의 가정에 얼마나 전적으로 의존하는지 깨닫곤 한다. 그런 가정이 흔들릴 때면 머릿속의 생각 전체도 흔들리는 법이다.

≈

루이세는 용의자의 인상착의를 들고 팀장의 사무실로 향했다. 그리고 수산네의 어머니가 카밀라에게 무슨 이야기를 했는지 간략하게 보고했다.

"예스퍼 비에르그홀트가 자신에 대해 수산네에게 알려준 것 중 진실은 전혀 없는 것 같습니다."

루이세는 이렇게 말하며 수산네와 뢰도레 사건의 유사점에 대해 언급했다.

"그 사건을 다시 들여다보는 건 좋은 생각이야. 관련이 있을 수도 있지. 이런 범행을 저지르는 놈들을 프로파일링해보면 재범 가능성이 있다니까. 한 번 무사히 빠져나가면 언젠가는 같은 짓을 다시 하게 되어 있지. 그게 강간범과 피해자 사이에 일어나는 심리적 힘겨루기의 일부거든. 놈은 힘을 갖고 그 힘을 발휘하지. 그리고 성공할 때마다 다시 하고 싶은 마음이 동해서 새롭게 같은 일이 반복되는 거야." 팀장이 말했다.

"그냥 성적으로 일탈 행동을 하는 놈은 아닐까요? 그저 그런 힘을 원하는?" 루이세가 말했다.

그녀는 프로파일링 경험이 별로 없어서 필요할 때마다 팀장의 도움을 받곤 했다.

"피해자를 결박할 것과 재갈을 미리 챙겨 왔는데, 이건 분명 강제적인 수단을 뜻하지." 팀장이 설명하며 킴 옌센의 인상착의를 읽기 시작했다.

"인상착의가 대단하진 않아요." 루이세가 서둘러 털어놓았다.

"억지로 이자를 끌어내는 것도 위험할 수 있어. 위협받는다고 느껴지면 통제하고 싶은 욕구가 커질 테고, 그러면 무슨 짓을 할지 모르거든." 팀장이 말했다.

"놈을 찾아야만 해. 루이세를 미끼로 꼬여낸 다음 체포하면 어떨까. 루이세를 해치기 직전에 말이야." 그 소리는 문간에서 들려왔다.

모르는 사이에 한스 반장이 나타난 것이다.

그의 목소리에는 날카로움이 묻어났다. 둘 다 그를 올려다보았지만 아무 말도 하지 않았다.

'미친 짓이야.'

반장 역시 범인이 램프의 요정처럼 홀연히 나타났다가 쥐도 새도 모르게 자취를 감춰버린 사건임을 감지한 것 같았다. 반장도 이 사건을 해결하려면 무엇이 필요한지 알지만 그것이 그들이 가진 힘을 모조리 써버릴 복잡한 사건이라는 사실을 인정하고 싶지 않았다.

"DNA에 대해 과학수사반과 통화를 했는데, 찾아낸 모발을 감식 중이래. 정액 샘플에는 DNA를 추출할 만한 정보가 없으니 큰 기대를 품어선 안 될 것 같더군. 하지만 처리 속도를 높여보겠다고 약속했으니 다음 주말쯤엔 뭔가 나올 거야." 반장이 아까보다 가라앉은 목소리로 말했다.

루이세가 한숨을 쉬었다. 그보다는 결과가 빨리 나오기를 바랐는데 말이다.

"그때까진 모든 각도에서 사건에 접근해야 해. 그 빌어먹을 놈을 찾는 게 불가능할 리 없다고. 토마스와 미켈이 놈이 이메일을 보낸 주요 장소를 알아볼 거야. 우리한테는 아이피 주소가 있어. 그런 데서 누구랑 이야기를 했든, 누군가의 눈에 띄었든 뭔가 있을 거라고, 제기랄."

그의 목소리에서 좌절감이 배어났다.

팀장이 고개를 끄덕였다. 조사 방식에 그녀도 동의하는 것이 분명했다.

"먼저 수산네의 입을 더 열게 해야 해. 그리고 온라인 데이트라는 걸 어떻게 하는지 더 자세히 알아봐. 아직 모른다면 말이야." 반장이 루이세에게 말했다.

반장이 루이세를 쳐다보지 않으니 오늘날 셀 수 없이 많은 사람이 드나드는 수많은 온라인 데이트 사이트 중 어느 한 곳도 들어가본 적이 없다고 고개를 흔들 필요도 없었다.

"그렇게 철저히 알아보려면 시간이 걸릴 텐데요." 수산네의 불완전한 설명에 맞는 사람들을 하나하나 확인하려면 업무량이 얼마나 늘어날지 생각하며 루이세가 말했다.

"그럼 시간을 들여! 조금이라도 비슷하다 싶으면 사진과 신상을 출력해서 수산네에게 보여주라고. 누군가 알아볼지도 모르니까."
반장이 허공에 삿대질을 하며 버럭 소리를 질렀다.

　루이세는 한숨을 쉬었다. 그리고 밖으로 나가려는데 반장이 갑자기 주제를 바꾸었다.

　"언론에는 뭐라고 하지? 그 둘이 서로 아는 사이였다는 걸 말해야 할 것 같아." 반장이 팀장의 사무실 안을 서성이며 말했다.

　"당분간 입을 다물고 있어도 되죠. 그저 집에서 신원미상의 용의자에게 강간당했고, 아직 이렇다 할 단서가 없다고 하면 되죠." 팀장이 말했다.

　"그게 아니……." 반장이 짜증을 내며 끼어들었다.

　그는 무능력한 경찰처럼 보이는 걸 정말 싫어했다.

　"그렇게 해요. 우리 모두 침착하게 사건에 집중할 수 있어야 해요. 이자와 이메일을 주고받은 다른 여자들을 찾아낼 때까지 성가신 사람들은 일단 제거해야 하니까요. 토마스가 벌써 그 웹사이트 운영자를 접촉했고 오늘 오후까지 명단이 나올 것 같대요. 그러고 나서 언론에 알려야지 당장은 시기상조예요." 팀장이 단호하게 말했다.

　반장은 아무 말 없이 서서 팀장의 주장을 곱씹었다.

　"좋아." 마침내 반장이 말하며 빙그르 몸을 돌렸다.

　반장이 문을 나서기 전 루이세가 온라인 데이트 사이트에 사진을 올린 비슷한 나이대의 짙은 색 머리 남자를 모두 검색하면 되느냐고 확인하듯 그에게 물었다.

　반장이 몸을 돌려 귀찮다는 표정으로 루이세를 바라보았다.

"그게 아니지. 맞는 사람만, 수산네의 인상착의에 맞는 사람만 보란 말이야."

루이세는 양손으로 관자놀이를 짚었다. 수산네가 이야기한 인상 착의란 부족하기 이를 데 없었다. 짙은 머리를 가진 남자 수천 명의 사진이 눈앞을 스쳐 지나가는 것만 같았다. 루이세는 씩씩거리며 반장 옆으로 빙 돌아 사무실을 나갔다. 반장은 거기 서서 '내가 뭘 잘못 말한 거야?' 하는 표정으로 루이세의 뒷모습을 바라보고 서 있었다.

9

"먼저 티볼리로 가서 그들이 어느 레스토랑에서 식사를 했는지 알아내야 할 것 같아." 루이세가 말했다.

라르스 앞에 쌓인 서류 더미는 어느새 더 높아졌다. 그는 읽고 있던 자리에 손가락을 짚고 고개를 들었다.

"거기 너 혼자 가도 될까? 놈이 사이트에 접속한 시간이 언제인지 알아보는 중이야. 일종의 패턴이 있기를 바라는데 얼핏 봐서는 시간대가 들쑥날쑥한 것 같아. 낮이고 밤이고 제각각이야. 하지만 이것들은 아직 안 봤으니 포기하긴 이르지."

라르스가 다른 한 손을 나머지 서류 더미에 올렸다.

루이세는 그 말을 듣고 잠시 생각하며 서 있었다. 먼저 발뷔로 가서 수산네의 멀쩡한 모습이 담긴 사진을 구해야 했다. 하지만 생각해보니 꼭 그럴 필요도 없었다. 루이세는 수산네가 병원에 있을 때 찍은 사진들을 꺼냈다. 그중 하나는 덜 부은 오른편 얼굴이 잘 나와 있었다. 루이세는 그 사진을 가방에 넣고 티볼리의 레스토랑 여러 군데를 다녀보고 바로 돌아오겠다고 말했다.

경찰 본부에서 티볼리 가든 뒷문까지 가는 데는 걸어서 몇 초면 된다. 가든 뒷문의 매표소 직원에게 경찰 배지를 보여주자 직원이 고개를 끄덕이며 들여보내 주었다. 출입구 근처의 롤러코스터에서 지르는 비명 때문에 다른 소음은 일체 들리지 않았다. 솜사탕을 먹으며 유모차를 끄는 부모들과 놀이공원 손님들 사이로 빠르게 걸어가는 루이세에게 들리는 것이라고는 발밑에 밟히는 자갈 소리뿐이었다. 이미 오후 늦은 시간이라 레스토랑이 모여 있는 쪽은 조금 조용할 것이라 생각했다. 하지만 플레넨의 야외무대와 레스토랑이 눈에 들어오자 루이세는 자신의 생각이 완전히 틀렸음을 깨달았다. 네시 반이니 점심식사를 즐기러 온 인파는 대부분 물러가고 없었지만 아직도 레스토랑은 손님들로 바글거렸다. 오후의 커피와 케이크를 즐기는 사람도 있었고, 늦은 점심인지 이른 저녁인지 식사를 하는 사람도 많았다. 어쨌거나 레스토랑은 대부분 꽉 차 있었다.

루이세는 첫 번째 레스토랑 출입구에 서서 책임자가 누구인지 찾으려 했지만 직원들이 모두 똑같아 보여서 아무나 붙잡고 물어보기로 했다.

선임 웨이터가 직원들을 모두 모아놓고 월요일 저녁에 누가 근무했는지 물었다. 네 명이 대답하고는 자발적으로 다가와 루이세가 내보이는 사진을 쳐다보았다. 그들 중 누구도 수산네를 알아보지 못했지만 그렇다고 그 여자가 여기 온 것이 아니라는 뜻은 아니라면서 루이세를 안심시켰다.

"그날 탁자가 세 번 돌았어요." 웨이터 중 한 사람이 생각에 잠긴 듯 미간을 찌푸리며 말했다.

루이세는 상대의 설명을 기다렸다. '돌았다'는 말이 무슨 뜻인지 알 수가 없었다.

"손님 한 무리가 탁자에 앉으면 서빙하고, 그들이 나간 다음 탁자를 치우는데, 이게 한 번 도는 거예요. 월요일 밤 같은 날씨에는 탁자가 평균 세 번 정도 돌죠. 그래서 손님한테 뭔가 특별한 점이 없으면 모두 기억하는 건 거의 불가능해요."

루이세는 알겠다고 고개를 끄덕인 뒤 고맙다고 말하고는 다음 레스토랑으로 갔다. 아까처럼 낙관적인 기분이 들지 않았다. 수산네는 인파 속에서 눈에 띄는 사람이 아니고, 예스퍼라는 자도 주의를 끌지 않으려고 최선을 다했을 것이다.

루이세는 커다란 꽃봉오리가 여기저기 피어 있는 꽃밭 앞에 잠시 멈췄다. 시계를 흘깃 보고는 벤치에 앉아서 주변을 둘러보았다. 눈을 감고 고개를 뒤로 젖히니 따뜻한 기운이 몸속으로 배어드는 것이 느껴졌다. 잠시 머릿속에서 생각을 모두 몰아내자 빛에 몸이 둥둥 떠 어디론가 흘러가는 것 같은 기분이 들었다.

더 노닥거릴 시간이 없다는 생각이 들자 눈을 뜨고 전면이 모두 유리로 된 페를렌에서 식사를 하고 있는 사람들을 둘러보았다. 깊은 생각에 잠긴 루이세의 눈에 갑자기 페테르가 들어왔다.

페테르는 창문 바로 앞 탁자에 앉아 있었고 그의 앞에는 금발의 여자가 있었다. 루이세는 벤치에 앉은 채로 몸을 약간 앞으로 숙였다. 머리 길이로 보아 카밀라일 수도 있다. 루이세는 안으로 들어가 인사를 할까 하고 다가가다가 맞은편에 앉은 여자가 페테르와 함께 근무하는 영업사원 리나임을 깨달았다. 고객을 만나기 위해 기다리고 있는 것이 분명했다. 루이세는 재빨리 벤치에 다시 앉아 그들이 자기 모습을 보지 않았기를 바랐다. 지금은 인사를 주고받고 주변 레스토랑에서 목격자를 찾는 중이라고 설명할 기분이 아니었다.

루이세는 돌난간 하나를 두고 플레넨의 잔디, 오솔길과 이웃하는 발코넨으로 향했다. 식당 안으로 들어가기 전 가방에서 수산네의 사진을 꺼내고는 심호흡을 했다.

"그럼 월요일에 누가 근무했는지 알아볼게요." 왜 왔는지 설명을 마치자 웨이터가 친절하게 말했다.

루이세는 거기 서서 주변을 둘러보았다. 젊은 여자 웨이터가 기름통 바닥만 한 쟁반에 맥주를 잔뜩 올려놓고 걸어갔다. 그녀는 북적이는 탁자 사이를 요리조리 지나더니 청년들 여럿이 맥주를 마시며 떠들고 있는 탁자로 다가갔다.

그들과 비슷한 나이일 때 카밀라와 다른 남자들 몇 명과 티볼리에 왔던 일이 떠올랐다. 그때 그들 중 한 사람이 롤러코스터를 타다가 토하고 말았는데 다행히 루이세가 그런 건 아니었다. 그 기억을 채 완전히 떠올리기도 전에 아까 그 웨이터가 루이세를 손짓해 불렀다.

"올센이 일했어요."

웨이터가 주방에 선 누군가와 이야기를 하고 있는 콧수염 기른 사내를 가리켰다.

웨이터는 모습을 감췄고 루이세는 올센이 대화를 마치기를 기다렸다.

"찾으러 올 줄은 몰랐어요!" 올센이 사진을 잠시 들여다보더니 말했다.

올센의 알쏭달쏭한 말에 루이세가 반응을 보이기도 전에 그가 휙 몸을 돌리더니 주방 쪽으로 사라졌다.

무슨 일인가 싶어 짜증이 난 루이세가 올센을 따라가려 했으나 곧 그가 연보라색 카디건을 한 손에 들고 나타났다.

"여기 있어요." 올센이 스웨터를 내밀었다.

루이세는 스웨터를 찾으러 온 게 아니라고 설명했다. 사진 속 여자와 식사를 같이했던 남자를 찾고 있다고 했다.

올센은 여전히 한 손에 스웨터를 들고 서 있었지만 루이세가 여기 온 까닭에 대해서는 전혀 관심이 없어 보였다. 아마 주방에서 직원들이 식사를 하는 와중이라 루이세가 빨리 가주기만을 바라는 눈치다.

"그러니까 사진 속 이 여자가 여기 왔었다고요?" 루이세가 올센의 관심을 놓치지 않기 위해 서둘러 물었다.

올센이 끄덕이며 스웨터를 루이세의 팔에 걸쳤다.

"놓고 간 걸 보고 분실물로 보관해놨어요."

지금까지 상황은 이해가 갔다. 하지만 카디건을 놓고 왔다는 것을 수산네가 언급하지 않았다는 점이 조금 이상했다.

"그녀가 누구랑 있었는지 혹시 기억나요?"

"아니요. 하지만 어디에 앉았었는지는 알려줄 수 있어요."

올센이 위층 발코니로 이어진 계단을 쳐다봤다.

루이세가 올센의 뒤를 따랐다. 앉았던 곳을 보면 그의 기억이 조금 돌아올지도 몰랐다.

"저기 구석 탁자에 앉았었어요. 남자친구랑 같이 온 것 같았고." 올센이 머리로 그쪽을 가리키며 말했다.

그는 루이세가 듣고 싶어하는 것을 알려주려 애쓰는 빛이 역력했다. 올센의 말에는 확신이 담기지 않았고, 정확히 기억하는 것이 아니라 추측하는 것을 이야기한다는 느낌이 들었다.

"왜 그가 연인이라고 생각했죠? 어떻게 생겼어요? 손을 잡고 있던가요, 아니면 그들이 한 말 때문에?" 루이세가 올센의 표정을 자세히 살피며 물었다.

루이세의 질문은 짧고 무뚝뚝했다. 짐작은 집어치우고 확실한 정보만 알려달라는 뜻이 담겨 있었다.

"사실 확실한 건 아니에요……."

올센이 잠시 생각하더니 말했다.

"그러니까 월요일 밤에 사진 속의 이 여자 그리고 이 여자와 함께 있던 남자에게 서빙을 했다, 이거죠?" 루이세가 천천히 물었다.

올센도 슬슬 짜증이 나기 시작했다.

"그런 건 아니에요. 내가 담당한 탁자가 아니었으니까. 내가 맡은 건 저쪽이었다고요." 올센이 식당 반대편을 가리켰다. "여자가 스웨터를 놓고 가는 바람에 기억하는 거죠. 그날 밤 내가 마감을 할 차례여서 다른 웨이터들이 먼저 퇴근한 다음에 뒷정리를 했으니까."

"알겠습니다. 그러면 그 남자가 어떻게 생겼는지 기억나나요?"

루이세가 물으며 이미 세팅이 완료된 탁자의 의자 하나를 끌어당겨 등받이에 기댔다.

올센이 수산네가 앉아 있었다던 탁자를 힐끗 쳐다보았다.

"둘 다 조용하고 차분했어요. 음식은 비교적 비싼 걸로 주문했고."

"계산은 어떻게 했어요? 혹시 신용카드로 계산했는지 생각해봐요." 루이세가 올센과 눈을 맞춘 채 물었다.

"아니에요. 그건 확실해요. 현금으로 냈어요. 그런데 그가 덴마크 사람이 맞는지는 확실치 않아요."

올센은 무언가 갑자기 떠오른 것 같았다.

"그 스웨터를 분실물 함에 넣을 때 다른 웨이터들한테 아마 아무도 찾으러 오지 않을 거라고 말한 게 기억나요……. 딱히 이유는 없는데 그들이 꼭 관광객처럼 느껴졌거든요."

무언가 실마리가 잡힐지도 모른다는 희망이 점점 사라지고 있었다. 혹시라도 그 말이 사실이라면 예스퍼 비에르그홀트의 억양이 특이했다는 사실 정도는 수산네가 언급했을 것이다.

올센이 어깨를 으쓱했다.

"미안한 말이지만 확실한 건 아니에요. 손님이 많아서 모두를 정확히 기억할 수가 없고, 특히 제가 서빙하지 않은 탁자는 더하죠. 하지만 그 여자인 건 확실해요. 내 생각에 외국인처럼 짙은 색 머리의 남자와 앉아 있던 것도 그렇고요. 하지만 그 이상은 확신이 전혀 없네요." 올센이 말했다.

루이세는 고맙다고 말하고 사진을 가방에 넣었다. 그러고는 수산네의 스웨터를 조심스럽게 팔에 걸친 채 출구로 걸어갔다. 스웨터를 과학수사반에 보내는 것이 좋을 것 같았다. 무언가 발견할 가능성이 높은 것은 아니지만 시도해서 나쁠 것은 없으니까.

"발코넨 레스토랑. 그런데 아무것도 없어." 라르스의 희망 찬 얼굴을 본 루이세가 고개를 절레절레 흔들며 대답했다.

루이세는 수산네의 스웨터를 과학수사반에서 쓰는 종이봉투에 넣고 바깥에 사건 번호를 적은 다음 문간 옆 책장 위에 놓았다. 그래야 나가는 길에 잊지 않고 그들에게 전할 수 있었다.

"거기에서 식사를 하고 수산네가 이걸 놔두고 갔대. 예스퍼는 현금으로 계산을 했고. 이상하게도 웨이터가 여기까지는 기억을 해냈는데 다른 부분에 대해서는 통 말을 못하더라고."

말을 마친 루이세는 팀장의 사무실로 가 보고서를 두고 나왔다.

"'미스터 노블'과 메시지를 주고받은 여자 열두 명의 이름을 알아냈어." 루이세가 돌아오자 라르스가 말했다.

"연락은 해봤어?" 루이세가 물었다.

"아직. 그런데 거기에서 계정을 만들려면 이메일 주소를 알려줘야 하더라고." 라르스가 이메일 주소가 담긴 서류를 보여주며 말했다.

"진짜 주소 말이지?" 루이세가 놀라 물었다.

지금까지만 해도 엉터리 웹메일 주소를 써넣어도 되는 줄로만 생각했다.

"물론 그 사이트를 운영하는 회사만 볼 수 있는 거지. 고객에게 광고 메일 같은 것을 보낼 수 있게 말이야."

루이세는 조그만 기대가 조금씩 솟아오르는 것을 느꼈다. 아직 막다른 골목에 이른 것은 아니다. 인상착의만 조금 더 확실히 알게 되면 수산네와 이야기를 해보고, 언론의 힘을 빌려 놈을 찾을 것이다. 놈을 잡아 심문할 생각을 하니 짜릿함이 몰려왔다.

'두고 보라고, 이 사디스트 같은 놈아.'

루이세가 이렇게 생각하며 홀연히 자취를 감춘 킴 옌센의 사건 파일을 찾으러 책장으로 갔다. 피해자의 이름은 카린 베네고르, 뢰도레에 살고 있다. 루이세는 카린의 전화번호를 수첩에 적고 수화기를 들었다.

상대가 전화를 받기까지 루이세는 손가락으로 책상을 두드리며 기다렸다. 찰칵 소리가 들렸다. 자동응답기로 넘어가는 것 같았다. 하지만 용건을 남기라는 카린의 목소리 대신 이 번호는 더 사용하지 않는다는 안내 음성만 들려왔다. 루이세는 한숨을 쉬며 전화를 끊었다. 루이세는 전화번호 안내 서비스에 전화를 걸어 이 이름으로 등록된 다른 전화번호가 있는지 물었다.

"등록되지 않은 번혼데요." 안내원이 대답했다.

루이세는 경찰만 쓸 수 있는 조금 복잡한 절차를 거쳐 등록되지 않은 번호를 알려달라고 요청했다.

"일반 전화도 없고, 그 주소로 등록된 휴대전화도 없어요." 잠시 시간이 흐른 뒤 안내원이 말했다.

"고마워요."

루이세는 전화를 끊었다. 다음 날 그 주소로 직접 찾아가보는 것도 나쁘지 않을 것이다. 그녀는 팀장의 구내전화 번호를 눌러 카린에게 전화가 없다고 설명했다. 팀장의 목소리로 미루어보아 이 일을 다음 날까지 미루는 것을 허락할 것 같지 않았다. 루이세는 카린의 주소를 찾아내 당장 방문하겠다고 서둘러 덧붙였다.

이제 저녁식사 시간에 맞추어 퇴근하기는 힘들 것이 분명했다. 페테르는 이미 어느 정도 짐작하고 있을 텐데, 그러고 보니 그가 지금 집에 있는지도 확실치 않았다.

'새해에 한 결심이 아직 잘 지켜지나 보네.'

예측할 수 없는 퇴근 시간에 대해 페테르가 투덜거리는 말을 들은 지도 꽤 오래된 것 같았다.

루이세는 가방을 챙기고는 전화기를 붙들고 있는 라르스에게 슬쩍 고갯짓을 했다. 페테르에 대한 생각이 머릿속에 가득했다. 이제 그와 떨어져 살고 싶은 마음도 없었지만 그렇다고 해서 그와 시간을 함께 보내야 한다는 압박감 같은 것도 없었다. 이제 같이 살고 있지 않은가. 사귄 지 육 년이나 되었지만 처음 페테르가 그녀의 집으로 들어왔을 때만 해도 동거하게 되면 숨이 막힐 듯 답답해지지 않을까 걱정했다. 하지만 놀랍게도 그녀는 그가 함께 있다는 사실을 즐기게 되었다. 그가 곧 족쇄가 될지도 모른다는 두려움은 알고 보니 전혀 근거가 없었고, 그녀는 그런 생각을 서서히 마음속에서 몰아냈다. 이제 둘의 미래가 조금 더 편안하게 느껴졌다.

10

블롬메바이. 루이세는 코펜하겐에서 로스킬레로 이어지는 고속
도로 로스킬레바이를 타고 가면서 우회전을 해야 하는 토른바이가
나오기만을 기다렸다. 거기서부터는 연립주택이 늘어선 동네로 들
어가는 길을 찾아야 했다. 루이세는 운전에 집중하며 그 집을 찾으
려 했지만, 가까이 있다는 것은 확실한데 해당 번지를 도통 찾을 수
가 없었다. 결국 그녀는 차를 세우고 걸어서 211F를 찾기로 했다.

이 년 전 카린과 처음 이야기를 나눈 곳은 수산네를 데리고 갔던
바로 그 성폭력 센터였다. 그 후 카린이 두어 번 경찰 본부에 왔지
만 루이세가 직접 그녀의 집에 가본 적은 없었다.

루이세는 이층집이 모여 있는 곳 앞에 차를 세웠다. 211F는 이
층이라고 쓰여 있었지만 우편함에는 이름이 없었다. 카린이 이제
더는 여기 살지 않는 것이 아닌가 하는 생각이 들었다. 어쩌면 블롬
메바이를 주소지로 등록해놓고 기록에는 없는 다른 곳에서 살 수도
있다. 루이세는 초인종을 누르고 난간에 몸을 기댄 채 기다렸다.

문이 열리자 단박에 카린을 알아볼 수 있었다. 하지만 루이세가 기억하는 것과 완전히 다른 무언가가 있다. 신체적으로 줄어들거나 한 것은 아니다. 지금 문간에 선 이 사람처럼 두들겨 맞고도 활발한 생명력을 내뿜던 여자는 어디에도 없었다. 그런데 지금은 등과 어깨가 완전히 구부러졌고, 앞보다 아래를 더 많이 쳐다보는 눈에는 두려움이 가득했다. 루이세를 기억하는 것은 분명해 보였지만 그녀가 찾아온 것에 놀라지도, 궁금해 하지도 않았다. 다가올 일을 기다리고 있는 듯 아무런 표정도 없이 가만히 서 있기만 했다.

"들어가도 될까요?" 루이세가 이내 물었다.

카린이 들어오라는 듯 옆으로 비켜섰다.

둘이 이야기를 나눈 지도 오래되었다. 둘이 마지막으로 만난 것은 카린을 공격한 킴 옌센을 찾지 못할 것 같다고 말했을 때였고 카린은 그에 수긍하는 것 같았다. 그리고 이 상황이 마치 발이 닿지 않는 깊은 곳에서 헤엄을 치다가 물살에 휩쓸려 가는 것과 같다는 말을 했었다. 카린은 고개를 끄덕이며 수사해주어 고맙다고 했었다. 그렇게 집으로 돌아간 그녀는 루이세의 삶과 기억에서 완전히 사라졌다.

오늘까지만 해도 루이세는 카린이 어떻게 지내는지, 심지어 살아 있긴 한 건지 생각해본 적이 없다. 카린의 아파트 안으로 들어서는 순간 그 사실을 깨닫자 마음이 아팠다.

카린은 루이세가 돌연 왜 나타났는지 묻지 않았고, 눈에는 일말의 호기심도 담겨 있지 않았다. 거실로 들어가자 카린이 물었다. "커피 한잔 드릴까요?"

방금 점심식사를 했는지 식탁 위에 팬 하나와 접시 두 개, 주스 병이 놓여 있었다. 카린은 어린 딸과 단둘이 살았다. 루이세는 잠시 계산을 해보고 딸이 이제 네 살이 다 되었을 거라고 짐작했다.

"예, 고마워요." 루이세가 대답했다.

집은 열린 구조로 되어 있어 거실과 주방이 하나로 이어져 있다. 루이세는 방에서 놀고 있던 카린의 딸에게 인사하고 카린이 있는 주방으로 가서 선반에서 내린 머그잔 두 개를 받았다.

"킴 옌센에 대해 이야기하러 왔어요. 당신이 당한 것과 조금 비슷한 성폭력 사건이 일어났거든요. 물론 그가 아닐 수도 있지만 사건 보고서를 다시 읽어봤는데 유사점이 발견됐어요. 이미 여러 차례 이야기했지만 이번에도 몇 가지 자세한 이야기를 해줄 수 있는지 물어보러 온 거예요." 루이세가 말했다.

카린이 마침내 몸을 돌려 루이세를 쳐다보았다.

"이야기할 수 있겠어요?" 카린의 눈에 담긴 멍한 표정을 보자 루이세가 서둘러 물었다. 카린이 못 하겠다고 대답한다면 어쩔 수 없지만 그녀에게 지나친 부담을 주고 싶진 않았다.

카린이 고개를 끄덕이며 어깨를 으쓱했다.

"물론 도와드릴 수 있죠."

카린은 식탁으로 가 접시와 잔을 쟁반에 옮겨 담더니 주방으로 가져와 설거지를 하기 시작했다. 말은 한마디도 하지 않았다.

루이세는 심호흡을 했다.

"일은 어때요?"

마지막으로 만났을 때 카린은 어린이집에서 교사로 일하고 있었다. 카린은 서른한 살 된 호리호리한 여자로 자신의 일에 언제나 최선을 다하는 사람처럼 보였다. 진술을 받으면서 딸이 두 살쯤 되었을 때부터 혼자 딸을 키워왔다는 것을 알게 되었다. 일을 하고 아이를 키우느라 남자친구를 만날 시간이라곤 없었다. 그래서 다시 가정을 꾸릴 수 있을까 하는 희망을 품고 온라인에서 남자친구를 찾게 된 것이다.

"이젠 일 안 해요."

카린은 수건을 꺼내 접시의 물기를 닦으면서 단조로운 말투로 대답했다.

지난 이 년 동안 무슨 일이 있었는지 짐작이 들면서 루이세의 마음이 불편해지기 시작했다. 그건 거실에 들어선 순간부터 느껴졌다. 이 집에는 정체된 분위기 같은 것이 있다. 커피 탁자 밑에는 잡지가 한 무더기 쌓여 있고 방에서는 어떤 에너지도, 불꽃이나 정신 같은 것도 느껴지지 않았다. 다만 공허함, 마치 휴가철이 끝나고 문을 닫은 별장 같은 느낌이랄까. 그런데 아직도 그곳에 머무르고 있는 사람이 둘 있었다.

둘은 커피 탁자를 사이에 두고 마주 앉았다. 루이세는 수첩을 꺼내 들고 카린의 닫힌 마음속에서 무슨 일이 벌어지고 있을지 가늠하려 애쓰며 그녀를 유심히 쳐다보았다. 다시 경찰이 찾아온 것에 대해서는 어떻게 생각할까? 킴 엔센이 드디어 검거될 것이라 기대하고 있을까? 아니면 이제는 아무런 관심도 없을까?

"다시 그때를 돌이켜보고 킴 엔센의 생김새에 대해서 최대한 자세히 설명해주면 좋겠어요. 경찰 보고서에 보면 두드러지는 특징

이 없다고 했는데, 한 번만 더 그의 모습을 설명해줘요."

카린은 커피 탁자만 노려보았다.

"그 일이 있고 난 뒤 그를 내 기억에서 지우려고 정말 애썼어요. 눈을 감고 그의 얼굴이 불에 타 사라지는 걸 상상한 적도 수없이 많았지만 한 번도 통하지 않았어요. 그의 눈이 자꾸만 내 머릿속으로 파고들었어요. 일거수일투족을 감시하며 어디든지 날 따라다녀요."

카린의 목소리는 느리고 나지막했다. 마치 단어 하나를 고르는 데 세심한 주의를 기울이는 것 같았다.

"머리 색이 짙고, 머리가 짧고, 조금 구불거리고, 머리를 뒤로 빗어 넘겼어요."

카린은 말을 멈추고 눈을 감은 채 조용히 앉아 있었다.

"눈이 정말 예뻤어요. 녹색이 도는 갈색에 짙고 진한 눈썹. 입술은 부드럽고 도톰했어요. 큰 건 아닌데 조금 특이하달까. 여자라면 관능적인 입술이라고 할 수 있을 거예요. 남자한테도 그런 말을 쓰나요?"

루이세는 등골이 오싹해졌다. 카린의 목소리는 예전과는 딴판이었다. 그녀의 말에는 왠지 열정적인 온기 같은 것이 묻어났다. 사실상 자신의 목숨을 빼앗아간 것이나 다름없는 남자를 설명하는 데 들어가선 안 될 그런 열정 말이다.

'미쳤어. 미친 게 분명해.'

무언가 분명 잘못되었다. 맞은편에 앉은 여자는 물에 빠져 죽어가는데 도와달라고 소리치는 건 고사하고 살기 위해 아무 노력도

하지 않는 것 같았다. 오히려 침착하고 차분하게 한 걸음, 한 걸음 익사하기 위해 다가가는 것 같았다.

"키는 백팔십오 센티미터 정도에, 온라인에서 보통 체격이라 하는 정도였어요."

카린은 그런 표현에 인간미가 없다는 듯 얼굴을 찡그렸다.

"피부색이 어두웠나요?" 루이세가 카린의 말을 막으며 물었다.

카린은 놀란 듯 고개를 흔들었다.

"아니, 덴마크 사람이었어요. 그런 뜻으로 물어본 거라면 말이에요."

루이세는 그런 뜻이 아니라 다만 그의 피부색이 어두운지 밝은지 물은 것이라고 설명했다.

"밝았어요."

"언제 만난 겁니까?"

"십이월 초에. 하지만 여기 온 건 일월이었어요."

루이세는 수첩의 깨끗한 쪽을 펴고 그를 만난 이야기를 다시 들려달라고 했다.

"이메일을 주고받다가 시내의 한 카페에서 만났어요. 그런 다음 집으로 초대했죠. 그는 꽃과 샴페인을 가지고 왔어요. 그때 이미 난 그와 사랑에 빠져 있었어요. 그가 자고 가기로 했고, 모든 것이 완벽했죠."

다시 한 번 그녀의 목소리에 온기가 돌아왔고, 루이세의 팔에서는 잔털이 곤두서는 것만 같았다. 이리로 오기 전 사건에 대해 자세히 읽어보았지만 맞은편에 앉아 열에 들뜬 목소리로 그날의 사건을 다시 설명하는 카린의 목소리를 듣는 건 또 다른 문제였다.

"그가 돌연 달라진 건 밤이 꽤 늦어서였어요. 처음에는 정말 상냥했고 모든 게 다 좋았어요. 우리는 식사를 마치고 침대에 누워 담배를 피우다가 끌어안았죠."

카린은 마치 루이세가 무슨 생각을 하고 있는지 알겠다는 듯 말했다.

루이세는 양손에 얼굴을 묻고 가만히 앉아 있었다.

담배를 다 피우고 난 다음 놈은 자신의 넥타이로 카린의 양손을 침대 기둥에 묶고 각종 도구를 썼다가, 안 썼다가를 반복하며 몇 시간에 걸쳐 그녀를 강간했다.

카린이 다시 차분해지자 루이세는 커피를 잘 마셨다고 말한 뒤 지금 다른 사건을 조사 중인데 혹시 범인이 같은 사람이라면 또 한 번 도움을 청할 수도 있다고 덧붙였다.

"사건 이후 속마음을 누군가에게 털어놓은 적이 있나요? 상담은요?" 루이세가 문을 나서며 물었다.

"그렇다고 그 일이 달라지진 않잖아요." 카린은 루이세가 일종의 선을 넘었다는 표정을 지으며 웅얼거렸다.

"그 말이 맞을지도 모르죠. 하지만 미래의 일은 바꿀 수도 있어요. 그 일을 잊고 새로 출발하도록 도와줄 수 있어요." 루이세가 말했다.

"이제 익숙해졌어요. 그 일은 일어나선 안 될 일이고, 이제는 그저 조용히 지내고만 싶어요."

카린은 문을 열고 루이세가 나가기만 기다렸다.

작별인사를 할 때 마음이 아팠다. 카린을 베일처럼 덮은 것은 증오심이 아니라 의기소침이다. 카린은 이제 사람들의 선한 마음을 믿지 않았고, 그런 그녀의 다친 마음을 되살리려면 일상적인 대화 이상의 것이 필요해 보였다.

경찰 본부로 돌아오는 루이세의 마음은 착잡했다. 그렇게 큰 피해를 입힌 놈이 자유롭게 돌아다닌다니 너무나도 부당한 일이다. 구체적인 근거는 없어도 수산네를 공격한 놈이 킴 옌센이 분명하다는 생각이 자꾸만 들었다. 루이세는 그런 본능적 의심을 억누르려 애썼다. 두 사건에 유사점이 있는 건 분명했지만 곱상하게 생긴 짙은 색 머리의 성폭행범은 쌔고 쌔지 않았나. 함브로스가데를 따라 본부 주차장으로 들어간 루이세는 여러 온라인 데이트 사이트에 사진을 올린 짙은 색 머리 남자는 그보다도 훨씬 많을 것이라 생각했다.

'끝내주는군.' 루이세는 중얼거리며 차를 세웠다. 오랫동안 경찰 차를 관리해온 스벤센을 향해 손을 흔들었다. 그가 이렇게 늦게까지 근무하는 것도 놀랄 일은 아니다. 그는 이 차들이 모두 자기 것인 양 정성스럽게 돌보았으니까.

루이세가 올라가자 팀장이 그녀의 사무실에 와 있었다.

"라르스가 용의자와 메시지를 주고받은 적이 있는 여자들을 찾아냈어. 내일 이리로 오기로 했지. 그런데 쌍둥이 중 한 명이 응급실에 갔다고 아내한테 전화가 와서 라르스는 남아 있는 아이를 보러 집에 갔어. 아마 월요일이나 되어야 출근할 것 같아. 그래서 자네가 여자들을 좀 만나봐야겠어." 팀장이 말했다.

루이세가 고개를 끄덕인 뒤 말했다. "그런데 아직 짙은 색 머리 남자들을 못 찾아봤어요. 그게 급하다면 누군가가 대신 맡아줘야 할 것 같은데요."

"괜찮아. 그건 여유 있게 하지 뭐. 일단 여자들한테 진술을 받아내는 게 더 중요하니까. 그건 그렇고 카르스텐 플린트홀름을 만났으면 좋겠는데. 내일 오후에 이리로 오기로 했어. 지난 월요일에 교외에 나갔었다고 하긴 하는데, 짙은 색 머리에 눈동자도 진하고, 일단 수산네가 지목한 세 명 중 한 명이니까. 확실한 알리바이가 없다면 월요일에 목격자 확인을 할 거야."

루이세도 마다할 이유가 없었다. 놈과 이야기를 할 생각을 하니 입맛이 당겼다. 놈을 여기 잡아오는 것만도 재미있을 것이다.

"내일 여자 몇 명이나 들어오는데요?"

"아홉 명. 자네랑 미켈이랑 나눠서 만나도록 하지."

"우리가 생각하는 그런 공격을 받고도 아직 사이트에 신상을 올려둘 사람은 없을 텐데요. 당장 들어가서 삭제하지 않을까요?" 루이세가 말했다.

그 여자들과 면담을 해서 어떤 정보를 얻을 수 있을지, 그리고 인상착의는 얼마나 알아낼 수 있을지 확신이 들지 않았다. 하지만 직접 해보기 전까지는 모르는 법이다.

팀장이 이마를 문지르며 입을 열었다. "아직 단서가 하나도 없잖

아. 과학수사반에서도 수산네의 아파트에서 이렇다 할 만한 것을 찾아내지 못했어. 반장은 사건을 공개하고 대중의 도움을 청할지, 아니면 그저 분석실에서 DNA 결과를 얻어 데이터베이스에 일치하는 것이 있기만을 바라야 할지 갈팡질팡하는 상태야. 지금으로선 아무것도 없으니 당장 손에 쥔 것을 바탕으로 조사를 계속하면서 다음 몇 주 동안 실마리가 더 나타나기를 바라는 수밖에."

그 말을 듣고 보니 금요일 저녁은 페테르와 고즈넉이 시간을 보내고 주말은 마르쿠스를 데리고 어딘가 가도 될 것 같았다. 루이세는 팀장의 사무실을 나서기도 전부터 시내를 벗어나 부모님 댁을 방문할 계획을 세우기 시작했다. 마르쿠스도 페테르도 좋아할 것이다.

루이세는 사무실로 돌아가 라르스가 만든 목록을 읽기 시작했다. 면담할 여자는 네 명, 시간은 다음 날 아침 열시다. 루이세는 컴퓨터를 끄고 사무실을 나와 문을 잠갔다.

자전거는 여전히 사무실 바깥에 세워져 있었고 공기도 따뜻했다. 자전거를 타고 할름토르베광장의 돌길을 지나는데 그곳의 카페 중 한 곳에서 커피를 마시고 싶은 생각이 들었다. 그녀는 자전거를 세우고 집에 있는 페테르에게 전화를 걸어 이리로 나오지 않겠느냐고 물었다.

"정말 좋을 것 같지 않아?" 루이세가 페테르를 구슬리며 물었다.

페테르가 빠져나갈 길을 찾는 것이 느껴졌다. 마침내 페테르가 알겠다고 대답했지만 정말로 나오고 싶어서가 아니라 루이세의 비위를 맞추기 위해서다. 루이세가 매일 밤늦게 퇴근하는 바람에 한

주 내내 얼굴을 거의 보지 못했다. 먼저 들어가 주문을 하면 페테르가 곧장 카페로 오기로 했다.

페테르가 보도로 걸어오는 모습이 보이자 루이세가 손을 흔들었다. 페테르는 피곤해 보였지만 정신을 차리려 애를 썼다.

"안녕, 자기."

페테르가 말하며 루이세에게 가볍게 입을 맞추고 자리에 앉았다.

주문한 커피가 이미 나와 있었다. 루이세는 다음 날 시내를 벗어나 부모님 댁에 가는 계획에 대해 이야기를 시작했다.

"마르쿠스 데려가는 것에 대해 카밀라는 뭐래?" 페테르가 뜨거운 커피를 한 모금 마시며 물었다.

"아직 물어보진 않았는데 반대할 이유가 없지, 뭐. 아이가 거기 가는 거 좋아하잖아. 카밀라도 남자를 만나니까 마르쿠스가 우리랑 같이 즐겁게 노는 걸 알면 좋아할 거야. 그러면 자기도 마음 놓고 주말을 즐길 수 있을 테니까."

페테르가 놀란 표정으로 루이세를 쳐다보았다.

"누굴 만나? 대체 언제부터?"

"나도 정확히는 몰라. 그저 요즘 정신이 다른 데 팔린 것 같더라고. 자기도 알잖아. 보통 하루에 몇 번씩 전화를 하는데 요즘엔 통연락도 없고. 오늘 아침에 잠깐 통화했는데 그것도 대부분 내 사건에 대해서였어. 그런데 갑자기 토요일 날 손님이 온다면서 마르쿠스를 봐줄 수 있느냐고 묻더라고."

"그래. 얼마나 잘되어 가는지 한번 봐야겠네." 페테르가 웃으며 말했다.

그는 잠시 무언가 생각에 빠져 가만히 앉아 있더니 이내 루이세의 볼을 쓰다듬으며 웨이터를 불러 리필을 해달라고 부탁했다.

11

🕊

"내가 차 가져가도 돼? 오늘 늦지 않을 거니까 퇴근하는 길에 장 봐올게." 루이세가 욕실에서 큰 소리로 물었다.

둘은 보통 함께 시간을 보내기 위해 주말을 비워두었고, 페테르가 장을 보고 요리를 하기로 했다. 토요일마다 함께 아침을 먹고 난 다음엔 소파에 앉아 주중에 하지 못한 이야기를 나누는 것이 주말의 일과 중 하나다.

페테르가 커피 잔을 들고 주방에서 나와 주머니에 든 자동차 열쇠를 꺼냈다. 그가 몸을 돌리자 눈 밑에 짙은 그늘이 드리운 것이 보였다. 한밤중에 그가 일어나는 소리를 들었는데 루이세가 자는 동안 일을 한 것이 분명했다.

"오늘 마르쿠스를 데려가겠다고 이야기할게. 그러면 내일 아침에 일찍 출발할 수 있으니까. 자기도 오랜만에 긴장 좀 풀고 푹 쉬어야 할 것 같아." 루이세가 말했다.

커피를 거의 단숨에 들이켠 페테르는 주방으로 들어가 또 한잔을 따랐다.

"알겠어." 페테르가 주방에서 대답하고 오늘 몇 시에 퇴근할지 잘 모르겠다고 덧붙였다.

"난 오늘 하루 종일 면담을 할 거고 다섯시쯤 카밀라 집에 들를게." 루이세가 말했다.

페테르가 집을 나서기 전 욕실 문을 살짝 열고 말했다.

"몇 시쯤 퇴근할지 알게 되면 전화할게."

페테르가 말하고 집을 나섰다. 현관문이 철컥 하고 닫히는 소리가 들렸다.

"이거 한마디만 하자, 이 빌어먹을 년아. 티볼리든 발뷔든 월요일이고 언제고 근처에도 안 갔단 말이야!"

루이세는 인내심의 한계에 다다른 기분이었다. 지난 한 시간 동안 카르스텐 플린트홀름은 으름장을 놓고, 고함을 지르고, 욕을 해댔다. 루이세가 탁자 맞은편에 앉은 순간부터 공격적으로 굴기 시작하더니 면담 내내 같은 문장 몇 개만 반복하고 있었다.

"말했잖아. 아내랑 아기랑 코펜하겐에서 한 시간은 족히 떨어진 링스테드에 있었다고."

알고 보니 카르스텐은 마지막으로 감옥에 들어간 동안 결혼을 했다. 감옥에 가기 직전에 겨우 미성년 딱지를 뗀 여자를 임신시켰고 지금은 링스테드 외곽 그녀의 주말 농장에 있는 오두막에서 살고 있다.

루이세는 그가 마음껏 지껄이도록 놔두었다. 여자와 그의 알리바이를 확인하러 토마스와 미켈이 링스테드로 갔고, 그들이 여자와 이야기를 마칠 때까지 카르스텐을 감시하고 있으면 된다. 경찰이 무엇 때문에 불렀는지 모르기 때문에 미리 아내와 말을 맞출 틈도 없었다. 하지만 경찰 모르게 아내에게 자신의 말을 뒷받침하도록 시켰을 가능성도 있다. 출소한 이래 쭉 함께 있었다고 말이다.

"가족도 생겨 마음잡고 새 출발하려는데 그깟 과거 때문에 끝까지 이렇게 날 물고 늘어져?"

카르스텐은 마치 심통 부리는 아이처럼 굴었다. 물론 부스스한 머리와 겉으로 드러난 피부 대부분을 덮은 문신 때문에 생김새는 아이와 거리가 멀었다.

"물고 늘어지는 게 아니잖아. 다만 월요일 밤에 어디 있었지만 알면 된다니까. 목격자가 당신을 지목했기 때문에 당신 알리바이를 확인해야 한다는 것쯤은 이미 잘 알잖아?" 루이세가 차분한 목소리로 말했다.

카르스텐이 의자에서 벌떡 일어서 루이세를 향해 달려들었다. 하지만 그의 손이 닿기 전에 루이세가 먼저 몸을 일으켰다. 루이세는 그의 팔을 잡아 등 뒤로 꺾었다. 그리고 그것을 위로 한 번 더 세게 잡아당겼다. 사실 그렇게 할 것까지는 없었지만 지난 삼십 분 동안 놈의 입 밖으로 나오는 말을 참고 들어준 것을 생각하면 그 정도는 갚아주어야 마땅했다.

카르스텐은 루이세를 무섭게 노려보았지만 이내 물러섰다. 루이세는 다시 자리에 앉아 면담을 계속할 준비를 했다. 그는 서른두 살이지만 나이보다 훨씬 어려 보였다. 짧고 짙은 색 머리는 젤을 발라 뒤로 넘겼다. 루이세를 쳐다보는 눈에는 차갑고도 악한 기운이 서려 있다. 하지만 그런 모습에 매력을 느끼는 여자들도 분명 있으리라. 매력적으로 생긴 코에다 입 주변에 생긴 부드러운 주름이 그를 한층 더 멋져 보이게 했지만 잔뜩 일그러진 표정을 한 지금만큼은 잘생긴 구석이라곤 없다. 그의 얼굴에는 어딘가 매정하고 차가운 기운이 흘렀다. 상대를 존중하는 마음이라고는 눈 씻고 찾아봐도 없었고, 그런 것을 고스란히 드러내고 싶어하는 것이 분명했다.

"그런데 아직도 월요일 밤에 무엇을 했는지 말씀을 안 해주시겠다, 당신이랑, 아내랑, 아이랑?"

카르스텐은 대답하지 않았다. 눈 하나 깜빡하지 않았다. 루이세는 흥분하고 싶지 않았다. 자기가 얼마나 쉽게 흥분하는지 잘 알고 있었다.

따져보니 토마스와 미켈이 곧 링스테드에 다다를 시간이다. 여기에서 거기까지 가서 그 집을 찾는 데 한 시간이면 충분했다. 면담을 시작하기 전, 토마스와 미켈이 그곳에 도착하면 전화를 걸어 여자가 집에 있는지 알려주기로 미리 약속해두었다. 바로 그때 전화벨이 울렸고 첫 번째 벨소리가 채 끝나기도 전에 루이세가 수화기를 덥석 집어 들었다.

"지금 도착해서 질문을 시작했다는군." 팀장이다.

루이세는 전화를 끊고 조용히 앉아 카르스텐을 쳐다보았다. 루이세를 노려보는 게 대체 무슨 일이 일어나고 있는지 궁금해 하는 표정이다.

"경찰이 링스테드에 도착했어. 이제 조금만 기다리면 네 아내가 무슨 말을 하는지 알 수 있겠지." 루이세가 말했다.

"아무 말도 안 할걸!"

카르스텐은 콧방귀를 뀌었다. 긴장되었던 그의 턱이 조금 느슨해졌다.

"그거야말로 바보 같은 짓이지. 그렇게 되면 그녀를 이리로 데려와야 할 테고, 아이는 아동복지국에서 데려갈 테니까." 루이세가 말했다.

이 말에 놈이 다시 한 번 덤벼들지 않을까 걱정하며 루이세가 잠시 숨을 참았다. 하지만 그는 이성을 되찾은 것 같았다. 다시 말을 이었다.

"그녀에게 책임감이라는 게 조금이라도 있다면 말을 하겠지. 그녀가 네 말을 뒷받침할 거라고 확신한다면 아무 일도 없을 거야."

"이 못돼먹은 년!"

그가 씩씩거렸지만 엉덩이는 의자에서 떼지 않았다.

"입 다무는 게 좋을 거야. 안 그러면 무언가 숨기고 있다고 생각하게 될 것 같거든."

루이세는 과장된 몸짓으로 오늘 아침 여자들과의 면담 내용이 요약된 서류를 집어 들었다. 예상대로 '미스터 노블'을 직접 만난 사람은 아무도 없고 다만 그와 글만 주고받았을 뿐이다. 하지만 그들 중 두 사람은 꾸준히 연락하여 데이트 사이트를 통해 메시지를 보내는 데 그치지 않고 직접 이메일을 보낸 적이 있었다.

이미 CCU에서 두 여자의 컴퓨터를 확인해 '미스터 노블'이 어디에서 이메일을 썼는지 알아냈다. 역시 매번 아무나 접근할 수 있는 컴퓨터를 썼다는 것을 알아내는 데는 그리 오래 걸리지 않았다. 루이세는 서류를 쭉 읽으며 주기적으로 씩씩대거나 욕설을 내뱉는 카르스텐을 의도적으로 무시했다.

두 여자의 공통점이 있다면 성격이 수산네와 비슷하다는 것이다. 그들은 내성적이고 자신감이 별로 없는 편이다. 수산네와 처음 이야기를 나눈 뒤 루이세는 예스퍼 비에르그홀트에게 자기 사진을 보내줄 의도가 애초부터 없었다는 것을 깨달았다. 그는 겉모습보다 사람의 내면이 더 중요하다고 썼었다.

아침에 만난 여자 둘 또한 그의 그런 말에 빠져들었지만 희한하게도 다른 두 사람은 같은 이유로 그와 연락을 끊었다. 그들은 그것이 곧 그의 생김새가 별로라는 뜻이라고 생각했고 따라서 그에게 관심을 두지 않게 된 것이다.

'미스터 노블'이 직접 대면하기 전에 오랫동안 편지를 주고받아야 한다고 주장했다는 점 또한 특이했다. 전문가들은 보통 온라인 데이트를 하는 사람들에게 비교적 빨리 직접 만나거나 적어도 일주일 정도 편지를 쓴 다음에는 전화 통화를 해보라고 권고한다. 그렇게 하면 서로 마음이 맞는지 빨리 알아낼 수 있다면서 말이다. 하지만 미스터 노블과 수산네, 그리고 이 여자들은 완전히 정반대의 길을 택했다.

컴퓨터 스크린만으로 상대를 가늠하기는 매우 어렵다. 온라인으로라면 글로 자신을 표현하는 데 능숙한 사람에게 빠져들기 매우 쉽다. 그러나 그를 직접 만나면 사람 자체가 아니라 그의 글과 사랑에 빠졌다는 것을 깨달을 수 있다. 전문가들이 관심이 생기면 최대한 빨리 사이버 공간이 아닌 곳에서 만나라고 권하는 것이 바로 그 때문이다. '미스터 노블'의 경우 이 여자들은 그의 말과 사랑에 빠졌고, 그것이야말로 놈이 원하는 것이다.

'미스터 노블'은 루이세나 미켈이 만난 여자 중 그 누구에게도 전화번호를 알려주지 않았다. 미켈이 만난 여자 다섯 명 중 오직 한 명만이 아직도 '미스터 노블'과 연락을 하고 있었다. 나머지는 모두 그가 재미없거나 이상한 사람이라 생각하고 곧장 연락을 끊었다. 아직도 그에게 관심을 갖고 있는 여자는 아주 평범한 사람도 행복을 찾을 수 있다는 그의 말에 완전히 걸려들고 만 것이다. 드디어 자신을 알아주는 사람을 만난 것이라고 말이다.

전화벨이 다시 울렸다.

"보내줘. 여자 말로는 집에 있었다는군. 여자의 부모님이 왔었다는데 그것도 확인됐어. 단 필요하면 목격자 확인을 위해 다시 부를 수 있다는 걸 알려줘." 팀장이다.

루이세는 전화를 끊었다. 가만히 앉아 족히 일 분 동안 카르스텐을 쳐다보다가 문을 향해 고갯짓을 했다.

마침내 카르스텐의 눈에 표정이 돌아왔다. 그가 몸을 조금 기울이더니 루이세를 한참 노려보다 입을 열었다. 그의 목소리는 악의로 가득했다.

"혹시라도 너희 경찰에 다시 붙잡힐 일을 저지르게 된다면 말이야······. 꼭 너 같은 여자를 고르지."

카르스텐이 음흉한 눈빛으로 루이세의 몸을 위아래로 훑었다.

루이세는 머릿속으로 재빨리 열까지 세었다. 그러고 다섯을 더 세고 자리에서 일어섰다.

"잘 가라고."

루이세는 놈이 휘적휘적 문으로 나가는 뒷모습을 쳐다보았다.

'밥맛없는 놈.'

정작 루이세를 공격할 배짱이라곤 없는 녀석. 딱한 노릇이다. 그의 전과 기록을 읽어보았다. 경찰 보고서를 보면 그가 강간한 여자들은 모두 손쉬운 목표물이었다. 그중 하나는 만취 상태에서 술집을 나선 여자였다. 술을 얼마나 마셨는지 만약 당시 상태를 정확히 평가하려면 위세척을 해야 할 정도였다. 카르스텐은 여자를 나무가 우거진 곳으로 끌고 가 강간하고는 거기 버려두고 도망쳤다. 여자는 다음 날 아침이 되어서야 깨어났고 진술이 오락가락하긴 했지만 놈은 금세 붙잡혔다. 여자의 질 내부에 남은 DNA 때문에 범행을 부인할 수도 없었다. 하지만 놈은 여자가 닳고 닳은 타입으로서 생면부지의 자신을 꾀어 성행위를 하게 만들었다고 주장했다. 첫 심문 때부터 놈은 그것이 쌍방의 합의 아래 한 일이라고 떠들었다. 하지만 술집에 있던 목격자들의 증언에 따르면 희한하게도 루이세와 이름이 같은 피해자가 술집을 나설 당시 너무나도 만취하여 자신이 원하는 것을 소리 내어 말할 수 있는 상태도 아니었다. 놈의 변호사는 여기에서 두 손을 들고 말았고 결국 유죄를 인정하고 양형 거래를 시도했었다.

면담이 끝나고 나니 토마스와 미켈이 링스테드에서 돌아오기를 기다릴 이유가 없었다. 그녀는 팀장을 만나 월요일 한스 반장의 아침 브리핑이 끝나면 팀 전체가 모여 사건 조사 진척 현황을 공유하기로 계획을 잡았다.

그날 늦게 CCU 팀원 두 사람이 팀장의 사무실에 들러 세 여자의 컴퓨터 조사 결과를 전달했다. 그들이 '미스터 노블'과 이메일 주소를 교환한 것을 확인한 뒤 모두 희망을 품었지만, 결과를 전달하러 온 그들의 표정만으로도 쓸 만한 단서가 잡히지 않았음을 알 수 있었다. '미스터 노블'은 호 세이 외르스테스바이의 인터넷 카페와 다그 함메르스콜스 알레에 있는 외스테르브로도서관에서 이메일을 보냈다. 수사는 다시 원점으로 돌아갔다. 일단 시내 관할구에 근무하는 형사 두 사람이 이곳들을 주기적으로 드나들며 놈의 목격자를 찾기로 했다. 그들은 토마스가 아직 만나지 못한 그곳 단골들을 만나보고 짙은 머리의 남자를 본 적이 있는 사람을 찾았으나 그건 반장의 말처럼 짚더미에서 바늘 찾기나 마찬가지였다.

"그런 곳에 가는 이유는 한마디로 다른 인간과 접촉을 피하기 위해서라고. 그런 사람들은 자기 앞의 빌어먹을 스크린에만 정신을 집중할 뿐이야. 그래도 확인하는 수밖에 없지." 예스퍼를 본 사람이 있는지 탐문하기로 했을 때 반장은 이렇게 말했다.

루이세는 차를 몰고 식품점으로 가 저녁거리를 산 다음 마르쿠스를 데리러 갔다. 저녁 먹기 전에 마르쿠스를 데려가도 되겠느냐고 물었을 때 카밀라는 즉각 "좋지!" 하고 말했다.

"네시 반쯤 집에 올 거니까 미리 아이 가방을 싸둘게." 카밀라가 대답했다.

아들이 주말에 시내를 벗어나게 될 거라는 이야기를 들으니 기쁜 것 같았다.

'어쩌면 갑자기 금요일 밤을 혼자 보내게 되어 기분이 좋은 건지도 몰라.' 루이세가 팔코네르 알레에 있는 크비클리 마트 지하 주차장에 차를 세우며 생각했다. 절로 미소가 지어졌다. 저녁으로 뭘 먹을지 생각하며 쇼핑 카트를 밀고 냉동식품 코너를 지나는 동안에도 카밀라에 대한 생각이 머릿속을 떠나지 않았다. 새 남자에게 아주 큰 기대를 품고 있는 게 틀림없다. 이렇게 비밀스럽게 구는 건 그녀답지 않아서 더 궁금해지기만 했다. 카밀라는 보통 남자를 만나면 세세한 내용까지 루이세에게 털어놓았지만 그런 남자와의 데이트는 보통 두 번 이상 계속되지 못했다. 그리고 다른 누군가를 만날 때까지 아주 오랫동안 홀로 지냈다.

가끔 친구들의 닦달이나 어머니의 성화에 못 이겨 데이트를 하는 것 같기도 했다. 그녀의 어머니는 딸이 일에만 열중하고 자신의 욕구를 충족하는 데는 거의 신경을 쓰지 않는다고 노골적으로 말하곤 했다. 반면 데이트 사실을 아무에게도 털어놓지 않은 적이 몇 차례 있었는데 그건 그것이 여느 데이트와 달리 더 큰 의미가 있다는 뜻이다. 몇 년간의 경험으로 그런 경우에는 아무리 캐물어도 소용이 없다는 것을 루이세는 잘 알고 있었다.

루이세는 오븐을 켜는 것 이상의 기술이 필요한 요리는 포기했다. 경찰 본부를 나서기 전에 페테르와 통화했는데 여전히 몇 시에 퇴근할지 모른다고 했다. 페테르의 목소리가 하도 무뚝뚝해서 루이세는 마르쿠스와 함께 먼저 저녁을 먹을 테니 걱정하지 말라고 서둘러 그를 안심시켰다. 루이세는 냉동식품 코너에서 닭 날개 한 봉지를 집어 들었다. 그거면 텔레비전을 보면서 먹기에 편할 것이다.

루이세는 카밀라의 집 정문 앞에 차를 세우고 초인종을 눌렀다.

"루이세 이모야? 올라와요!"

마르쿠스가 인터폰을 통해 소리쳤다.

계단을 성큼성큼 올라가는 루이세의 기분도 아이처럼 덩달아 들떴다.

'이렇게 아이를 한 번씩 빌릴 수만 있으면 지금 내 생활에 딱 맞을 텐데.' 이런 생각을 하며 다가올 시끌벅적한 환영 인사에 대비해 마음의 준비를 했다.

"엄마는 샤워해요." 포옹이 끝나자 마르쿠스가 말했다.

루이세는 미소를 지으며 그럼 엄마를 방해하지 말자고 말했다.

"방해하는 게 아니야." 카밀라가 말하며 녹색 수건으로 감싼 머리를 욕실 문 밖으로 쏙 내밀었다.

잠시 뒤 그녀가 짧은 목욕 가운을 입고 향기로운 냄새를 풍기며 나와 루이세의 볼에 입을 맞추었다.

"마르쿠스가 얼마나 고대하는지 몰라." 카밀라가 주방으로 가 오븐을 켜며 말했다.

루이세는 그녀를 따라가 주방 문간에 섰다.

"그 사람이 이리로 오는 거야?" 루이세는 마르쿠스가 들을 수 없도록 소리를 낮추고 몸짓으로 물었다.

카밀라가 고개를 끄덕였다.

마르쿠스는 루이세의 집에 가져갈 장난감을 챙기러 방으로 들어갔다.

"카페 같은 데서 만나고 싶으면 그렇게 하자고 하더라고. 하지만 여기서 만나면 조금 격식을 덜 차릴 수 있잖아." 카밀라가 말하며 토닉 워터 한 병을 냉장고에 집어넣었다.

"처음 만나는 건데 사람 많은 공공장소 같은 곳으로 가는 게 현명하지 않을까?" 무슨 대답을 들을지 잘 알면서도 루이세가 물었다.

카밀라가 주방 카운터에 밀가루를 뿌리더니 밀대로 작은 반죽을 밀기 시작했다.

"safechat.dk에서 제안한 온라인 데이트 안전 수칙에 대해 내가 몇 번이나 기사 쓴 거 알지? 잘 읽어줬다니 정말 고맙네." 카밀라가 장난스럽게 루이세를 쏘아보며 말했다.

그녀는 반죽이 더 늘어날 수 없을 때까지 얇게 밀었다.

"그런 기사를 썼으면 따라야 할 거 아냐!" 루이세가 이해 못 하겠다는 듯 말했다.

"그런 안전수칙은 아이나 청소년을 위한 거야. '어른한테 알리지 않고 온라인에서 사귄 사람을 직접 만나면 안 된다.' 하지만 나는 어른이라고. 다들 나더러 어른이라고 하던데? 그러니까 이상한 사람이다 싶으면 얼마든지 훠이, 하고 쫓아낼 수 있어."

물론 남자를 쫓아내는 카밀라의 능력을 의심하는 건 아니지만 그래도 여전히 위험한 일처럼 들렸다.

카밀라는 냉장고 문을 열고 글륀괴레 캐비아 병을 꺼냈다. 티스푼으로 그것을 떠 반죽 위에 일정하게 놓은 뒤 반죽을 롤케이크처럼 둘둘 만 다음 얇게 썰어 베이킹 시트 위에 올려놓았다.

"비디오 게임기 가져가도 돼?"

마르쿠스가 자기 방에서 소리쳤다.

"차 타고 가는 동안 하게 게임보이나 챙기지 그러니." 카밀라가 역시 소리치고 루이세에게 고개를 돌렸다.

"게다가 그냥 한잔하러 오는 것뿐이란 말이야. 저녁 먹으러 나가는 건 내일 밤이고. 오늘 봐서 별 감흥이 없으면 내일 저녁도 취소해버리면 되잖아."

카밀라는 오븐을 열고 요리를 넣었다. 그러고는 시계를 얼핏 보더니 가봐야 하는 것 아니냐고 루이세에게 슬며시 말했다.

루이세가 싱긋 웃으며 마르쿠스를 불렀다.

마르쿠스가 욕실에서 드라이어를 꺼내는 카밀라에게 작별 인사를 하러 들어갔다. 둘이 인사를 나누는 동안 루이세는 마르쿠스의 가방을 어깨에 메고 바깥에 서 있었다.

"앞에 앉아도 돼요?" 차에 다다르자 마르쿠스가 물었다.

루이세는 씩 웃으며 아이의 머리를 마구 흩트렸다.

"아니 되는 말씀. 이모 경찰인 거 알잖아." 루이세는 권위 있는 말투로 대답했다.

마르쿠스는 과장되게 샐쭉한 표정으로 고개를 숙이더니 차 뒷문을 열었다. 사실 앞에 타지 못하게 할 것을 잘 알면서도 그렇게 물은 건 루이세의 입에서 경찰이라는 말이 나오게 하기 위해서였다. 루이세는 아직도 아이가 그 사실을 대단히 여기고 있다는 데 조금 놀라면서도 지금의 인기를 최대한 오래 즐겨야겠다고 생각했다.

꼬리

루이세가 저녁 먹은 것을 치우고 가방을 챙기는 동안 마르쿠스는 소파에 누워 텔레비전 만화를 보았다. 원래는 짐 없이 가볍게 다녀올 생각이었는데 어머니가 이 기회에 가족이 다 모이는 게 좋겠다고 하면서 루이세의 남동생과 올케, 그들의 아이 둘까지 초대했다. 오랜만에 가족 전체가 모이는 거라면 옷가지를 조금 더 챙겨 가야 할 것이다.

카르스텐에 대한 생각이 잠시 머리를 스쳤다. 결국 놓아주게 될 거라고 의기양양하게 비아냥거리던 그자의 목소리가 들리는 것만 같았다. 이런 생각을 하니 갑자기 기분이 나빠졌다. 보통은 일터를 떠나는 즉시 일에 대해 잊어버리지 않는가. 강력계 형사들을 위한 교육 세미나에서 그렇게 하는 방법을 배웠다. 이 기술은 퇴근한 뒤에도 사건을 계속 떠올리는 사람들에게 큰 도움이 되었다. 처음에는 새 기술을 익히기 힘들었지만 이제는 일종의 습관처럼 되어서

잔혹한 범죄가 밤새 머리를 떠나지 않을 때 무의식적으로 쓸 수 있게 되었다. 수산네와 '미스터 노블'에 대한 생각은 곧 머릿속 한구석으로 옮겨졌고, 루이세는 주방으로 가 사탕 한 봉지를 꺼낸 다음 거실로 돌아가 마르쿠스와 함께 텔레비전을 보았다.

나중에 페테르가 돌아오는 소리를 잠결에 얼핏 들었다. 마르쿠스는 이미 몇 시간 전에 잠이 들었고 루이세 또한 자기도 모르게 잠이 들어 있었다. 그가 그녀를 깨우지 않으려 조심스럽게 몸을 뉘자 매트리스가 움푹 들어가는 것이 느껴졌다. 그녀는 팔을 뻗어 그의 손을 잡았지만 달콤한 잠에서는 헤어나지 못했다.

2부

크리스티나

12

다가오는 그를 보긴 했지만 제때 팔을 뺄 수 없었다. 등을 내리 누르는 그의 움직임은 너무도 빨랐고 그녀의 몸은 숨을 쉴 수 없을 때까지 짓눌렸다. 어깨에서 우두둑하는 소리가 들리는 것과 동시에 그녀가 신음을 뱉었다. 너무도 날카로운 통증에 근육이 부르르 떨렸다.

그는 그녀의 왼팔을 움켜쥐고 등을 잡아당겨 그녀를 엎드리게 만들었다. 그의 몸 아래에서 꼼짝도 못하게 된 그녀는 온몸에서 힘이 빠지고 몸이 축 늘어지는 것을 느꼈다.

"가만히 있어."

그의 목소리는 귓가와 너무 가까워 뜨끈한 느낌이 귓속을 가득 채웠다.

그녀의 몸 아래에 깔린 팔을 더 잘 붙들기 위해 그가 몸을 앞으로 조금 숙였다. 그의 몸이 아주 잠깐 그녀의 등에서 내려오는 것을 느낄 수 있었다. 그녀는 재빨리 몸을 돌려 똑바로 눕고는 그가 균형을 잃는 순간 양 다리를 당겼다가 최대한 세게 걸어찼다. 다리가 그의 몸에 충돌하는 것과 동시에 충격이 온몸을 통해 전해졌다. 그는 반사적으로 그녀의 양 발목을 붙들었다. 그가 케이블 타이로 발목을 한데 묶자 마치 칼날이 깊이 베어 들어오는 것 같은 고통이 느껴졌다.

그녀는 본능적으로 그를 할퀴다가 그가 조금이라도 가까워질 때마다 마구 주먹을 휘둘렀다. 그의 볼에서 피가 났다. 그의 짙은 눈동자에서 뿜어져 나오는 험악한 기운을 느낀 그녀는 또 한 번 주먹이 날아올 것에 대비해 몸을 움츠렸다.

무언가 잘못된 것 같다는 느낌이 어렴풋이 들었지만 그녀는 그런 기분을 무시했다. 그는 상냥하고 친절했다. 물론 지금까지 서로 사진을 교환하고 싶어하지 않는 것이 이상하다고 생각했지만 그녀는 그것이 일종의 칭찬이라고 생각했다. 초기에 그녀에게 보낸 이메일에서 그녀가 남들과 다른 것 같다고 하지 않았던가. 그녀의 글에서 그런 분위기가 느껴진다고 했었다.

머릿속에서 후회로 가득한 목소리가 고함을 쳤다. 두려움이 잔뜩 뒤섞여 있었다.

'불장난이 아니었어. 싸워!'

그녀도 처음에는 즐겼다. 마음껏 추파를 던졌다. 첫 만남을 기대하면서 이메일만 주고받는 건 어딘가 자극적이고 흥분되는 구석이 있었다.

그가 그녀의 손목을 한데 묶자 그녀는 비명을 질렀다. 그가 그녀의 몸을 침대 위로 밀어붙였고 그녀는 계속해서 비명을 질렀다. 매트리스 커버 한쪽이 벗겨졌다.

침실에서 어느 순간 그녀가 주도권을 쥐자 그의 태도가 백팔십도 달라졌다. 그가 머뭇거리면서 느릿느릿 옷을 벗는 것을 보니 너무나도 흥분되었다.

'가공하지 않은 다이아몬드구나!' 침대 옆에 선 그가 서툰 손으로 셔츠 단추를 푸는 동안 그녀는 생각했다.

"이리 와봐요. 내가 해줄게." 그녀는 옷을 다 벗고 다정하게 말했다.

그렇게 그의 셔츠 단추를 풀기 시작했을 때 그가 달라지는 것을 느꼈다. 마치 입김이 나올 만큼 차가운 공기가 주변을 감싸기 시작했다. 그녀가 옷을 벗기는 동안 그는 미동도 않고 가만히 서 있었다.

그가 그녀를 침대에 눕히자 그녀는 미소를 지었다. 그가 손에 쥔 것이 무엇인지는 보이지 않았다. 그녀가 보는 것이 쑥스러워 콘돔을 손에 꼭 숨기고 있는 것이리라 생각했다. 이제야 그것이 그녀의 손발을 묶은 날카로운 물체라는 걸 깨달을 수 있었다.

그녀가 몸부림을 치며 바닥으로 점점 내려갔지만 그 순간 그가 그녀를 확 잡아당겨 세웠다. 그녀를 매트리스 위로 다시 끌어올리기 위해서다. 하지만 그녀는 묶인 다리로 그 자리에 꼿꼿이 몸을 세우고 젖 먹던 힘까지 다해 묶인 팔을 그를 향해 휘둘렀다. 그 충격에 그가 풀썩 쓰러졌지만 그녀는 그것이 그의 분노를 더욱 부채질해 결국 자신이 죽게 되는 건 아닐까 덜컥 겁이 났다.

몸싸움 끝나고 침묵이 마치 짙은 안개처럼 침실을 덮었다. 그가 트렁크 팬티 차림으로 그녀의 가슴과 팔을 타고 앉아 무언가 딱딱한 것을 그녀의 입에 쑤셔 넣었다. 그러고는 미리 갖다 놓은 테이프를 집어 입으로 긴 조각을 찢어냈다. 그녀는 그 아래서 몸부림을 쳤다. 그가 발기된 것을 또렷이 느낄 수 있었다. 믿기 어려웠지만 그녀 역시 거친 몸부림과 싸움 때문에 음부가 가늘게 떨리며 조금씩 흥분하고 있었다. 그 덕분에 몸에서 조금 힘을 뺄 수 있었다. 이제 조금만 있으면 끝날 것이다. 이건 둘 다에게 매우 자극적인 일종의 게임이다. 그녀는 다만 그를 과소평가한 것이다. 그가 이런 게임을 즐길 줄은 몰랐고, 그녀가 그의 옷을 너무 빨리 벗겨버려 게임의 규칙을 미리 알아차리지 못한 것이다. 그래서 그녀는 그가 입에 테이프를 붙이게 놔두었다.

얼굴 가까이 몸을 기울여 강렬하게 그녀의 눈을 쳐다보는 것이 일종의 화해의 몸짓, 서로 즐거움을 느끼기 위한 표현이라고 생각했다. 하지만 그가 몸을 조금 빼고 그녀의 무릎을 거칠게 벌린 다음 무언가 딱딱한 것을 그녀의 몸속으로 쑤셔 넣었다. 강렬한 통증에 세상이 깜깜해졌다. 이미 수축할 대로 수축한 그녀의 몸이 반사적으로 더 굳어지는 바람에 반응이라고는 팔과 다리가 경련을 일으키듯 움찔거린 것뿐이었다. 몸속을 갈가리 찢는 듯한 고통에 너무나도 놀란 그녀는 코를 통해 숨 쉬지 않으면 질식할 수도 있다는 생각을 잠시 잊었다. 그녀는 미친 듯 고개를 옆으로 돌렸다. 조금 뒤 고통이 멈추고 그가 바닥에 무언가 떨어뜨리는 소리가 들렸다. 침대 옆 탁자에 보관해두던 딜도가 갑자기 떠올랐다. 그가 그것을 찾아 사용한 것일 수도 있다. 하지만 그 생각이 미처 끝나기도 전에 그의 양손이 그녀의 목을 감싸는 것이 느껴졌다. 대체 언제 끝날 것인지 그를 올려다보았지만 눈물이 가득해 그를 또렷이 볼 수 없었다. 다행히 손에 힘을 주지는 않고 다만 목 위에 올려두는 것 같았다. 그가 그녀의 몸에 완전히 체중을 싣고 그녀의 허벅지 사이로 깊숙이 찔러 들어갔다.

그녀는 다시 몸의 힘을 조금 뺐다. 그가 절정을 맞았으니 이제 끝난 것이다. 그녀는 이제 괜찮다고, 그만하자고 눈짓을 보내려 했지만 그러기도 전에 그가 벌컥 그녀의 몸을 잡아당겨 상체만 침대에 걸쳐지게 했다. 끝낼 생각이라곤 없는 것이 분명했다. 분노가 솟구쳐 올랐다. 강력한 분노에 맞먹는 힘으로 그의 머리 옆 부분을 걷어찼다. 힘이 돌아오는 것 같았다. 그가 그녀를 다시 엎드리게 하려고 하자 다시 한 번 발을 휘둘렀다. 화가 머리끝까지 솟은 그는 등을 돌려 방을 나갔다.

그녀는 힘겹게 몸을 일으킨 다음 무기가 될 만한 것을 찾아 사방을 두리번거렸다. 하지만 침대 옆으로 돌아가기도 전에 그가 바로 뒤에 서 있는 것을 느꼈다. 그의 공격은 너무나도 빨라 피할 시간도 없었다. 또 한 번 주먹이 날아옴과 동시에 욕지기가 올라왔다. 몸이 바닥에 닿기 전 이미 세상이 캄캄해졌다. 그녀는 눈을 감고 침대 옆에 그대로 쓰러져 있었다. 그가 옷을 입는 소리가 들렸고 그녀는 구역질이 밀려 올라오는 것을 느꼈다.

천천히 심호흡을 하며 참으려 했다. 멀리서 현관문이 닫히는 소리가 들리며 안도감이 밀려와 조금 진정이 되었지만 마치 극심한 경련처럼 밀려오는 욕지기를 참기에는 이미 늦어버렸다. 그녀의 움직일 수 없는 몸이 반사적으로 수축했고 그녀는 숨을 쉬기 위해 안간힘을 썼다. 일 분이 마치 한 시간 같았다.

또 한 번 구역질이 났지만 이미 그녀는 그것을 느끼지 못했다. 바닥에 축 늘어져 의식을 잃은 그녀는 목구멍이 토사물로 가득 차고 볼이 부풀어 오르는 것도 알지 못했다.

13

전원을 켜니 부재중 전화가 여덟 개나 와 있었다. 루이세는 침대 가장자리에 앉아 부재중 전화 목록을 열었다. 하나는 카밀라, 나머지는 모두 경찰 본부에서 온 것이다.

'젠장!'

음성 메시지를 듣기 위해 번호를 누르는데 불안한 마음이 온몸 구석구석에 퍼져 나갔다.

팀장이 토요일 오후 네시 사십오분에 첫 번째 메시지를 남겼다. 그다음에는 팀장이 휴대전화로 남긴 메시지가 두 개 더 있었고 나머지는 라르스에게서 온 것이다. 여덟시 반쯤 남긴 팀장의 마지막 메시지에는 다음 날 아침에 전화하라고 되어 있었다. 무슨 일 때문인지 언급은 없는 짧은 메시지다.

팀장의 목소리에서 조바심이 느껴졌다. 낮은 소음이 들렸지만 어디에서 전화를 거는 건지 알아낼 수 있을 정도는 아니었다. 루이세는 시계를 보았다. 새벽 한시가 거의 다 되었다. 산책을 마치고 거실에서 부모님과 함께 진토닉도 한두 잔씩 마시고 올라온 터였다.

'젠장!'

등에서 페테르의 시선이 느껴졌다. 그녀는 아직도 전화기를 무릎 위에 올려놓은 채 앉아 있었다.

"팀장이야. 오늘 오후부터 계속 연락이 왔었네." 루이세가 돌아 앉지 않고 말했다.

"자기 쉬는 날이잖아. 언제나 앉아서 전화만 기다리란 법은 없지. 당신도 알잖아. 쉬는 날이면 쉬는 날인 거라고!" 페테르가 루이세를 옹호하듯 말했다.

"맞아. 하지만 무슨 일이 일어나면 연락이 되긴 해야 해."

이런 식으로 쉬는 날에 연락이 오는 일은 그리 흔치 않았지만 그런 경우가 있기는 있었다. 그리고 그럴 때마다 그녀는 곧장 본부로 달려가지 못하고 남들보다 조금씩 늦었다. 죄책감이 들었다. 집을 비운 것에 아무 문제도 없는데 말이다.

"당신 없이도 괜찮을 거야. 다른 누군가를 부르지 못했으면 두 배는 더 많이 전화했겠지." 페테르가 하품을 하며 말했다.

루이세는 다시 전화기를 가방에 넣고 침대로 올라갔다. 편안했던 기분은 사라지고 없었다. 내일 아침 일찍 일어나 팀장과 통화하는 대로 떠날 준비를 할 것임을 둘 다 알고 있었다. 루이세는 심호흡을 하고 페테르의 품으로 파고들어 그의 귀를 살짝 깨물기 시작했다. 페테르는 나무토막처럼 뻣뻣이 누워 있었다. 루이세가 자기 몸의 온기를 페테르에게 퍼뜨렸다. 루이세의 혀가 아래로 미끄러져 내려가 페테르의 목을 간질이기 시작하자 그도 이내 누그러져 그녀의 몸을 가까이 끌어당겼다. 사랑을 나눈 지도 꽤 오래되었다. 생각해본 적은 없었는데 계산해보니 거의 한 달이나 지난 것 같았다.

'그건 너무 길잖아.' 쾌락으로 빠져들며 루이세는 생각했다.

루이세는 아침 여덟시에 팀장과 통화했다. 별다른 말 없이 열시에 시작할 부검에 참석하라는 지시다.

"강간이야. 피해자는 재갈이 물리고 케이블 타이에 묶인 채 발견됐고."

루이세는 재빨리 가방을 쌌다. 가방을 차에 다 싣고 떠날 준비가 끝날 때까지 기다렸다가 마르쿠스를 깨웠다. 먼저 루이세를 내려주고 그런 다음 페테르가 마르쿠스를 집에 데려가기로 했다. 카밀라에게 데려다주기에는 너무 이른 시각이다.

*

"시신이 곧 올라올 거야. 지금 지하실에서 체중을 재고 있어."

플레밍이 정문에서 루이세를 맞으며 말했다.

루이세는 로비에 자리를 잡고 앉았다. 부검실은 보통 일요일은 문을 닫으니 플레밍도 월요일까지 부검을 미루려 했겠지만 한스 반장이 가능한 한 빨리 하자고 고집을 피웠을 것이다. 언제나 그랬으니까. 근무 외 시간에 시신이 발견될 때마다 검시관과 실랑이를 벌여야 했다. 그들의 주장은 낮에 부검해야 더 정확하게 관찰할 수 있다는 것이다. 그러면 반장은 수사가 급하다고 고집을 피웠다. 그런 식으로 주거니 받거니 논쟁을 하다가는 반장이 주먹으로 탁자를 내리치며 이렇게 으르렁거리는 것이다.

"빌어먹을 게 보이지 않거든 불을 더 켜면 될 것 아니야!"

그러면 일은 반장이 원하는 대로 풀렸다.

"어젯밤 아홉시경에 들어왔어. 과학수사반이 죄다 사건 현장에 나가는 바람에 정말 오랜만에 부검을 오늘로 미루는 데 다들 동의했지. 두어 명이 이리로 와서 도와줘야 하거든." 플레밍이 말했다.

루이세가 고개를 끄덕였다. 과학수사반 누군가가 함께 관찰할 수 있을 때까지 검시관은 부검을 시작할 수 없었다. 그리고 당연히 근무 인원은 모두 현장으로 보내졌을 것이다. 피해자가 아파트에서 죽은 채로 발견되었다는 사실 말고 지금 루이세가 아는 건 하나도 없었다.

"자기 아파트래요? 어디래요?" 루이세가 물었다.

아침에 통화할 때 팀장은 매우 퉁명스러웠다. "브리핑까지 기다려야 할 거야" 그렇게 대꾸했다.

루이세는 플레밍에게 질문 공세를 시작했다.

"프레데릭스베르의 자기 아파트일 거야." 플레밍이 어깨를 으쓱이며 대답했다.

프레데릭스베르라는 말을 듣자마자 아직 카밀라에게 전화를 걸지 않았다는 사실이 떠올랐다.

"이름은요?" 루이세가 물었다.

"거기까진 못 알아냈어. 아직도 '프레데릭스베르 긴급'이라고만 불리고 있더라고."

카밀라가 만난다는 남자가 온라인에서 알게 된 사람이라 해도 카밀라는 쉽사리 공격할 수 있는 유형이 아니다. 카밀라에게는 소심한 구석도 없고 늘 자신이 넘쳤다. 지금까지의 피해자들과는 정반대가 아닌가. 그리고 이자는 범행 대상을 고르고 준비하는 데 아주 공을 들였다. 행여 카밀라를 알게 되었다 하더라도 아주 오래전 그녀가 자신의 취향에 맞지 않음을 깨달았을 것이다. 루이세는 시계를 내려다보았다.

"일정대로 하는 거죠?" 루이세가 물었다.

열시 십오분 전인데 엘리베이터 소리가 들리지 않는 걸 보니 시신이 아직도 지하에 있는 것이 분명했다.

"조금 미뤄질지도 몰라. 반장이 자기를 기다리라고 했는데 조금 아까 통화할 때만 해도 아직 피해자의 아파트에 있었거든. 과학수사반이랑 같이 올지도 모르지." 플레밍이 말했다.

루이세와 플레밍은 사람들이 도착하는 대로 문을 열어주기 위해 정문 앞에서 대기했다. 둘 다 아무 말 없이 서로 마주 보고 앉았다.

"이 일 말고는 주말 잘 보냈나?" 플레밍이 물었다.

루이세는 어깨를 으쓱했다. 즐거운 주말은 팀장의 전화 메시지를 듣는 순간 사라져버렸다.

"교외의 부모님 댁에 갔었어요. 왜요?"

"난 어제도 당직이었거든. 어쨌거나 주말을 여기에서 보낼 신세였나 봐."

루이세는 가끔 플레밍이 여가 시간에는 어떤 모습일까 궁금했다. 이 년 전 이혼한 뒤 혼자라는 건 알지만 새로운 사람을 만났는지는 몰랐다. 일에 관한 한 플레밍과 좋은 관계를 유지하지만 일터 바깥에서 만난 적은 없었다. 사무실 바깥에서 그를 본 것은 일 년 전 동료들과 모여 볼링을 치고 맥주를 조금 마신 게 처음이자 마지막이다. 그에게는 다섯 살, 일곱 살짜리 아들 둘이 있다.

"누가 발견한 거래요?" 루이세가 다시 일로 돌아와 물었다.

플레밍이 어깨를 으쓱였다. "몰라. 내가 도착했을 때 목격자는 없었어. 반장이 친구 어쩌고 하는 소리를 들은 것 같긴 한데. 그런데 이번에는 단서가 될 만한 게 제법 있을 것 같아. 피해자가 미친 듯 저항했거든. 사방에 물건이 넘어져 있고 곳곳에 지문이 남았어."

오늘 들은 이야기 중 가장 기운이 나는 소리다.

"보아하니 놈이 감당할 수 없을 정도로 일이 커져서 전처럼 뒤처리를 못한 것 같아." 플레밍이 말했다.

바로 그때 유리문 반대편에서 버저 소리가 들렸다. 플레밍이 일어서서 문을 열어주었다.

루이세는 잠시 앉아 있다가 플레밍의 뒤를 따랐다. 반장의 목소리를 들으니 안심이 되었다. 관심이 집중되는 사건의 경우 반장이 팀원 한 명과 함께 직접 부검에 참여하는 일이 종종 있다. 이들 외에도 과학수사반에서 두 명이 나와 한 명은 부검하는 동안 사진을 찍고 다른 한 명은 각종 질문을 하며 기록을 할 것이다.

"아주 조그만 단서라도 빠뜨려선 안 돼. 이번에야말로 반드시 잡는다." 반장이 들어오며 쩌렁쩌렁한 목소리로 말했다.

다른 이들은 시신의 오른손 손톱 밑에서 DNA를 발견할 수 있을지 들뜬 목소리로 떠들고 있었다.

루이세도 거기 합류해 과학수사반의 선임 검시관에게 인사했다. 오세가 커다란 가방을 내려놓고 루이세에게 손을 내밀었다. 오세는 일 년 전 유틀란트 북부의 올보르에서 코펜하겐으로 전근 온 작고 마른 여자다. 처음 만났을 때 루이세는 무심코 오세가 수습사원일 거라고 생각했다. 알고 보니 오세는 경험도 많고 나이도 루이세보다 아주 조금 어릴 뿐이었다.

그때 엘리베이터에서 소리가 나기 시작했다. 시신이 지하에서 올라오는 것이다.

루이세는 언제나 진지한 과학수사반 검시관 클라인과 반장에게 고개를 끄덕였다. 클라인은 늘 그렇듯이 푸른색 윈드브레이커 점퍼를 입었다. 여름이면 마치 팔을 감싼 소시지처럼 소매를 팔꿈치 바로 위로 걷어 올려 입었고, 겨울이면 아무리 추워도 몇 겹의 스웨터를 껴입고 점퍼 위에는 아무것도 덧입지 않았다.

루이세와 플레밍은 두런두런 이야기를 하며 부검실이 있는 이층으로 올라갔다. 바로 옆에는 살균 수술복과 가운이 보관된 탈의실이 있었다. 모두 말없이 열린 문을 통해 탈의실로 들어갔다.

루이세는 바지 자락을 잘 모아 수술복 안에 넣고, 길고 숱 많은 머리를 한데 꼬아 올린 다음 헤어네트를 뒤집어썼다. 발은 이미 푸른색 비닐커버 안에 넣은 상태다. 마지막으로 마스크를 집어 코와 입을 단단히 가렸다.

부검이 시작되자 루이세는 수첩을 꺼내 무릎 위에 올려놓고 뒤편의 등받이 없는 의자에 앉았다. 시신은 방 한가운데에 있는 부검대 위에 놓여 있고 흰색 시트가 씌워져 있다.

플레밍이 시트를 벗겼다. 루이세의 눈에 처음으로 들어온 것은 마치 커튼처럼 늘어진 긴 금발머리다. 그 모습을 본 순간 배를 한 방 얻어맞은 것 같은 기분이 들었다. 눈앞에 붉은색과 흰색의 사건 현장 테이프가 둘러쳐진 카밀라의 아파트가 스쳐 지나갔다. 루이세는 벌떡 일어나 오세를 밀치고 앞으로 다가섰다. 오세는 부검 시작 전 사진을 찍기 위해 카메라를 꺼내던 참이다. 시신의 입에는 아직도 테이프가 붙어 있고 팔다리는 플라스틱 끈으로 한데 묶여 있다.

"어, 조심해요!" 오세가 말했다.

플레밍과 반장 모두 카밀라를 알고 있었다. 루이세의 끔찍한 상상이 사실이었다면 그들도 무언가 반응을 보였을 것이다. 하지만 시신이 카밀라가 아님을 알아차렸을 때는 이미 돌발행동을 한 뒤였다.

"미안해요." 루이세가 웅얼거렸다.

루이세는 오세의 어깨를 가볍게 두드린 다음 재빨리 자리로 돌아갔다. 이렇게 말도 안 되는 상상에 경거망동을 하다니. 눈이 감기고 두꺼운 테이프로 입이 막힌 피해자의 얼굴이 그제야 눈에 들어왔다. 카밀라와 닮은 구석은 전혀 없었다.

벌떡 일어나는 바람에 수첩이 바닥에 떨어졌다.

"그녀의 이름은 크리스티나 레르케." 반장이 루이세를 쳐다보며 말했다.

속마음을 들킨 것만 같았다. 루이세는 정신을 추스르며 떨어진 수첩을 집어 들었다. 다시 의자에 앉아 수첩을 무릎 위에 올려놓은 루이세는 플레밍이 가위로 케이블 타이를 자르는 모습을 바라 보았다.

"조심해요! 묶인 부분에 증거가 있을지도 모르니." 클라인이 말 했다.

그가 봉투를 내밀자 플레밍이 그 안에 잘린 케이블 타이를 떨어 뜨렸다.

"이제 테이프를 떼어내겠습니다."

플레밍이 말하며 시신의 얼굴 위로 몸을 숙였다. 아주 조심스럽 게 한쪽 귀퉁이를 떼었다. 살아 있는 사람이라면 이렇게 조용히, 천천히는 하지 못했을 것이다. 흰 장갑을 낀 손으로 시신의 입 안 을 확인했다. 그가 손을 빼내자 안에 고인 토사물이 흘러나오며 스 테인리스 스틸 탁자의 반짝이는 표면에 작은 웅덩이를 만들었다.

플레밍이 그들을 향해 몸을 돌렸다.

"입에 물렸던 재갈이 안으로 움직인 겁니다. 토사물에 질식한 거 죠."

시신의 양쪽 코가 토사물로 가득 차 있음을 확인하고 그 자리에 서 플레밍이 결론을 내렸다.

"재갈이 어느 순간 입속 깊숙이 움직이면서 구역 반사를 일으켰 는데 테이프가 입을 완전히 막는 바람에 숨을 쉴 수가 없었던 겁니 다." 플레밍이 시신 위로 다시 몸을 굽히며 말했다.

루이세는 그의 말을 열심히 받아 적으며 나름의 결론을 내렸다. 놈이 피해자를 죽인 것은 아니지만 죽음의 원인을 제공한 것은 맞 다. 그렇다면 혹시 계획된 살인?

플레밍이 거기까지 마치자 이제는 오세의 차례였다. 오세는 이제 케이블 타이와 재갈이 제거된 시신의 등과 오른쪽, 왼쪽 면을 찍었다.

플레밍이 증거를 확보하기 위해 시신의 젖꼭지 부근을 면봉으로 문지르는 동안 클라인은 피해자의 손톱과 머리카락 샘플을 잘라냈다. 루이세는 여자의 목과 가슴을 면밀히 살폈다. 강간범들이 종종 그 부위에 키스를 하기 때문이다. 플레밍은 기다란 면봉을 덮개 안에 밀어넣고 조심스럽게 뚜껑을 닫았다. 이것이 끝나자 플레밍은 시신을 절개하기 위해 부검실 기사들을 불렀다.

루이세는 다른 이들을 따라 복도로 나왔다. 문이 열린 부검실 몇 곳을 지나는 동안 그들의 발걸음 소리가 희미하게 메아리쳤다. 높은 천장, 타일로 된 내부, 스테인리스스틸 탁자, 싱크대, 시신을 닦을 수 있도록 움직일 수 있는 긴 샤워기 등이 보였다. 전체적으로 아무런 꾸밈도 없고 차갑기 그지없어 보이는 그곳은 실제 가보면 철저히 실용적으로 꾸며져 있다는 것을 알 수 있다.

루이세는 벽에 기대서서 과학수사반과 이야기를 나누는 반장의 말을 엿들었다. 멀리서 전기톱 소리가 들리기 시작했다. 보통은 다른 도구와 흐르는 물소리에 묻혀 그 소리가 잘 들리지 않기 마련이다. 하지만 오늘은 그칠 줄 모르는 기계음이 텅 빈 부검실들을 통해 메아리치다 이내 '살인실'이라 불리는 곳까지 다다랐다. 그곳의 크기는 다른 방의 두 배나 되어 많은 사람이 부검을 참관할 수 있다.

루이세는 부검 참관이 익숙했지만 오늘만큼은 정적을 깨는 외로운 전기톱 소리를 참지 못하고 고개를 돌렸다. 사람들이 분주히 돌아다니는 주중에는 이런 차가운 느낌이 조금 덜했다. 하지만 일요일 아침의 고요함은 그 소리를 차단하지 못했다.

플레밍이 모두 들어오라는 듯 불렀다. "준비됐습니다."

부검실 기사 두 명이 마치 갑옷 같은 장갑을 벗으며 밖으로 나와 장갑을 탈의실에 나란히 걸었다. 루이세는 그들이 지나가도록 뒤로 물러서다가 줄줄이 놓인 흰색 고무장화를 밟았다. 루이세가 밖으로 나가는 기사들을 향해 살짝 고개를 숙여 인사했다. 반장이 다가왔다.

"난 이제 본부로 돌아가네. 자넨 플레밍의 이야기를 듣고 나중에 보고하지." 반장이 말했다.

루이세가 고개를 끄덕이고 멀어져가는 반장의 뒷모습을 쳐다보았다. 결의에 찬 듯 각진 걸음새 때문에 뻣뻣하게 걷는 것처럼 보였다. 루이세가 들어가자 다른 이들은 이미 시신이 누워 있는 탁자 주변에 자리를 잡고 앉아 있었다. 루이세는 아까 앉았던 의자로 돌아가 받아 적을 준비를 했다.

"구강과 비인두가 토사물로 차 있음. 위 속 내용물과 똑같은 색깔."

내부의 이물질로 인한 이차 질식이라는 플레밍의 설명을 듣고 루이세가 받아 적었다. 피해자는 금세, 아마 일 분도 안 되어 의식을 잃었을 것이다.

"한 오 분 만에 숨졌습니다." 플레밍이 말했다.

등받이 없는 의자에 앉아 무릎 위에 수첩을 올려놓고 글씨를 쓰자니 손이 점점 피로해졌다.

"피해자의 질에 딱딱한 물체를 집어넣었어요. 아마 침대 옆 바닥에서 발견한 딜도였을 겁니다. 예리하게 벤 상처가 있고, 가장자리는 붉게 변했어요. 질 입구에는 출혈이 있습니다." 플레밍이 말했다.

루이세는 그의 말을 열심히 적었지만 피해자의 성기를 검사하는 도중에 고개를 돌리고 말았다.

한 시간 뒤 부검이 모두 끝났다. 부검 내내 한시도 말을 멈추지 않던 플레밍은 입에 붙은 테이프를 떼기만 했다면 여자는 살았을 거라며 루이세를 흘깃 쳐다보았다.

루이세도 그의 생각에 동의하며 고개를 끄덕였다. 놈은 그녀가 숨이 넘어가는 모습을 지켜보며 그냥 앉아 있었던 걸까?

꿈

계단에서 오세와 클라인에게 작별인사를 한 뒤 루이세는 플레밍을 따라 그의 사무실로 갔다.

루이세는 책상을 가운데 두고 그와 마주 보고 앉았다. 수첩을 여전히 손에 든 채로. 플레밍이 전화기 메시지를 확인하고 혹시 책상에 남겨져 있을지 모를 다른 메시지를 찾는 동안 루이세는 그 모습을 가만히 지켜보았다.

플레밍이 자리에 앉았다. 큰 키 때문에 책상과 의자가 모두 작아 보였다. 책상에는 각종 서류와 서류철이 높다랗게 쌓여 있어 빈 공간이 거의 없다. 그들은 잠시 아무 말도 없이 앉아 있다가 플레밍이 입을 열었다.

"구토는 입속의 재갈이 움직이면서 구역 반사를 일으킨 직후에 시작됐어."

루이세가 짐작한 것을 확인해주는 말이다. 루이세는 아무 말도 하지 않고 그가 말을 잇기만 기다렸다.

"구타당한 흔적을 보면 재갈이 움직인 것도 놈에게 맞았기 때문이라고 추측할 수 있지."

"그러니까 놈은 여자가 죽어가는 걸 보면서도 돕지 않았다는 거죠?"

루이세가 그를 대신해 결론을 내렸다.

플레밍이 어깨를 으쓱했다. "논리적으로 가능한 추론이지."

루이세의 몸이 부르르 떨렸다.

"놈은 여자를 그리 좋아하는 것 같지 않아." 플레밍이 덧붙였다.

그의 말에 잠시 생각이 흐트러지며 적개심이 불쑥 솟아올랐다.

"그럴까요? 여자를 폭행하고, 강간하고, 그런 다음에는 가만히 앉아 질식하는 걸 지켜보고 있었으니까, 놈은 여자를 경멸했다는 것만은 분명하죠." 루이세가 냉소적으로 말했다.

둘은 부검 보고서를 완성하고 추가로 확인할 사항이 더 있으면 다시 이야기를 나누기로 했다.

루이세와 플레밍은 건물 정문에서 헤어졌다.

플레밍은 루이세가 나가는 모습을 보고 다시 안으로 들어갔다. 플레밍의 등 뒤로 유리문이 닫히는 순간 루이세는 아침에 페테르가 데려다주었기 때문에 차도, 자전거도 없음을 깨달았다.

초조해진 루이세는 인파로 붐비는 블레담스바이를 따라 남쪽으로 향했다. 오후 한시가 다 되었다. 루이세는 휴대전화를 꺼내 본부로 돌아가고 있다고 팀장에게 말했다.

"수산네의 집으로 가 이 사건에 대해 알려주겠어? 그래야 이게 언론에 새어나가더라도 마음의 준비를 할 테니까."

루이세는 길에 멈춰 서서 팀장의 말을 듣고 있다가 천천히 몸을 돌려 버스 정류장으로 향했다.

"방금 어머니의 아파트에 있는 그녀를 만났는데 우리가 갈 때까지 어디 나가지 말고 있으라고 했거든. 새로운 상황이 생겨 간단히 설명해주겠다고 했지."

루이세가 앞을 똑바로 바라보며 끄덕였다. 새로운 상황이라! 분명 그랬다. 이제 범인은 처음 생각했던 것보다 훨씬 더 반사회적이라는 것이 확실하니까.

"놈을 잡을 때까지 가 있을 곳이 있는지 물어보는 게 좋겠어. 사건의 전개로 보아 놈이 다시 가서 그녀가 입을 열지 못하게 만들 가능성도 충분하니까." 팀장이 말했다.

"지금 확실한 건 놈이 저지를 수 있는 짓에 한계가 없다는 겁니다. 이제 사건이 훨씬 더 심각해졌어요." 루이세가 버스 카드를 찾느라 가방 속을 뒤지며 말했다.

목격자를 만나러 가기 위해 버스를 타다니 정말 우스운 노릇이 아닌가.

"그럼 발뷔로 가기 전에 본부에 들를 건가?"

"아뇨. 방금 버스 탔어요. 곧장 갈 겁니다."

팀장이 미소 짓는 것이 들리는 것만 같았다.

"라르스를 보내 자네 이야기 끝나면 데려오라고 할게. 그런 다음 둘이 같이 이번 사건 현장에 가보라고."

14

"예스퍼 비에르그홀트가 또 다른 중범죄를 저질렀다는 사실을 알려주는 증거가 많아요. 이번에는 젊은 여성이 목숨을 잃었습니다."

놈의 진짜 정체가 밝혀질 때까지 루이세와 라르스는 그를 계속해서 그렇게 부르기로 했다.

루이세는 천천히 단어를 골라가며 말을 마쳤다. 문장을 하나하나 돌리고, 굴리고, 리본을 달아가며 수산네가 최소한의 충격만 받도록 애썼지만 말의 본뜻은 달라질 리 없다. 수산네 역시 시신이 되어 스테인리스스틸 부검대에 누워 있을 수 있다는 것. 그것이야말로 루이세의 말의 진짜 숨은 의미였다. 수산네는 감정적으로 무관심하려고 애쓰면서도 그 뜻을 무시하지 못했다.

"그녀가 죽은 건 사고였다면서요?" 수산네가 머뭇거리며 물었다.

루이세가 고개를 끄덕였지만 그 몸짓을 보고 납득할 사람은 없었다.

"재갈을 목구멍 깊숙이 넣어 토하게 만들 계획은 없었겠죠. 하지만 여자가 구토를 시작했을 때 도와주지도 않았어요. 여자를 살리기 위해 한 일이 없어요. 오히려 죽게 놔두었죠." 루이세가 말했다.

비도레병원에서 처음 만났을 때 본 아무것도 모르겠다는 무덤덤한 표정이 수산네의 얼굴에 다시 돌아왔다. 눈도 느릿느릿 움직였다. 그것만 보아도 그녀가 다음 질문을 던지기까지 얼마나 큰 노력이 필요한지 알 수 있었다.

"이게 같은 사람 짓인지는 어떻게 알아요?" 수산네가 물었다.

"물론 아직 확실한 건 아니지만 범행 수법이 똑같아요. 놈이 당신에게 한 짓이 언론에 공개되지 않았기 때문에 케이블 타이라든가 당신 입에 물렸던 재갈에 대해서는 아는 사람이 없어요. 그러니 모방범이 아니라 동일인이라고 보는 게 논리적이죠." 루이세가 설명했다.

수산네가 머리를 기계적으로 작게 끄덕였다. 하지만 루이세의 말을 조금이라도 이해하고 있는지는 알 수가 없었다. 수산네의 몸 전체가 떨리기 시작했다. 우는 것은 아니고 다만 누군가 머리부터 발끝까지 그녀의 몸을 흔드는 것처럼 앉은 채로 떨고 있었다. 침묵 속에서 수산네는 양팔로 자기 몸을 꼭 감싼 채 몸을 앞뒤로 흔들었다. 루이세도 몰아낸 채 자신의 공허한 세상 속으로 사라져버린 것이다.

루이세는 거실로 가서 그녀의 어머니를 부를까 하다가 그대로 앉아 수산네의 어깨에 손에 얹었다.

'어쩌면 다른 곳으로 가 있으라고 지금 말하지 않는 게 나을지도

몰라.'

이렇게 힘겨워하는 사람에게 놈이 다시 돌아올지도 모른다고 말하는 건 잔인한 짓 같았다. 하지만 반대로 생각해보면 수산네 자신도 그런 생각을 하는 건 아닐까, 어쩌면 이렇게 몸을 떠는 것도 그런 두려움 때문 아닐까. 어딘가 다른 곳으로 가 숨는 것이 차라리 안전할지도 모른다.

루이세가 이런 생각을 하며 전화기를 꺼내 아직 수산네를 혼자 남겨둘 수 없으니 조금 기다리라고 라르스에게 문자 메시지를 보냈다.

"놈이 아직 잡히지 않았으니 겁이 나는 것도 당연해요." 루이세가 조심스레 입을 열었다.

수산네는 아무 반응도 없었다.

"놈을 찾는 동안 다른 곳에 가 있는 게 나을 것 같아요."

루이세가 조용히 말하며 천천히 수산네의 어깨를 쓰다듬었다. 그녀의 마음이 진정되며 긴장했던 몸도 조금 풀렸다.

"어디 가 있을 곳 있어요?" 루이세가 물었다.

수산네가 잠시 생각하더니 고개를 저었다. 그들은 아무 말 없이 가만히 앉아 있었다.

"그가 돌아올까요?" 수산네가 고개를 들며 물었다.

이제 공허한 표정은 사라졌지만 그녀의 눈이 무엇을 숨기는지 루이세는 알아볼 수 없었다.

'두려움인가.' 그런 것 같지도 않았다. 회의? 아니면 이해하지 못하겠다는 표정? 그것도 아니면 아무에게도 내보일 수 없는 무언가에 대한 두려움?

"모르겠어요. 하지만 그럴 수 있어요. 당신은 그가 어떻게 생겼는지 알고 있으니 그의 신원을 확인할 수 있잖아요." 루이세가 솔직히 말했다.

"하지만 기억을 못 하는데요!" 수산네가 불쑥 소리쳤다.

"알아요. 하지만 그는 그걸 모르잖아요."

"그럼 그렇다고 알려요. 내가 아무것도 기억 못 한다고 기사를 내라고요!"

눈물이 가득 차오르고 목소리는 절망으로 가득 찼다.

루이세는 수산네의 어깨를 움켜쥐며 천천히 등을 쓰다듬기 시작했다.

"당신 말처럼 그래야 할지도 모르죠. 하지만 그렇게 되면 사건 전체가 알려질 거고, 그것도 견디기 힘들 거예요. 어쩌면 훨씬 더 심각해질지도 몰라요."

수산네의 어깨에서 조금 힘이 빠졌다.

"괜찮아요. 어차피 아무에게 말 못 하는 건 더 힘드니까." 수산네가 코를 문질러 닦으며 쉰 목소리로 말했다.

다시 침묵이 주변을 감쌌다.

"금요일 날 출근했었어요."

수산네가 힘겹게 첫마디를 꺼냈다. 그러자 곧 다음 말들이 봇물처럼 쏟아지기 시작했다.

"하지만 소용없었어요. 겨우 두 시간 있다가 도로 나왔으니까. 사람들이 나만 쳐다봤어요. 나에 대해 수군거리는 게 느껴졌어요.

하지만 얼굴이 왜 이렇게 되었느냐고 묻는 사람은 아무도 없었어요. 눈으로는 나를 계속 따라다니면서 모두가 날 피하는 거예요. 도저히 참을 수가 없어서 그냥 와버렸어요."

"내 생각에는 잠시 떠나 있는 걸 심각하게 고려해보는 게 좋겠어요." 루이세가 다시 말했다.

마음속에서 동정심이 불쑥 솟아났다. 다른 사람의 고통에 대해 사람들이 얼마나 이상한 태도를 보이는지, 그리고 이렇게 거리를 두는 그들의 태도가 때로는 사건 자체보다 얼마나 더 고통스러운지 루이세는 잘 알고 있었다. 게다가 지금은 그 어느 때보다도 친구와 동료들에게서 거부당하는 느낌을 참아내기 힘들지 않은가.

"당신이 머물 곳을 알아볼 수 있어요." 루이세가 자신의 물건을 챙기며 말했다.

수산네가 많이 침착해져서 이만 일어서도 될 것 같았다.

"잘 생각해봐요. 오늘 밤이나 내일 또 이야기해요. 그리고 당신이 티볼리의 레스토랑에 두고 온 스웨터를 찾았어요. 지금 분석하고 있을 거예요. 분석이 끝나는 대로 돌려줄게요."

루이세는 종이에 자기 휴대전화 번호를 적어주면서 수산네에게 불안하다 느끼면 언제든지 전화하라고 말했다.

"아니면 어디 머물 데가 생기면 알려줘요. 그저 이야기를 하고 싶을 때도 언제든 전화하고." 루이세가 덧붙였다.

목격자와 대화를 할 때 루이세는 보통 이 마지막 말을 잘 하지 않았다. 언제든 전화해 마음대로 떠들어대도 된다는 허락의 뜻으로 받아들이는 사람들이 종종 있었기 때문이다. 수산네에게 그렇게 말한 것은 그녀가 어머니와 이야기하는 것을 불편해 하는 것을 알기 때문이다. 사실 그렇게 하지 않는 편이 더 나을지도 몰랐다.

'어머니가 오늘 볼일이 있다고 외출한 게 차라리 잘됐군.'

하지만 루이세가 나가기 직전에 어머니는 방문을 쑥 열고 들어섰다. 이제 언론을 피하는 게 현명하다는 걸 안다고 수산네에게 잔소리를 했다. 하지만 경찰이 이 사건을 뒤로 미룬다면 가만있지 않을 거라고 덧붙였다.

"내 딸을 망쳐놓은 놈을 찾지 못하면 다시 기자한테 전화해 그들의 도움을 청할 수밖에 없어요." 수산네의 어머니가 말했다.

마치 종기를 짜러 치과에 가야 한다고 말도 안 되는 주장을 하는 환자 같았다. 그렇게 잔소리를 늘어놓는 동안 어머니는 수산네가 몸을 떠는 것도, 눈 속이 완전히 공허해진 것도 알아채지 못했다.

루이세가 아무런 대답도 하지 않자 어머니는 화가 났는지 문을 쾅 닫고 씩씩거리며 나갔다. 루이세는 수산네의 팔을 마지막으로 한 번 꼭 쥔 다음 일어나 작별인사를 했다.

⌇

라르스는 건물 안마당으로 향하는 좁은 길에 불법으로 주차를 해놓고 루이세를 기다리고 있었다. 루이세는 조수석으로 들어가 앉았다. 차가 프레데릭스베르로 출발했고 그들은 잠시 아무 말도 하지 않았다.

"아들은 어때?"

차가 발뮈 언덕으로 오르던 도중 루이세가 불쑥 물었다. 차창 밖으로 힘겹게 페달을 밟으며 언덕을 오르는 자전거 탄 사람들이 보였다.

"일곱 바늘 꿰맸어." 라르스가 대답했다.

루이세가 앞만 쳐다보며 고개를 끄덕였다.

"그런데 마침 다른 한 녀석은 열이 심해!" 라르스가 말했다.

"아, 난 아이가 없어 정말 다행이야!" 루이세가 무심결에 말했다.

그런 생각은 보통 입 밖에 내지 않는데 이번에는 생각나는 대로 불쑥 내뱉고 말았다. 라르스가 루이세 쪽을 힐끗 쳐다보며 사람 좋은 표정으로 씩 웃었다.

'저 표정에는 부러움도 아주 조금 섞여 있는 것 같은데.'

루이세는 라르스가 부검에 대해 묻기를 기다렸지만 그는 묻지 않아도 그녀가 알아서 이야기를 꺼내리라 생각했다. 그 덕분에 침묵이 이상하게 길어졌다.

"놈은 여자를 살릴 수도 있었어. 플레밍 말로는 범인이 여자를 때려서 입속의 재갈이 목구멍 쪽으로 움직인 것 같대. 그게 사실이라면 오 분도 안 되어 죽었을 거고 놈이 그걸 못 알아챌 리 없었어. 거의 순식간에 의식을 잃었을 거야."

라르스의 턱 근육이 굳어졌다.

"이놈을 꼭 잡아야 해."

아이들에 대해 이야기할 때의 미소는 온데간데없고 오로지 범인을 잡고야 말겠다는 결의에 찬 눈빛이 그 자리를 채웠다.

"토마스와 미켈이 크리스티나의 컴퓨터를 보고 있어. 내일 CCU

에 넘길 거야. 이번에는 빌어먹을 단서가 조금이라도 있어야 해. 그렇게 동작 하나하나를 미리 계획했을 수는 없을 거야. 어디에선 가는 실수를 하게 되어 있다고." 라르스가 말했다.

루이세가 어깨를 으쓱했다. 라르스가 곁눈으로 이걸 보고는 목소리에 더욱 힘을 주었다.

"놈의 이메일에 단서가 될 내용이 분명 있을 거야." 라르스가 루이세를 쳐다보며 말했다.

"별별 내용이 다 있겠지. 하지만 그걸 다 본다고 해도 놈을 찾는 다는 보장은 없어. 지금 이 순간에도 어딘가 인터넷 카페에 앉아 다음번 희생자를 꾀고 있을지 누가 알아. 놈이 그런 짓을 또 벌일 지조차 모른다고." 루이세가 응수했다.

"여기는 왜 길이 죄다 망할 일방통행이야?"

라르스가 으르렁대며 짜증스럽게 차를 후진했다.

루이세는 조금 놀랐지만 대꾸하지 않았다. 라르스가 그렇게 화를 내는 일은 거의 없었다. 하지만 둘 다 직업적으로나 개인적으로 흥분한 상태고 성질을 내는 것만이 그것을 표출할 수 있는 유일한 길이다.

루이세는 깊숙이 숨을 들이쉰 다음 아주 천천히 내뱉었다. "일단 놈에 대해 언론에 알려야 한다고 반장을 설득해야 해. 무작정 전화를 걸어 얼토당토않은 남자를 신고해댈 겁에 질린 여자들의 전화를 받기 힘들다는 걸 깨달으면 제보 전화를 받을 추가 인원을 배치해줄지도 모르지."

루이세는 또 한 번 심호흡을 했다.

"여자들을 함정으로 끌어들이기 위해 이메일을 쓰면서 계획을 어느 정도까지 세울까 궁금해."

루이세의 목소리는 침착을 되찾았고 이것이 라르스에게도 번지는 것 같았다.

"아주 세부적인 내용까지 미리 다 상상해둔다 해도 놀랄 일이 아닐걸. 여자들의 손발에 케이블 타이를 묶을 때 어떤 소리가 날까, 플라스틱 구멍 사이로 케이블 한쪽 끝을 집어넣고 당기면 고리가 걸리면서 들리는 찰칵 소리까지."

라르스는 혀를 튕겨 그런 소리를 냈다.

"놈이 데이트에 '강간 케이스'를 챙겨온다는 사실 하나만으로도 집을 나서기 전부터 모든 걸 완벽히 계획한다는 걸 알 수 있지." 라르스가 결론을 내리듯 말했다. 그러고는 잠시 쉬었다가 입을 열었다. "어쨌거나 내 친구들 중에 가방에 케이블 타이, 테이프, 콘돔을 챙겨 가지고 다니는 녀석은 없으니까."

라르스는 아딜스바이의 나무 한 그루 아래에 비스듬히 차를 세웠다. 프레데릭스베르의 조용한 거리는 카밀라가 사는 곳과 그리 멀지 않아 루이세도 이곳을 비교적 잘 알았다. 그들은 출입구로 향했다.

과학수사반의 푸른색 차 한 대가 주차금지 표지판 두 개 사이에 세워져 있었다. 크리스티나는 이층에 살았다.

문을 잡아당겼지만 열리지 않아 루이세가 인터폰을 눌렀다. 위를 올려다보며 기다리자 누군가 버튼을 눌러 그들을 들여보내 주었다. 위층의 아파트 현관으로 들어가자 변기와 세면대가 분리되어 바닥에 놓여 있었다. 과학수사반이 배수관을 확인하기 위해 분해했으리라.

"뭣 좀 찾았어요?" 루이세가 현관에서 물었다.

화장실 안에서는 대원 두 사람이 열린 하수관 안을 들여다보고 있었다.

"가끔 멍청한 놈들이 콘돔을 변기에 흘려버리곤 하지. 아니면 물건을 챙겨 나가기 전에 세면대에서 성기를 씻었을 수도 있고." 과학수사반의 선임인 프란센이 대답했다.

그는 낙천적인 미소를 지으며 라르스에게 손을 흔들어 보이고는 다시 배수관으로 몸을 돌렸다.

"침실에서 나온 지문은 어때요?" 루이세가 물었다.

"지문은 좋더라고. 하지만 데이터베이스에 일치하는 게 없으니 일단 전과가 있는 놈은 아닌 것 같아."

'일단 카르스텐은 아니군.'

그의 지문은 데이터베이스에 등록되어 있다. 프란센이 일어나 현관으로 나왔다. 그는 흰색 작업복 주머니에서 담배 파이프를 꺼내 들고 침실로 다가갔다. 범행 현장에서는 담배를 피울 수 없으니 그는 파이프에 불을 붙이지는 않을 것이다.

루이세는 침실로 들어가려다 깜짝 놀라 멈춰 섰다. 침실과 거실 사이의 벽에 커다란 구멍이 나 있다.

"내력벽 같은 거 아니니까 걱정하지 말라고." 프란센이 웃으면서 말하고 입에 문 파이프를 손에 들었다. "그 부분에 둘이 몸싸움을 한 흔적이 있었지. 전체적으로 확보하기가 어려워서 벽을 떼어

내 접착제 증기를 쏘였어."

루이세가 고개를 끄덕였다. 언젠가 다른 사건에서도 다락방 벽 일부분을 잘라 분석실로 옮기는 것을 도운 적이 있다. 지문 기사가 그것을 커다란 밀폐 공간에 넣고 접착제에 열을 가했다. 그 결과는 놀라웠다. 접착제가 증발하면서 벽 표면에 있던 지문에 달라붙은 것이다. 그러고 나니 지문이 선명해져 보기도, 사진 찍기도 비교적 쉬웠다.

루이세는 침대 발치로 걸어갔다.

"여기에서 몸싸움을 한 것 같아요?" 루이세가 프란센에게 몸을 돌려 물었다.

프란센이 고개를 끄덕였다.

루이세는 침대와 벽 사이의 좁은 공간을 자세히 살펴보았다.

"다리를 한데 모아 놈을 찬 것이 분명해. 그리고 놈을 때렸다면 팔과 손바닥 가장자리를 썼겠지. 아니면 주먹을 모아 쥐고 그를 곧장 밀었을 수도 있고 말이야." 프란센이 말했다.

"플레밍이 시신의 팔에서 피하 출혈을 발견했어요. 그러니까 그녀가 놈을 향해 팔을 휘둘렀거나 놈의 공격을 팔로 방어했다고 볼 수 있어요." 루이세가 말했다.

등나무로 된 세탁물 바구니가 거꾸로 뒤집어져 있다. 아마 문 반대편 침대 발치 바로 옆에 놓여 있었을 것이다. 그리고 구석에는 크리스티나의 옷이 놓인 의자가 하나 있다.

"사실 놈이 여길 나서기 전에 주변을 정리하고 넘어진 걸 제대로 세우지 않은 게 좀 이상해. 그래야 몸싸움이 있었다는 게 티가 덜

났을 텐데." 프란센이 고개를 갸우뚱하며 말했다.

라르스가 다가왔다.

"놈은 앞 사건 때는 아주 깔끔했어요. 다른 방에는 뭐가 없나요?" 루이세가 물었다.

루이세는 거실로 들어갔다. 그 안에는 문 하나가 더 있고 열린 문틈 사이로 서재 같은 것이 보였다.

"아니, 둘은 바로 침실로 들어갔어."

"여자의 혈중 알코올 농도가 꽤 높았어요. 어딘가에서 술을 마시긴 했을 거예요."

루이세가 이렇게 말하며 책상으로 다가갔다. 컴퓨터가 있던 자리가 비어 있다. 과학수사반은 마치 얇은 막처럼 책상 위를 덮은 먼지를 조사하고 있었다.

"떠나기 전에 여자의 컴퓨터에서 뭔가를 지우려고 했을지 몰라. 하지만 뭘 지우든 우리가 복구할 수 있다는 것도 알고 있었겠지. 책상 근처에는 가지도 않았더라고. 이쪽엔 여자의 지문뿐이야."

"유레카!" 화장실에서 누군가 소리를 질렀다.

그들이 들어가자 대원 한 사람이 화장실 바닥에 쭈그려 앉은 채 가늘게 휜 핀셋으로 변기 배수관에서 축 늘어진 콘돔 하나를 꺼내 들고 있었다.

프란센이 들어가 그의 옆에 같이 쭈그려 앉아 그것을 들여다보는 동안 루이세와 라르스는 문간에 그대로 서 있었다.

"이거 보라고."

프란센의 만족스러운 말에 화장실 안은 곧 기대의 분위기로 가득 찼다.

"거의 이틀 동안이나 배수관 안에 있었는데 증거가 남아 있을까요?" 루이세가 불쑥 끼어들었다. 찬물을 끼얹은 것처럼 주위가 조용해졌다. 잠시 이 분위기를 즐기다가 물어볼 수도 있었는데 말이다.

프란센의 표정이 다시 진지해졌다.

"깨끗이 닦는 데 한 달이 걸린다 해도 DNA 프로필을 얻어내고 말 거야. 하지만 자네 말이 맞네. 젖은 샘플에서는 DNA를 얻기가 더 힘들어. 일단 세포를 깨끗이 닦아야 할 텐데 사실 프로필을 얻기 전에 불순한 세포를 닦아내야 하는 일이 많거든. 젠장, 필요한 게 있으면 뭐라도 할 거라고." 프란센이 여전히 자신감 넘치는 목소리로 말했다.

프란센이 파이프를 다시 빼어 물었다.

루이세의 휴대전화가 울렸다. 그녀는 한 발짝 뒤로 물러서 전화를 받았다.

조금 들뜬 팀장의 목소리가 들려왔다.

"크리스티나의 아파트 열쇠를 가지고 있는 친구 한 사람이 어제 오후에 그녀를 발견했거든. 한 시간 있다가 이리로 오기로 했어. 만나볼 수 있겠어?"

"곧 가요. 지금 피해자의 아파튼데 여기 과학수사반이 변기 배수관에서 콘돔을 찾았어요. 드디어 실마리가 잡힌 것 같아요." 루이세가 말했다. 혈관을 따라 아드레날린이 솟구쳤다. 아까부터 느끼기 시작한 배고픔을 애써 참고 곧 여자와 시작할 면담에 대해 계획을 짜기 시작했다.

"이 친구가 흥미로운 이야기를 해줄 것 같아. 크리스티나가 만나는 남자들에 대해서 이런저런 이야기를 많이 했나 봐. 이전에 만난 적이 있다면 친구들한테 용의자 이야기를 했을 수도 있어. 자네랑 라르스가 같이 돌아오면 좋겠는데. 그녀의 컴퓨터를 조사할 때 라르스도 같이 있으면 좋겠거든." 팀장이 말했다.

"미켈은 어디 갔어요?"

"MTP 때문에 다음 주 수요일까지 자리를 비울 거야."

루이세는 입술이 저절로 앙다물어지는 것을 느꼈다. 미켈이 관리자 훈련 프로그램(MTP)에 선발된 것만 생각하면 한없이 짜증이 밀려왔다. 미켈은 이것 때문에 일주일에 두 차례 정도 자리를 비웠고, 궁극적으로는 언젠가 그가 그녀의 상사가 될 가능성도 있다.

'그것만은 안 돼.'

게다가 라르스 또한 그 프로그램에 지원했다가 떨어진 것을 그녀도 알고 있었다. 미켈이 의기양양한 모습으로 뻐기고 다니고, 라르스가 툴툴거리는 바람에 팀 내부에 긴장이 일기도 했다.

"라르스한테 알릴게요."

거실로 들어가자 라르스는 피해자의 시디 진열장을 살펴보고 있었다.

"팀장이 본부로 돌아오래. 나는 피해자의 친구를 면담할 거고 넌 피해자의 컴퓨터를 조사하는 동안 같이 있으라는데."

라르스가 고개를 끄덕이고 주변의 모습을 생생히 기억하려는 듯 둘러보았다. 아파트는 별다른 장식품 없이 깨끗하고 깔끔했으며 보기 좋은 가구로 꾸며져 있다. 이케아에서 구입한 저렴한 것일지 몰라도 조명등과 벽에 걸린 액자와 조화를 이루어 상당히 멋스럽다. 지저분하게 쌓인 물건도, 더러운 먼지도, 소파 팔걸이에 아무렇게나 걸쳐진 담요 같은 것도 없다.

"뭐 하던 사람이래?" 현관을 향해 다가가며 루이세가 물었다.

"부동산 중개인. 팔코네르 알레에 있는 규모가 큰 회사에 다녔다는군."

라르스는 사무실에서 이미 사건 파일을 살펴보고 나왔다.

루이세는 주방에 둔 가방과 윗옷을 가지러 갔다. 부동산 중개인이라는 말이 놀랍진 않았다. 집을 보고 그 사람에 대해 많은 것을 알 수 있다는 말은 결코 틀린 것이 아니다. 크리스티나의 아파트에는 고급스러운 분위기가 있었고 인테리어 장식에 대해 무언가 아는 사람이 살고 있다는 느낌을 주었다. 부동산 중개인이라면 그럴 법도 했다.

루이세가 세면대 아래 관을 들여다보고 있는 과학수사반 두 사람에게 고개를 숙였다.

"행운을 빌어요. 나중에 봐요." 루이세가 말하며 손을 흔들었다.

"옙!" 프란센이 대답하며 두 손가락을 관자놀이에 대고 경례하는 시늉을 했다.

15

"이 남자는 다른 남자들이랑 달랐어요. 이 남자를 만난 다음에는 입을 열었다 하면 그 사람 이야기만 했거든요."

크리스티나의 친구 마리안네 위드는 의자 끄트머리에 엉덩이만 살짝 걸친 채 앉았다. 마리안네는 진한 색 머리를 꼬아 핀으로 고정시켰고 화장을 하지 않았는데도 피부가 좋았다. 마리안네는 크리스티나와 같은 서른세 살로 사 년째 함께 근무하고 있었다.

"언제나 재미있게 지내는 행복한 친구였어요. 저는 그런 점이 부러웠죠. 하지만 뭐랄까, 조금 지나치다 싶을 때도 있었어요. 온라인 데이트에 완전히 빠져서 수없이 많은 데이트 사이트에 자기 신상 정보를 올리고 그것에 대해 아무렇지 않게 이야기를 했죠. 가끔은 한 주에 몇 명씩 만나기도 했어요. 물론 한 남자를 한두 번 이상 만나는 일은 거의 없었지만요. 마치 첫 데이트만 좋아하는 것 같았어요. 그런 다음에는 그들을 차버리고 다음 날이면 또 새로운 남자와 다시 시작했어요."

마리안네는 텅 빈 공간을 쳐다보며 말했다. 축 늘어져 힘없이 말을 잇는 그녀의 모습은 마치 자기만의 공간 안으로 숨어버린 것 같았다.

루이세는 마리안네가 말하는 모습을 유심히 관찰했다. 친구의 생전 행동을 못마땅해 하는 것 같으면서도 일종의 시샘 같은 것이 느껴졌다. 하지만 크리스티나의 행동은 요즘에는 그리 특이하다고 볼 수 없다. 얼마 전 본부에서 금요일마다 교육을 실시했는데 스웨덴의 라이프스타일 연구원이 강사로 나와서 점점 더 많은 사람이 온라인 데이트에 중독되고 있다고 이야기해준 적이 있다.

"하지만 이 남자하곤 좀 달랐어요." 마리안네가 말했다. 못마땅한 듯한 어투가 사라졌다. 이제 마리안네는 진심으로 슬퍼 보였다. "마치 옛날 기사도 같은 태도로 그 애를 사로잡았던 것 같아요. 걔가 말하는 걸 들으면 걸어서 지하철역까지 데려다준 게 무슨 영웅적 행동이라도 되는 것 같더라고요."

마리안네의 어깨가 다시 축 늘어졌다. 그녀는 바닥을 노려보다가 다시 몸을 펴고 입을 열었다.

"가끔은 그 애의 손바닥을 때려줘야 할 것 같은 때도 있었어요."

마리안네의 목소리가 조금씩 갈라지며 끊기기 시작했다. 울음을 터뜨릴 것 같아 루이세는 마음의 준비를 했다.

"차버린 남자들 중 누군가 사무실로 꽃을 보내올 때마다 크리스티나는 짜증을 냈어요. 상대에게 흥미를 너무 빨리 잃어서 둘 사이가 끝난 것조차 모르는 남자들이 많았거든요. 아, 이런 식으로 이야기하면 안 되는데." 마리안네가 말했다.

하지만 걱정한 울음은 터져나오지 않았다. 마리안네가 코를 약간 훌쩍였다.

"둘이 만난 건 언제였어요?" 루이세가 물었다.

상대가 스스로를 책망하든 안 하든 그녀에게는 상관이 없었다. 마리안네는 질문이 너무 갑작스러워 이해가 안 간다는 듯 루이세를 올려다보았다.

"무슨 말씀인지?"

"크리스티나가 그와 데이트를 한 게 언제냐고요. 어딜 갔죠? 그리고 그가 지하철역까지 데려다줬다는 건 언제예요?" 루이세가 설명했다.

"월요일 아니면 화요일이었을 거예요."

"그럼 처음 만났을 때부터 그가 그녀를 살해했을 때까지 겨우 사나흘밖에 안 걸렸다는 거예요?" 루이세가 조금 신경질적으로 물었다. 하지만 마리안네가 당황해 입을 다물지 않게 하려면 너무 밀어붙여선 안 된다.

"느낌으로는 더 길었던 것 같은데 일주일 동안의 일인 게 분명해요. 그 전주에는 우리 둘 다 트레이닝 세미나에 갔었거든요. 그때까지는 만난 적이 없다고 했고요. 하지만 흥미로운 사람이랑 이메일을 주고받고 있다고 말하긴 했어요. 지금 생각해보니 확실히 월요일이 맞는 것 같아요. 퇴근 후에 뉘하운 부두의 오래된 술집들 앞에서 만나기로 했으니까요." 마리안네가 말했다.

"같이 식사를 했대요? 아니면 영화라도?" 사람들이 보통 첫 데이트에서 무슨 일을 하는지 떠올리려 기억을 더듬으며 루이세가 캐물었다.

"아니요. 그게 크리스티나가 이 남자에 대해 좋게 생각한 것 중 하나예요. 그냥 어디 가서 한참 이야기를 했다는데, 아는 것도 많고 아주 신사 같다고 감명을 받았더라고요. 두 시간 정도 이야기를 하고 나서 정중하게 금요일 저녁에 함께 식사를 하자고 했대요. 좋다고 대답을 했고 그러고 나선 그가 지하철역까지 데려다줬다고 했어요."

"그러니까 늦은 오후나 이른 저녁쯤이겠군요?" 루이세가 다시 물었다.

마리안네가 고개를 끄덕였다.

루이세는 면담을 마무리하고 마리안네에게 와줘서 고맙다고 인사를 했다. 그런 다음 팀장의 사무실 문을 열고 머리를 들이밀었다.

"지하철 보안 카메라를 살펴봐야 하겠습니다." 루이세가 팀장의 맞은편 의자에 앉기도 전에 말했다.

그런 다음 자리에 앉아 면담 내용을 간략히 보고했다.

"일단 콩겐스 뉘토르 역 플랫폼의 시시티브이 영상을 찾아봐야 해요. 거기에 나타나지 않으면 플랫폼으로 내려가는 에스컬레이터 쪽 영상을 보면 되고요."

"젠장, 바로 그거야!" 팀장이 소리쳤다.

그녀는 그런 말투를 자주 쓰지 않았지만 긴 휴가에서 돌아온 뒤로는 전보다 훨씬 격식을 덜 차렸다.

"내일 출근하자마자 지하철 시시티브이 영상을 모두 저장해달라고 요청해야겠어요. 녹화 영상을 일주일간 보관했다가 그 기간이

지나면 그 위로 덮어 녹화하는 것 같더라고요." 루이세가 신이 나
서 말했다.

팀장이 고개를 끄덕였다.

"내일 아침 일찍 지하철 보안 사무실에 전화할게."

루이세가 미소를 지으며 의자에 푹 몸을 기댔다.

"이제 잘 수 있어요."

루이세가 중얼거리며 콧노래를 부르기 시작했다.

"한스 반장님은 조금 전에 퇴근했어. 남은 일요일 저녁이라도 가
족과 함께 보내야지. 하지만 내일 아침에 언론에 발표할 자료를 준
비해놓으셨어. 용의자의 인상착의와 맞는 사람을 본 목격자가 있
으면 신고해달라고 할 거야. 비슷한 공격을 받았지만 신고하지 않
은 여자들도 있을지 모르고. 사람들한테 그자에 대해 경고해야지.
너무 위험해."

"지하철 감시 카메라에서 놈을 찾기만 하면 이르면 화요일부터
당장 전국에 지명수배를 내릴 수 있어요. 아니다, 지금 당장 갈까
요? 하지만 일요일 이 시간에 출근한 사람 중에 영상을 찾아줄 사
람이 있을까요?" 루이세가 말했다.

둘은 지하철역에 가서 그들이 사용하는 장비가 무엇이든 그것을
이용해 직접 동영상을 확인하는 것이 나을 거라고 합의를 보았다.
사실 제대로 된 절차를 밟으려면 그들의 감시 영상을 디브이디로
복사해 본부로 가져와야 하지만 복사 도중에 화질이 저하될 우려
가 있다.

팀장은 시계를 들여다보았다. 거의 일곱시가 다 되었다.

"사람이 없을걸. 내일 아침 일찍 하자고. 자네랑 라르스는 아침 브리핑이 끝나는 대로 지하철 보안 측에 전화를 걸어 약속을 잡아."

팀장의 사무실에서 나온 루이세는 라르스를 찾아 나섰다. 그는 아직도 토마스와 머리를 맞대고 앉아 크리스티나의 컴퓨터를 조사하고 있었다.

"CCU에서 들여다보기 전까진 아무것도 못 알아낼 것 같아. 일단 한 이 주일 동안 둘이 이메일을 주고받은 건 알겠는데 그가 여자한테 보낸 이메일을 추적해야 하거든. 우리가 가진 프로그램을 돌려보니 일단 인터넷 서비스 제공자만 여러 군데 나왔는데 거기서부터는 진척이 없네. 게다가 네 군데 서비스 제공자들이 아이피 주소를 내놓게 만들려면 영장을 받아야 해. 그것만 해도 이틀은 걸릴 거야."

토마스의 목소리에는 기운이 없었다.

루이세가 씩 웃으며 그의 어깨를 툭툭 두드렸다.

"그럼 이놈을 추적할 다른 길이 생겨서 다행이네."

토마스가 쓰고 있던 안경을 머리 위로 올리더니 컴퓨터 모니터에서 눈을 뗐다. 루이세의 목소리만 들어도 무언가 새로운 단서가 나타난 것을 알 수 있었다.

"뭔데?" 토마스가 물었다.

라르스는 아무 반응도 보이지 않고 크리스티나와 예스퍼가 주고받은 이메일만 들여다보고 있었다. 아마 아파트에서 찾은 콘돔을 이야기하는 것이라고 생각했으리라.

"드디어 내일이면 놈의 사진을 입수할 수 있어. 나랑 같이 가자." 루이세가 라르스에게 말했다.

"입수해?" 라르스와 토마스가 동시에 물었다.

"이자가 티볼리에서 수산네와 저녁을 먹은 바로 그날, 그러기 조금 전 오후에 크리스티나와 뉘하운에서 맥주를 마신 것 같아. 그리고 어떻게 한 줄 알아? 크리스티나를 콩겐스 뉘토르 역까지 데려다주면서 금요일 날 만나자고 했어. 월요일 오후 다섯시부터 일곱시까지의 감시 영상을 살펴볼 거야. 친구가 정확한 시간은 기억하지 못했지만 놈이 수산네와 티볼리에서 저녁을 먹었다는 건 우리가 이미 알고 있잖아. 그러니까 그보다 조금 앞선 시각이겠지." 루이세가 의기양양하게 말했다.

두 남자는 귀를 쫑긋 세우고 루이세의 말에 귀를 기울였다.

"감시 카메라를 피하는 법을 알고 있을까? 사실 그러긴 쉽지 않은데 말이야." 토마스가 말했다.

그는 강력계에서도 감시 카메라에 관한 지식과 경험이 가장 풍부했다.

"그 일은 그때 가서 생각하자고. 놈한테도 약점은 있어. 지난번에는 상황을 통제하지 못하고 벽에 지문을 남겨놨잖아. 멍청하게 사용한 콘돔을 변기에 흘려버리기까지 했다고. 아무리 자신만만해도 한 번은 실수하기 마련이야." 루이세가 발랄한 목소리로 말했다.

그들이 고개를 끄덕였다.

"이제야 단서를 찾은 거라고." 루이세가 덧붙였다.

사무실로 돌아가기 전 루이세는 라르스와 토마스에게 이제 퇴근할 거니까 필요한 게 있으면 지금 이야기하라고 말했다.

"아니, 괜찮아. 이제 CCU에 컴퓨터를 보낼 거고, 그러고 나면 잠시 기다리면서 전문가들이 뭘 찾아낼지 지켜봐야지." 토마스가 말했다.

루이세는 그들에게 손을 흔들며 남은 일요일 저녁이나마 푹 쉬라고 말했다.

"나 왔어." 루이세가 현관문을 열며 큰 소리로 불렀다.

여러 명의 목소리가 들리더니 이내 마르쿠스가 달려와 포옹했다. 카밀라와 페테르는 주방에서 레드와인 한 병을 나눠 마시고 있었다. 씻지 않은 접시와 프라이팬이 카운터 구석에, 커다란 냄비가 개수대에 놓여 있다.

"맛있게 드셨나?"

루이세는 지저분한 주방을 슬쩍 둘러보았다. 갑자기 피로가 밀려왔다. 화장실로 가 얼굴을 씻었다. 부검, 현장 조사, 목격자 면담까지, 피곤한 것도 당연했다.

"뭣 좀 먹었어?" 페테르가 주방에서 물었다.

크리스티나의 친구가 도착하기 전에 사무실 책상 서랍 한구석에 들어 있던 과자 몇 개를 먹은 것 빼고는 아침에 집을 나선 이후 제대로 된 음식은 보지도 못했다.

"아니. 남은 거 있어?"

루이세는 주방으로 다가가 프라이팬 안을 들여다보았다. 삶은 햇감자 두어 개가 남아 있다. 루이세는 호밀빵 두 조각을 꺼내 버터를 두껍게 바른 다음 감자를 얇게 썰고 모든 것에 소금을 적당히 뿌렸다.

"와인 줄까?" 페테르가 물었다.

주말을 망친 것 때문에 화가 났지만 그것을 감추느라 애쓰는 기색이 역력했다.

루이세가 고개를 젓고 뒷문으로 나가 거기 보관해둔 미적지근한 맥주 한 캔을 가져왔다. 그것을 따고 난 뒤에야 카밀라가 지금까지 한마디 말도 없이 자신을 지켜보고 있는 것을 깨달았다. 루이세가 오는 것을 보고 일어서지도, 포옹하지도 않았다. 그러고 보니 둘이 앉아 자신에 대해 이야기하고 있었을지도 모른다. 어쩌면 페테르가 자신에 대한 불만을 털어놓고 있었을지도. 루이세는 음식을 가지고 거실로 들어가 텔레비전 앞에 앉고 싶은 생각이 간절했다.

'하지만 그렇게 하면 분위기가 더욱 망쳐지겠지. 너무 비사교적이기도 하고.'

루이세는 억지웃음을 지으며 맥주와 접시를 들고 주방의 둥근 탁자로 가 그들과 함께 앉았다. 촛불이 켜져 있고 와인 병은 거의 비어 있다.

'꽤 오래 있었나 보군.'

마르쿠스는 페테르의 플레이스테이션 게임기에 푹 빠져 침실에서 나오지 않았다. 가끔 들리는 환호성만 아이가 게임을 하고 있음을 알려주었다.

"무슨 일 있어? 주말은 잘 보냈어?"

루이세가 카밀라에게 물었다.

그녀가 너무나 조용한 것이 조금 이상했다. 마침내 카밀라가 빙그레 미소를 지었다.

"정말 즐거웠지. 마르쿠스를 봐줘서 고마워." 카밀라가 말했다.

"왜 그래? 고맙단 소리 들으려고 물은 것도 아닌데. 알잖아. 우리가 마르쿠스를 얼마나 좋아하는지. 자, 그럼 이야기 좀 해보시지. 누구야?" 루이세가 물었다.

카밀라가 얼굴을 붉혔고 루이세는 대번에 그것을 알아보았다. 카밀라는 얼굴을 자주 붉히는 사람이 아니었다.

"그래, 어떤 사람이야?" 루이세가 다시 물었다.

페테르가 일어서더니 접시를 식기세척기 안에 하나씩 집어넣기 시작했다.

"이름은 헨닝이야." 카밀라가 입을 열었다.

"헨닝?" 오늘 들어 두 번째로 자기도 모르게 말이 먼저 나왔다. '정말 샌님 같은 이름이군.'

루이세는 서둘러 성은 무어냐고 캐물었다.

"헨닝 사카리아센. 마르쿠스 또래의 딸이 있는데 주말마다 같이 보낸대."

"어디서 만났어? 어디에 살아?" 루이세가 물었다.

"알았어, 알았어. 좀 천천히!" 카밀라가 소리쳤다.

"당신 올 때까지 기다리겠다면서 아직 아무 말도 안 해줬단 말이야. 그러니까 말할 기회를 줘봐." 페테르가 몸을 돌리더니 루이세에게 말했다.

"좋아, 알았어. 그럼 처음부터 찬찬히 말해봐. 자세한 내용까지

다 알아야겠어. 음, 둘이 그렇고 그런 이야기는 안 해도 되고." 루이세가 재빨리 덧붙였다.

"만난 지 얼마 안 됐거든." 카밀라가 말했다.

이야기를 재촉하면서 띠기 시작한 미소가 완전히 굳어 이제는 카밀라를 노려보는 모양새가 되었다. 하지만 이제는 조바심을 감출 수가 없어 음식을 포기하고 포크를 접시 위에 내려놓았다.

"머리 색이 어두워?" 루이세가 돌연 진지하게 물었다.

카밀라가 넋 나간 표정으로 고개를 끄덕이더니 "으음" 하고 달콤한 목소리로 대답했다. 그녀는 자신의 이상형으로 언제나 짙은 색 머리에 백칠십 센티미터인 자신의 키보다 월등히 큰 사람을 원했다.

"온라인에서 만난 거야?"

따뜻한 느낌이라고는 찾아볼 수 없는 루이세의 목소리가 화기애애한 주방의 분위기를 깨뜨렸다. 프라이팬을 닦고 있던 페테르가 쾅 하고 그것을 내려놓고는 못마땅한 표정으로 몸을 돌렸다.

"그만 좀 해! 누군가를 만나는 데 인터넷이 이제는 정말 평범하고 정상적인 길이라는 걸 아직도 몰라?" 페테르가 루이세를 쏘아보며 말했다.

"사진 가진 거 있어?" 루이세는 페테르를 쳐다보지도 않고 엄한 목소리로 다시 물었다.

카밀라가 고개를 흔들었다. 만족감에 사로잡힌 목소리는 사라지고 뾰루퉁한 표정만 남았다.

"아니. 근데 왜 그러는 거야? 내가 마음에 드는 사람을 만났는데 그냥 기분 좋게 들어주면 안 돼?" 카밀라가 말했다.

"물론 나도 좋지." 루이세가 조금 방어적으로 대답했다. 페테르도 설거지를 잠시 중단하고 식탁으로 와 앉았다.

"정상적인 경우라면 나도 두 손 들어 환영이지." 루이세가 설명하듯 입을 열었다.

"그런데, 뭐야. 네가 보기에 인터넷은 '정상적인 경우'가 아니라는 거야?" 루이세가 말을 마치기 전에 카밀라가 끼어들었다.

루이세는 상황을 정리하기 위해 두 손을 들어올렸다. "그거랑은 아무 상관없어. 나도 네가 마음에 드는 남자를 만난다면 정말 행복할 거야. 온라인에서 만난 남자를 금요일 밤에 집에 초대했다가 목숨을 잃은, 너보다 딱 두 살 어린 여자의 부검 장면을 방금 보고 오지만 않았다면 말이야." 카밀라가 끼어들려 하자 루이세가 한 손을 들었다. "그리고 이 짙은 색 머리의 남자라는 사람이 정황으로 보아 월요일 수산네를 묶고 재갈을 물리고 강간한 놈과 동일 인물인 게 분명해 보인단 말이야. 두 여자에게는 한 가지 공통점이 있고 그건 바로 놈을 온라인에서 만나 푹 빠져들었다는 거지. 그러니까 내가 너와 그 남자에 대해 기뻐하지 않는 것처럼 보이더라도 이해해줘!"

모두가 조용했다. 이제 더는 말을 돌려 할 필요가 없다.

"오늘 아침 그 시신을 부검실로 밀고 들어오는데 아주 잠깐이지만 그게 너라고 생각했단 말이야, 카밀라! 피해자는 프레데릭스베르에서 살았다고!"

"알았어. 그만해! 더는 듣고 싶지 않아." 카밀라가 두려움에 가득 찬 목소리로 말했다.

페테르가 루이세의 목에 한 손을 올리고 엄지로 천천히 문질렀다.

하지만 다음 순간, 카밀라의 놀란 표정이 특종의 냄새를 맡은 기자의 날카로운 눈빛으로 바뀌었다. 이걸 본 루이세는 두 사건에 대해 더는 이야기할 것이 없다고 황급히 덧붙였다.

"한스 반장이 내일 기자회견을 할 거야." 루이세가 말했다.

이미 완전히 기자 모드로 돌입한 카밀라는 그 말을 완전히 무시했다.

"피해자가 둘이라고? 그러니까 연쇄 강간범을 쫓고 있는 거네?" 카밀라가 캐물었다.

루이세가 고개를 끄덕였지만 더는 아무 말 하지 않겠다고 고집스레 말했다.

"반장은 몇 시에 출근해?" 카밀라가 물었다.

"여덟시 아침 브리핑을 시작하기 직전에." 루이세가 말했다.

"아냐, 됐어. 오늘 밤 당장 전화해야지." 카밀라가 열띤 목소리로 말했다.

사랑에 빠진 여자의 표정은 진작 사라지고 이제 카밀라의 얼굴에는 프로의 열기만 느껴졌다. 앞으로 며칠 동안 신문 1면을 차지하고도 남을 사건을 맞닥뜨리고 나니 자신의 연애는 뒷전인 게 분명했다. 카밀라가 일어나려 하자 루이세가 그녀의 팔을 붙잡고 데이트에 대해 조금 더 들려달라고 했다.

"이 헨닝이라는 사람에 대해 더 아는 거 없어?" 루이세가 물었다.

"많지. 잘생겼고 전혀 범죄자 같지 않아. 네 생각과 달리 말이야." 카밀라가 조금 방어적으로 대답했다.

"내가 무슨 생각을 한다고 그래? 지금 이 시점에서 내가 아는 거라곤 온라인에서 만난 여자들을 꾀는 데 발군의 실력을 자랑하는 어떤 놈이 도시를 발칵 뒤집어놓고 있다는 것뿐이야. 아주 잔인하고 계산적이고 가학적인 놈이지. 게다가 아주 교활하기까지 해. 지금까지는 어디에서 이메일을 보내는지 추적할 수가 없거든." 루이세가 피곤한 기색으로 말했다.

"그럼 헨닝에 대해선 걱정 안 해도 되겠네. 그는 소뢰에 있는 자기 집 거실에서 이메일을 보내거든." 카밀라가 남은 와인을 들이켜며 의기양양하게 말했다.

"소뢰? 헨닝이 소뢰에 살아? 말도 안 돼? 소뢰라고?" 루이세가 웃으며 놀렸다.

"그게 뭐가 어때서? 거기 가본 적이나 있어?" 카밀라가 응수했다.

소뢰는 코펜하겐에서 서쪽으로 한 시간 정도 떨어진 호숫가의 한적한 마을이다. 카밀라가 남자를 고를 세련되고 잘사는 지역이 아닌 것만은 분명했다.

"소뢰에 무슨 문제가 있다는 건 아니고."

루이세가 대답했지만 이제 진짜로 웃고 있었다. 페테르가 그녀를 쏘아봤다. 루이세는 웃음을 멈추려고 했지만 페테르의 볼도 조금씩 떨리고 있는 것으로 보아 그도 겨우 웃음을 참고 있는 것이 분명했다.

"흰색 스포츠 양말에 스포츠 샌들을 신고 다닐지도 몰라." 루이세가 깔깔 웃으며 말했다. 그 덕분에 주방에 들어서던 순간부터 몸속에 쌓여가던 긴장이 한꺼번에 풀어졌다. 이제는 폭소를 참을 수가 없는 것은 물론이고 제대로 몸을 가누기도 힘들었다.

카밀라가 씩씩거리며 의자를 뒤로 밀었다.

"정말 계속 이럴래? 그는 절대 그러고 돌아다니지 않아. 그리고 뭐? 혹시 그러면 뭐가 어때서? 꾀죄죄한 스포츠 양말을 신고 다녀도 멋있는 사람은 멋있다고!"

카밀라의 마지막 말에 결국 페테르도 완전히 넘어가고 말았다. 그도 참지 못하고 웃음을 터뜨렸다.

물론 '독신으로 늙어 죽느니 양말에 스포츠 샌들을 신고 다니는 촌놈과 사랑에 빠지는 편이 낫다'라는 것이 카밀라의 신조다.

커다란 웃음소리와 카밀라의 호통에 마르쿠스가 주방으로 달려왔다.

"왜 그래요?" 마르쿠스가 물었다.

"아무것도 아니야. 루이세랑 페테르가 아무것도 아닌 일로 저렇게 신이 났네." 카밀라가 말했다.

마르쿠스는 돌아가지 않고 주방 앞에서 서성이다가 아무도 자세한 설명을 해주지 않자 그만 포기하고 다시 게임기로 돌아갔다.

"편집증이 아니라, 사실 헨닝이 자기 집 거실에서 이메일을 쓴다고 말했다는 이유만으로 그가 소뢰의 집에 있다고 확신할 수는 없잖아." 루이세가 다시 진지해졌다.

"왜 그런 거짓말을 하겠어?"

카밀라가 대꾸했지만 아까보다 기세가 약해졌다. 목소리에서도 확신이 조금 떨어졌다. 이제 루이세의 말을 기분 나빠하기보다 진정으로 귀를 기울이는 것이 분명해 보였다.

　"물론 그렇진 않겠지. 하지만 이 용의자도 피해자들에게, 그러니까 첫 번째 피해자에게 자기 아파트에서 글을 쓰고 있다고 했는데 알고 보니 바깥에서 그랬거든. 그러니까 그 사람도 확신하긴 힘들어. 금요일 저녁 내내 너희 집에 함께 있었어?" 루이세가 물었다.

　카밀라는 다시 방어적으로 굴려다 마음을 고쳐먹었다.

　"응. 한 여덟시까지. 그러고 나선 누군가를 만나러 가야 한다고 하더라고."

　"누구?" 루이세가 물었다.

　카밀라가 어깨를 으쓱하고는 묻지 않았다고 말했다. 사실 첫 데이트인데 사사건건 캐묻기는 어렵지 않은가.

　"이런 식으로 만난 사람들에 대한 해피엔딩도 얼마나 많이 들었는지 몰라. 나빴던 경우에 대해서는 한두 건밖에 못 들었어. 그리고 네가 이야기하는 심한 정도까지 갔던 것은 극소수에 불과할 거야, 분명히." 잠시 침묵을 지키고 있던 카밀라가 말했다.

　페테르는 설거지를 하러 개수대로 돌아갔다.

　"나도 알아." 루이세가 재빨리, 조금 변명하듯 대답했다.

　그녀도 행복한 결말을 맞는 마음 따뜻해지는 사연을 많이 들어 알고 있다. 그리고 주말마다 시내의 술집이나 들락거리며 자기 짝을 찾아 헤매는 사람들에 비하면 온라인에서 누군가를 만나 서로에게 편지 쓰기 좋아하는 사람들이 훨씬 마음에 든다.

루이세의 대답에 조금 마음이 누그러진 카밀라는 거짓된 모습 뒤에 숨어 상대를 감쪽같이 속이는 사기꾼들이 활동하고 있는 것도 물론 사실이라고 인정했다.

"한번은 '정말 사고방식이 남다른' 남자를 만난 여자에 대한 기사를 쓴 적이 있어. 그가 스페인에 커다란 농장을 가지고 있다고 했고 여자는 그 말을 철석같이 믿은 거야. 스페인의 은행에서 덴마크 계좌로 돈을 송금하는 방법을 모른다면서 여자한테 몇 번이나 돈을 빌렸대. 그녀는 휴가 때 스페인에 내려가보면 스페인의 건설업자들이 자기가 보내준 돈으로 수영장을 지어놓았을 거라고 믿으며 열심히 돈을 보내줬지."

카밀라가 그 불쌍한 여자를 생각하며 한숨지었다.

"남자가 대농장은커녕 화분 하나 가진 게 없다는 사실을 여자가 알자마자 둘의 관계는 끝장났어. 여자가 지갑을 닫은 순간 돈도, 남자도 모두 자취를 감췄고."

"그렇게 순진한 사람들이 있다니까." 개수대 앞에 있던 페테르가 말했다.

루이세는 고개를 살짝 흔들었다.

"사회부적응자나 사이코패스들이 인터넷 같은 곳으로 모이는 건 어쩌면 피할 수 없는 일이야. 문제는 컴퓨터 스크린으로 그런 놈들을 알아보는 게 더럽게 힘들다는 거지." 루이세가 결론을 내렸다.

"판단력이 별로라고 생각되면 사립탐정을 고용해야 해!" 카밀라가 말했다.

루이세는 그 말이 농담이라고 생각했다.

"아니, 정말로. 그러는 사람들이 진짜 있어. 요즘 사립탐정들 사이에 그런 일이 부쩍 늘었대." 루이세가 웃는 것을 본 카밀라가 말했다.

"그럼 안전을 기하자는 의미로 너도 한 사람 고용해서 이 헨닝이라는 사람에 대해 알아봐야 하는 거 아냐?"

겨우 되살아난 가벼운 분위기가 망쳐질 걸 알면서도 루이세가 조심스럽게 제안했다.

"아니라니까. 그는 정말 평범한 사람이야. 연쇄강간범이 아니라고!"

카밀라가 말하고 벌떡 일어나 거실로 가더니 마르쿠스에게 집에 돌아가자고 말했다. 둘은 조금 실랑이를 벌이더니 마르쿠스가 엄마를 따라 나와 신발을 신기 시작했다.

루이세도 일어나서 현관으로 나갔다. 마르쿠스가 주방으로 가 페테르에게 작별인사를 하는 동안 카밀라가 루이세의 어깨에 양팔을 얹고 그녀를 살짝 흔들었다.

"그만 좀 하면 안 돼? 난 가끔 네가 나의 행복을 바라지 않는 것 같다는 느낌이 들어."

그 말은 가슴이 아팠다. 그런 의도가 아니었을지 몰라도 배를 세게 한 방 얻어맞은 것 같았다. 루이세는 마음을 추스르고 카밀라를 끌어안았다.

"네 행복만큼 내가 바라는 게 어디 있다고 그래? 그저 조심하라는 것뿐이야."

"내 판단력이 형편없다고 생각하는 거지?" 카밀라가 물었다.

그녀의 목소리는 이제 속삭임 정도로밖에 들리지 않았다.

"그런 뜻이 아니야. 미안해. 난 그저 네 아파트로 출동해 팔다리가 꽁꽁 묶인 널 발견하고 싶지 않은 것뿐이야. 이제 그만할게. 내가 봐도 참견이 심했다." 루이세가 말했다.

카밀라와 마르쿠스가 현관을 나선 뒤에도 루이세는 거기에 남아 그들이 계단을 내려가는 것을 지켜보았다. 카밀라의 말을 듣고 보니 몸 전체가 묵직해지고 머릿속이 뿌옇게 되는 것 같았다. 그녀는 문을 닫고 남은 설거지를 도우러 주방으로 들어갔다.

'내가 정말 카밀라가 행복해지지 않기를 바라는 건가?'

물론 그건 사실이 아니다. 하지만 카밀라는 어떤 일이든 생각 없이 덜컥 뛰어드는 버릇이 있고 그게 바로 걱정되는 점이다.

루이세는 식기세척기를 켜고 이를 닦기 위해 화장실로 향했다.

통계에 따르면 카밀라는 흔히 성범죄자들이 원하는 '타입'이 아니다. 하지만 따지고 보면 크리스티나도 그렇지 않다. 따라서 용의자가 남자와의 안정적인 관계를 원하는, 이를테면 말이 없고 자신감이 부족한 여자를 목표물로 한다는 이론도 이미 깨졌다고 볼 수 있다.

페테르가 텔레비전 앞에 앉아 이미 시작한 지 한참 된 영화를 보고 있었다. 루이세는 침실로 가 잠옷으로 갈아입었다. 그 순간, 카밀라가 데이트 사이트에 자신을 어떻게 소개했는지 모른다는 것을 깨달았다. 그저 아들 하나랑 몇 년째 혼자 살고 있다, 여생을 함께할 사람을 찾고 있다, 이런 식으로만 적어놓았을 수도 있다. 카밀라의 주도적이고 독립적이고 도시적인 면, 예를 들어 수백 달러나

나가는 구두가 아니면 쳐다보지도 않는 면 같은 것은 빠져 있을 수
도 있다. 루이세로서는 알 도리가 없고, 사실 간섭할 일도 아니다.
루이세는 당연히 카밀라가 행복해지기를 바랐다. 그것이 설사 소
뢰에 사는 남자와의 데이트를 뜻한다 해도 말이다.

　루이세는 거실로 가 페테르 옆에 풀썩 앉아 담요를 끌어다 덮
었다.

　"무슨 영화야? 지금까지 내용이 뭐야?"

　페테르도 한 십 분 정도밖에 보지 못했기 때문에 그의 설명은 빈
약하기 그지없었다. 루이세는 영화 보기를 포기하고 눈을 감았다.

16

"여기 이 방을 쓰세요. 테이프는 금방 꺼내드릴게요. 콩겐스 뉘
토르 플랫폼 양쪽 끝하고 에스컬레이터를 보고 싶으시다고요?"

라르스가 맞다고 대답했다.

그들이 도착하자 감시 카메라 영상을 관리하는 보안 담당자가
기다리고 있었다. 셋은 모든 지하철역의 감시 카메라를 관리하는
코펜하겐 메트로 보안 사무실을 지나 복도를 따라 내려갔다. 조금
더 가니 영상을 보관해둔 방이 나오고 좁은 금속 선반에는 모든 지
하철역의 녹화 영상이 차곡차곡 쌓여 있다.

"옆방에 모니터와 플레이어 두 대가 있어요. 영상은 디브이디로
도 복사해놨으니 그게 더 편하시면 경찰 본부로 가져가 보셔도 되
고요." 그가 코딱지만 한 방을 가리키며 말했다.

"아니, 이거면 됐어요. 여기서 볼게요." 루이세가 말했다.

조금이라도 빨리 시작하고 싶어 조바심이 났다. 그리 오래 걸리
지 않을 것 같았다. 확인해야 할 시간은 두 시간이고 두 가지 각도

에서 촬영된 영상이 있으니 둘이서 각자 한 구역씩 집중해서 보면 될 것이다. 일단은 발리세 역으로 향하는 지하철이 정차하는 플랫폼 북쪽에만 관심이 있었다. 크리스티나의 집이 거기에서 네 정거장 전인 프레데릭스베르이니 말이다.

"그럼 수고하세요. 아주 재미있을 거예요." 들어와 기기를 켜준 키가 작고 머리 색이 연한 남자가 말했다.

둘은 고맙다고 인사하고 그가 나갈 때까지 그 자리에 서 있었다.

그들은 아침 브리핑이 끝나고 본부를 나와 크리스티나의 아파트에 들렀다. 라르스가 침실 책장에서 앨범을 본 것을 기억해서 위에 올라가 사진 몇 장을 추렸다. 차로 돌아온 그는 사진을 세 장 들고 있었다. 행복해 보이는, 생기로 가득한 여자의 휴가 사진. 두 장은 얼굴이 클로즈업된 것, 그리고 나머지 한 장은 전신이 나온 것이다. 그들은 그 사진을 둘 사이 탁자에 올려놓고 이 동영상 기기를 어떻게 작동하면 될지 이리저리 만져보기 시작했다.

"커피 좀 드릴까요?" 둘이 여전히 여러 버튼을 눌러보고 있을 때 영상 보안 담당자가 들어와 물었다.

"고맙습니다. 이거 슬로모션이랑 일시정지 어떻게 하는지 좀 보여주실래요?" 루이세가 몸을 돌려 그에게 미소 지으며 물었다.

기기의 기본 작동 방법은 금세 알아냈지만 승객들이 무리를 지어 전동차에 타고 내릴 때마다 영상을 느리게 돌려야 할 필요가 생겼다. 다들 빠르게 움직였고 역사는 퇴근하는 사람들로 꽤 붐볐다.

"오른쪽 제일 끝 버튼을 누르면 느려지고 누르고 있으면 영상이 멈춰요."

그가 탁자에 머그잔 두 개를 올려놓았다. 그때 루이세는 그가 그들이 가지고 온 크리스티나의 사진을 바라보고 있음을 깨달았다.

라르스도 그것을 알아챘다. 그는 재빨리 팔꿈치와 팔로 그것을 슬쩍 덮으며 과장된 말투로 "커피 고맙습니다!" 하고 말했다.

"별말씀을요. 달리 필요한 게 있으면 언제든 부르세요." 그가 말하고 천천히 밖으로 나갔다.

루이세와 라르스는 재생 버튼을 눌렀다.

"우리 일이 늘 이렇지, 뭐. 우리가 확인해야 할 때는 마침 지하철이 일 분 삼십 초마다 들어오는 퇴근 시간이야. 아주 줄줄이 들어오는군."

루이세가 투덜거렸다. 루이세는 코를 거의 모니터 스크린에 갖다 붙이고 플랫폼으로 걸어오는 사람들을 뚫어져라 관찰했다. 몇 명이 한꺼번에 내려와 누군가 가려질 때마다 영상을 멈추기도 했다.

족히 삼십 분이 흐르자 머리가 아파오기 시작했다. 그때 라르스가 무언가 발견하고 소리를 치는 바람에 루이세는 앉은 자리에서 몸을 움찔했다.

"저기 있다!"

라르스의 소리에 방 안을 감싸고 있던 침묵이 깨졌다.

라르스의 손가락이 콩겐스 뉘토르 역의 둥근 광장에서부터 에스컬레이터를 타고 내려오는 한 무리의 사람들을 따라갔다.

루이세가 라르스의 스크린을 보기 위해 몸을 돌리는 순간 실수로 커피 잔 하나를 넘어뜨렸다. 루이세는 벌떡 일어서 크리스티나의 사진부터 들어올렸다.

"제길!"

직원이 헐레벌떡거리며 뛰어 들어와 무슨 일이냐고 물었다.

"이것 좀 닦을 거 있어요?" 탁자 가장자리를 향해 번지는 진한 갈색의 액체를 막으려 애쓰며 루이세가 물었다.

직원이 어디에선가 휴지 한 통을 꺼내왔고, 그 동안 라르스는 자기 등으로 스크린을 막았다. 그 키 작은 남자가 방을 나갈 때까지 라르스는 그 자세를 유지했다.

"미안. 봐도 돼?" 루이세가 사과하며 물었다.

라르스가 영상을 조금 되돌렸다. 에스컬레이터 꼭대기는 화면에 잡히지 않았으나 화면 중간쯤 어깨에 큰 가방을 둘러멘 금발머리 여자가 나타났다. 그녀는 에스컬레이터 손잡이에 기대서 있고 어깨 너머로 누군가를 쳐다보고 있었다. 한 계단 뒤에 있는 남자와 이야기하는 것은 알 수 있었지만 그의 얼굴은 확실히 보이지 않았다. 둘이 거기 가만히 서 있는 것도 문제다. 다급한 표정을 한 사람들이 끊이지 않고 그들을 지나쳐 에스컬레이터를 걸어 내려가면서 그들의 모습을 잠깐씩 가렸다. 루이세는 남자의 나이가 삼십대 중반이라는 것을 금세 알아챘다. 여자의 말을 듣느라고 몸을 숙인 남자의 짙은 색 머리가 아래로 쏟아져 얼굴을 덮었다.

그들이 에스컬레이터 끝까지 내려와 조금 걸은 다음 이어지는 다음 에스컬레이터를 타고서야 얼굴을 자세히 볼 수 있었다.

"그 사람들 맞아!" 라르스가 영상을 정지하며 다시 한 번 소리쳤다.

루이세는 가까이 다가가 크리스티나의 전신사진을 화면 옆에 갖다 댔다. 남자는 카메라를 등지고 서 있었다.

"그 여자 맞다고." 라르스가 영상을 0.5배속으로 돌리며 다시 한 번 말했다.

사람들이 천천히 움직이기 시작했다. 그들의 움직임은 우스꽝스러울 정도로 느렸다. 크리스티나가 한 걸음 앞으로 나왔고 카메라가 그녀의 오른쪽 얼굴을 비스듬히 잡았다.

"정지. 거기서 멈춰봐." 루이세가 말했다. 크리스티나의 클로즈업 사진을 스크린 옆에 갖다 댔다.

"크리스티나가 아니잖아! 웃는 얼굴이 완전히 달라. 크리스티나의 머리가 더 길던 것 같고. 이 여자는 어깨 길이밖에 안 돼." 루이세가 머리를 흔들며 말했다.

"머리를 잘랐을 수도 있잖아." 라르스가 조금 언짢은 기색으로 말했다.

"난 어제 봤다고. 물론 머리가 부검대 가장자리로 흘러내려 확실하진 않지만 분명 어깨는 넘을 거야." 루이세가 고집했다.

라르스가 뭔가 웅얼거렸다. 인정하지 않는 것이 분명했다.

화면 속 짙은 머리의 남자는 고개를 숙이고 자기 발만 내려다보고 있었다.

"그럼 저 둘이 플랫폼으로 내려온 다음부터 내 테이프를 보자고."

루이세가 의자를 굴려 자기 스크린 앞으로 갔다. 그들이 나오기를 기다렸지만 그들의 모습은 보이지 않았다. 라르스의 기기에 찍힌 것과 자신의 기기에 나타난 것의 시각을 비교했다. 거의 똑같았기 때문에 남녀의 모습이 여기에서도 보여야 했다.

"없어졌어!"

"되감아서 다시 보자."

"여기에서 보였으면 나도 알아챘을 거야. 반뢰세행 열차를 타지 않은 게 분명해. 다른 쪽으로 갔나 보지. 아마게르 섬 쪽인가? 그가 다시 나타나는지 한번 보자고. 그녀를 배웅하기 위해 온 거라면 다시 나타나는 게 맞으니까."

루이세의 말에는 확신이 가득했다. 루이세는 짜증이 나려는 것을 애써 참았다.

"테이프 번호랑 시각을 적어놨으니까 나중에 다시 봐도 돼. 일단 계속 보자고. 그녀랑 닮은 다른 사람을 찾지 못하면 친구 마리안네를 불러다 이걸 보게 하면 되니까." 라르스가 말했다.

"좋은 생각이야." 루이세가 대꾸했다.

그러다 보니 집중력만 흐트러지고 말았다. 그들의 눈은 전차를 타고 내리는 승객들을 힘겹게 따라다녔다. 약 십오 분이 더 흐른 후 루이세는 일시정지 버튼을 세게 눌렀다.

"저기 있다!" 루이세가 소리쳤다.

한 남녀가 플랫폼 끝에 서서 이야기를 하고 있었다.

"에스컬레이터가 아니라 엘리베이터를 타고 내려왔나 봐." 금발 머리 여자를 노려보며 루이세가 말했다.

의심의 여지가 없다. 남자의 말에 열심히 고개를 끄덕이며 미소 짓는 것은 분명 크리스티나다. 그녀는 헤어지기 전 남자를 가볍게 포옹하고는 플랫폼을 지나 열차에 올랐다. 그와 동시에 남자는 유모차와 자전거 사이를 헤치고 엘리베이터에 올랐다.

루이세가 영상을 멈추고 조금 되감았다. 루이세와 라르스는 함께 정신을 집중하고 앉아 그의 모습을 지켜보았다. 옷깃까지 내려오는 그의 머리는 짙은 색에 조금 고불고불했다.

"백팔십오 센티미터." 라르스가 말했다.

"제발, 고개를 좀 돌려봐!"

루이세가 손가락으로 초조하게 탁자를 두드리며 화면 속 남자에게 외쳤다. 그는 자신의 모습이 찍히는 것을 모르는 것 같으면서도 내내 고개를 반대편으로 돌리고 있었다.

라르스가 테이프를 되감았고 둘은 그 장면을 처음부터 다시 보았다.

'이래 갖고 구체적인 인상착의가 나오긴 어렵겠는데.'

호리호리한 편인 것은 알 수 있었다. 너무 멀어 얼굴 생김새는 자세히 보이지는 않았지만 어딘가 귀족적인 분위기가 풍겼다. 코는 약간 매부리코고 입술은 두툼했다.

라르스가 두 손으로 얼굴을 감쌌다. 이것 가지고는 불충분했다. 둘 다 알고 있었다. 뒷모습과 흐릿한 실루엣으로는 언론에 내보낼 수 없다. 루이세가 테이프를 맨 앞으로 되감았고 둘 다 아무 말도 하지 않았다. 그들이 무엇을 발견했는지 이곳 직원에게 알릴 이유가 없었다. 그들이 이곳을 나서는 바로 그 순간 들어와 둘이 무엇을 찾고 있었는지 알아내려 할 것이 분명했다.

그 직원이 문간에 나타나 꺼져 있는 모니터를 향해 고갯짓했다.

"오늘 신문에 난 그 여자를 찾는 겁니까?" 직원이 물었다.

루이세는 아니라고 대답하려다가 그가 크리스티나를 발견할 때까지 테이프를 돌려보고 신문에 난 옛날 사진과 비교해볼 것만 같았다. 그가 반드시 그리할 거라 믿을 이유는 없었지만 마침 허탕을 치고 난 뒤라 모든 것이 다 못마땅했다. 루이세는 고개를 끄덕이며 맞다고 대답했다. 하지만 신문에서 얼마나 알아냈는지는 알 도리가 없었다.

"정말 끔찍한 사건이에요."

직원은 중얼거리며 그들과 함께 계단까지 왔다가 보안 사무실 안으로 사라졌다.

⁂

"금요일에 그 독신 남녀 파티에 가지 않을래. 어때?"

그날 저녁 스바이크 카페에서 페테르를 기다리던 도중 카밀라가 루이세에게 말했다. 루이세는 안데바케 길을 따라 프레데릭스베르 공원으로 이어지는 길을 산책하는 사람들에게서 눈을 떼지 않은 채 친구의 말을 들었다.

"그가 그렇게 온라인 데이트를 좋아한다면 다음 번 파티 때 나타날 가능성이 있어. 웹사이트에 신상 정보를 올려둔 사람들이 모이는 곳이거든." 카밀라가 설명했다.

"경찰이 찾고 있다는 기사가 신문마다 나면 그런 데 나타나지 않을 것 같은데." 루이세가 대꾸했다.

그들은 체코산 생맥주를 마시고 있었다. 마침 운 좋게도 카페에

도착했을 때 작은 연못이 있는 바깥 테이블에 자리가 났다. 페테르도 밖에서 만나 맥주 한잔하면 좋겠다고 했지만 둘이 카페로 나설 즈음 전화를 해 일이 늦게 끝나겠다고 했었다. 마르쿠스가 친구 집에서 자고 오기로 해서 카밀라는 집에 일찍 돌아갈 걱정이 없었다.

아침에 맛본 큰 실망감이 여전히 루이세의 마음속에 묵직하게 남아 있었다. 반장은 감시 카메라 영상에서 쓸 만한 것을 찾아내지 못했다는 그들의 말을 받아들이지 못했다. 그래서 시간이 임박한 기자회견도 뒤로 미루면서 직접 영상을 봐야겠다고 고집을 피웠다. 루이세는 팀장의 사무실에 앉아 부하들의 실력을 믿지 못하는 반장에게 속으로 욕을 퍼부었다. 어찌됐거나 디브이디를 부랴부랴 가져오고 반장이 자기 두 눈으로 보아 영상이 쓸모가 없음을 확인해야 일이 마무리될 테니까. 그날 오후 늦게 반장이 팀장의 사무실로 와 문간에 서서는 시시티브이 영상은 쓸모가 없다고 인정했다. 그러고는 용의자의 사진이 없기 때문에 결국 기자회견을 취소하기로 했다고 했다.

방을 나서기 전 반장은 팀장에게 화요일 아침 브리핑이 끝난 다음 언론 보도 자료를 함께 쓸 시간을 비워두라고 말했다. 일단은 애초에 계획한 대로 비슷한 공격을 당한 적이 있는 여자들을 찾는 일부터 시작해야 할 것이다. 하지만 '온라인으로 알게 된 짙은 색 머리의 삼십대 남성을 직접 만나지 말라'는 경고는 지나치게 애매했다. 반장은 하루 종일 실망감을 감추기 힘들었던 루이세보다도 더 곤란한 것 같았다. 강력계 사무실 바깥에서 경찰국장에게 사건의 중요한 단서를 잡았다고 큰소리를 쳤는데 나중에 가서는 처음 생각했던 것만큼 일이 잘 풀리지 않고 있다고 해명해야 하기 때문이다.

"반장이 그런 언론 발표를 못 하게 막아야 해." 언론에 여성들을 향해 경고 메시지를 내보낼 것이라는 말을 들은 카밀라가 말했다.

루이세가 이해가 안 된다는 표정으로 카밀라를 물끄러미 쳐다보았다.

"반장이 조금만 참아주면 용의자가 아무런 의심 없이 그 파티에 참석할 수 있잖아." 카밀라가 덧붙였다.

"놈은 바로 얼마 전에 강간에 살인까지 저질렀다고. 그런 데 떡하니 등장할 것 같진 않은데." 루이세가 고개를 절레절레 흔들며 콧방귀를 뀌었다.

카밀라가 맥주를 한 모금 마시고 의자를 연못 주변의 울타리 쪽으로 조금 빼 오후 햇살이 얼굴에 닿도록 했다.

"네가 온라인 데이트에 대해 잘 모르는구나. 거기에는 나름대로의 문화가 있다고. 그런 데이트를 하는 사람들 사이에는 일종의 결속력이 있고 익명으로도 참석할 수 있단 말이야. 모두 셔츠에 자기 대화명을 달고 오거든. 예컨대 '트럭커밥'에게 다가가 이렇게 말하는 거지. '안녕하세요. 저예요, 아네모네. 우리, 이메일 주고받은 적 있죠?'" 카밀라가 아무것도 모르는 학생에게 찬찬히 설명하는 여교사 흉내를 내며 말했다.

수업 도중 어떤 내용을 아주 자세히 설명하는 것처럼 이야기했는데도 루이세는 여전히 이해하기 어려웠다.

"그러니까, 뭐라고 해야 하나…… 그런 데이트에 중독이 된단 말이야. 그리고 그런 곳에 가면 인터넷에서 대화명만 알고 있던 사람들을 실제로 볼 수가 있잖아. 다른 사람이 나를 알아보는 게 싫으면 그저 새로운 대화명을 달고 나가서 이런 데 처음 왔다고 하면 되기도 하고." 카밀라가 말했다.

"몇 명이나 오는데?" 루이세가 전혀 짐작이 되지 않는 듯 물었다.

"한 천 명? 아니, 이천 명도 되겠다."

카밀라가 그렇게 말하고 맥주 두 잔을 더 시키려다가 마침 페테르가 걸어오는 것을 보고는 석 잔을 주문했다.

루이세가 페테르에게 살짝 키스하고 옆 탁자에서 빈 의자 하나를 끌어 당겼다. 카밀라의 말에도 분명 일리는 있다. 하지만 그것만 믿고 잔인한 성범죄자가 시내를 누비고 다닌다는 사실을 대중에게 알리지 않는 건 너무 위험이 컸다. 그가 그런 곳에 나타나리라는 보장도 없지 않은가. 설령 나타나더라도 그 많은 사람 중에 그를 찾아내기는 쉽지 않을 것이다.

루이세가 페테르에게 오늘 하루 어땠느냐고 물으려는 찰나 카밀라가 그의 주의를 끌면서 자신의 계획에 대해 어떻게 생각하느냐고 물었다. 루이세는 카밀라의 논쟁적인 어투에 슬쩍 미소를 짓고는 남은 맥주를 들이켰다. 웨이터가 새로 시킨 석 잔을 가지고 와서 돈을 치르기 위해 지갑을 꺼냈다.

페테르는 카밀라의 말을 따져보는 듯 무심결에 고개를 끄덕였다. 루이세는 반장이 허영에 사로잡혀 금요일까지 참지 못하고 그 전에 언론 발표를 해버릴 줄도 모른다는 생각이 들었다.

"그것 말고 무슨 대안이 있어? 아무것도 없잖아. 여자를 동물처럼 팔다리를 묶고 입에 이상한 재갈을 물려대는 살인자, 강간범, 사이코패스가 돌아다닌다고! 별다른 뉴스도 없는 여름이 오면 반장의 꼴이 얼마나 우스워질지 한번 보자고. 언론에서 한번 들고일어나면 반장은 금세 활활 타는 석탄 위로 굴려지는 신세가 될 거야. 그럼 퍽이나 좋아하겠다." 카밀라가 과장된 손짓을 하며 주장했다.

루이세가 씩 웃었다. 카밀라의 말이 맞았다. 퍽이나 좋아하겠지. 그러다가 루이세의 표정이 다시 진지해졌다.

"첫째로 너는 지금 우리가 어떤 상태인지 모르잖아. 반장한테 듣기 전까지는 알아내지도 못할 테고. 그리고 둘째, 네 아이디어를 반장한테 이야기한다 쳐도 네 의견 같은 건 들어가선 안 돼. 우린 이런 일을 할 때 기자들하고 팀을 짜지 않는다고. 그러니까 네가 꿈꾸는 토요일 1면 기사를 너무 기대하지는 마." 루이세가 단호하게 말했다.

카밀라가 몸을 조금 뒤로 빼더니 기분이 나쁘다는 듯 씩씩거렸다.

"나도 이런 일에 말려들 생각 따윈 없다고. 그 대신 금요일에 헨닝을 초대할까 생각하고 있었단 말이야. 그러니까 반장이 어떻게 나오든 날 막진 못할걸."

루이세가 한숨을 쉬자 페테르가 씩 웃었다. 루이세는 카밀라의 아이디어를 반장에게 이야기하지 않기로 했다. 또 그런 생각을 카밀라에게 말할 필요도 없었다. 다만 헨닝에 대해 몇 가지 더 물어보고 싶었는데 페테르가 왔으니 그것마저 참아야 했다.

오월의 첫날이지만 마치 팔월처럼 따뜻했고 많은 사람이 피크닉 바구니와 담요 등을 챙겨 집으로 느긋하게 돌아가고 있었다. 루이세와 페테르가 공원에서 함께 뭔가를 먹어본 지도 꽤 오래되었다. 사는 곳과 그리 가까운데도 가는 일이 거의 없었다. 사실 생각해보면 둘이서 무언가 아주 평범하고 즐거운 일을 함께한 지도 오래되었다. 루이세의 어깨 위에 올라앉은 작은 악마가 동거를 시작한 뒤둘 사이에 연애 감정이 사라져버렸다고 속삭였다. 루이세는 페테르를 힐끗 쳐다보며 어쩌면 동거를 시작하기 전에 이미 사라져버렸는지도 모른다고 생각했다. 바쁜 일상이 삶을 지배하기 시작한 것이다. 각자의 일도 바빴다. 페테르는 최근 야근이 잦아졌고, 매주 배드민턴 약속은 웬만하면 지키기 위해 애를 썼다. 그 바람에 주중 상당 부분이 그런 일로 채워져 둘만의 시간을 보낼 기회가 별로 없었다.

루이세가 손을 뻗어 페테르의 손을 잡았다. 가끔 한 번씩은 둘이 함께 있는 기분을 더 느끼고 싶기도 했지만 전반적으로는 자신만의 자유로움을 즐기고 있었다. 사소한 일까지 둘이 함께할 필요는 없었다. 그들의 관계에서 가장 마음에 드는 점은 둘이 언제나 한 팀이라는 것, 서로 사랑한다는 것, 그가 언제나 그녀를 위해주리라는 것이다. 모든 걸 함께한다고 이런 감정이 더 강해지는 건 아니다.

"그럼 반장이 내 아이디어에 대해 어떻게 생각하는지 나중에 물어보고 알려줄 거지? 아니면 내가 직접 전화해서 알아볼 수도 있고." 카밀라가 끝까지 고집스레 말했다.

"일단 내일 반장이랑 팀장이 어디까지 이야기하는지 보고." 루이세가 회피하듯 대답했다. 카밀라의 생각은 가끔 지나치게 단순했다. 자신의 행동이 어떤 결과를 가져올지 생각하지 않고 곧장 뛰어들었다. 둘이 알고 지낸 지 너무 오래되어 루이세는 자기가 무슨 말을 해도 소용없다는 것을 이미 알고 있었다. 카밀라는 언제나 원하는 대로 하니까. 그런 사람의 금발 밑 머릿속에서 왕성히 생겨나는 아이디어를 따르다가는 어떤 일이 벌어질지 몰랐다. 그래도 루이세는 제멋대로 날아가버릴 것 같은 그녀를 제자리에 잡아두기 위해 노력했다.

얼마 뒤 셋은 스말레가데를 따라 팔코네르 알레로 천천히 걸어갔다. 페테르가 몇 발짝 뒤에서 따라왔다.

"네 아이디어에는 한 가지 문제가 있어. 우리가 당장 무슨 조치를 취하지 않는다면 금요일 전에라도 희생자가 생길 수 있다는 거야. 그러면 반장도 좋아할 리 없지. 조용한 여름 신문이 떠들썩해지긴 마찬가지란 말이지." 헤어지는 길목에서 루이세는 그렇게 말했다.

17

"아침 브리핑 전에 이야기 좀 하지."

화요일 아침 브리핑을 위해 동료들이 모두 모여 있는 휴게실 옆 주방에서 커피를 따르고 있는데 팀장이 나타나 루이세의 어깨를 쿡 찔렀다.

진지한 얼굴을 한 팀장은 긴장한 기색이 역력했다. 무슨 일인지는 몰라도 마음의 준비가 필요할 듯했다.

'망할 개자식.'

루이세가 짙은 곱슬머리의 용의자 뒤통수를 상상하며 중얼거렸다. 그러고는 반장의 뒤를 따라 그녀의 사무실로 들어갔다. 손님용 의자의 가장자리에 엉덩이를 걸친 루이세는 자기도 모르게 턱을 앙다물고 있는 것을 깨달았다. 입을 몇 번 벌렸다 다문 다음 관자놀이 바로 아래 턱 근육을 마사지했다.

팀장이 그런 모습을 지켜보고 있었다.

루이세는 금세 머쓱해져 양손을 무릎 위로 내렸다. 팀장이 아무 말도 하지 않아 조금씩 불안해지기 시작했다.

"어젯밤 수산네가 자살을 기도했어."

침묵이 숨을 막을 듯 조여왔다. 루이세의 팔이 갑자기 천근만근 무거워졌다.

"비도레병원에 있어. 사실 경찰이 관여하진 않고 있지만 대체 왜 그런 짓을 저질렀는지는 의심의 여지가 없겠지. 어머니가 구급차를 불렀더군."

'지난번 딸을 발견하고 정확히 일주일 뒤군.'

마음이 무거워졌다. 수산네의 어색하고 무표정한 얼굴을 떠올리자 생각보다 훨씬 가슴이 아팠다.

노크 소리가 나더니 반장이 머리를 쑥 들이밀었다.

"오는 건가?"

"곧 가겠습니다." 팀장이 대답하며 손을 흔들었다.

"수산네의 어머니가 오늘 아침 여섯시에 한스 반장님 댁으로 전화를 했어. 전화번호부에서 알아냈겠지. 자네가 병원으로 가서 수산네하고 이야기를 해봐. 우리한테 이야기하지 않은 게 있는 것 같아. 그녀를 정말로 괴롭히고 있는 게 뭔지를 알아내. 이건 도움을 요청하는 경우일 테니 상담을 좀 받게 해도 좋겠지." 팀장은 피곤하다는 표정으로 미소를 지으며 말했다.

루이세는 고개를 끄덕였다.

"그렇다고 너무 밀어붙이진 말고. 어쩌면 우리에게 도움이 될 무언가를 기억해냈는지도 몰라. 충격 때문에 잊고 있었던 것. 그런 경우가 흔하잖아."

"가서 만나볼게요. 지금 당장 갈 수도 있는데."

"일단 아침 브리핑부터 듣고. 그러고 나서 비도레로 가봐."

팀장이 일어나 뒤쪽 책장에 있던 경찰차 사용대장을 꺼낸 뒤 루이세의 이름을 적고 그녀에게 열쇠 꾸러미를 던져주었다. 둘은 함께 휴게실로 갔다. 브리핑이 한창 진행 중이다. 둘이 자리에 막 앉으려는 찰나 빌룸센 경감이 벌컥 문을 열고 들어와 반장의 말을 잘랐다.

루이세는 호기심 어린 눈으로 경감이 욕설을 섞어가며 반장에게 무언가 보고하는 것을 지켜보았다. 사실 아무것도 아닌 일로 뉘쾨빙 셸란까지 다녀오느라 하루를 망친 것 때문에 아직도 그에게 화가 풀리지 않은 상태였다. 빌룸센은 휴게실 안 다른 사람들은 안중에도 없는 듯 반장에게만 이야기를 하고 있었다.

이민자 여성 살인 사건은 여자의 전 남편을 입건한 이후 공식적으로 '해결은 됐지만 종결은 되지 않은' 상태다. 그런데 새벽 한시경 피해자의 아파트에서 싸우는 소리를 들었다던 목격자의 진술이 거짓으로 밝혀졌다. 시신을 발견한 당일 기자가 찾아와 각종 질문을 퍼부어대는 바람에 지어낸 것이라며 이제 와 목격자가 털어놓은 것이다. 사진기자까지 데리고 나타난 기자가 목격자의 아파트에 들어와 나갈 생각을 하지 않았고, 그들이 그렇게 버티고 있으니 목격자는 바로 아랫집에서 일어난 끔찍한 비극에 대해 무언가 말을 해야 할 것 같은 압박감을 느꼈다는 것이다. 그래서 그런 말을 지어냈다. 바로 다음 날 신문에 그 진술이 실렸고 경찰이 돌아와, 처음에 물었을 때는 왜 그것을 언급하지 않았는지 따져 묻자 목격자는 겁에 질린 나머지 자기가 지어낸 것이라고 솔직히 말하지 못했다. 이후 거짓말이 눈덩이 불어나듯 커져버린 것이다.

"바보 같은 놈들! 이제 이자를 붙잡아둘 핑계가 하나도 없습니다!" 경감이 으르렁거렸다. 몸을 돌려 주위에 앉아 있는 강력계 다섯 팀의 형사들을 쭉 돌아보고는 다시 씩씩거리며 방을 나갔다. '바보 같은 놈들'이 목격자를 의미하는 건지 기자를 의미하는 건지는 알 수 없었다. 루이세는 그런 생각을 떨치고 다른 팀의 사건을 보고받는 반장에게 정신을 집중했다. 브리핑이 마무리되는 동시에 루이세는 비도레병원으로 나갈 준비를 했다.

"당신네들이 우리 딸을 죽음으로 내몰고 있어!"

병실 반대편에서 고성이 날아왔다. 루이세가 문을 닫기도 전에 수산네의 어머니가 벌떡 일어서 그녀 쪽으로 성큼성큼 다가왔다.

"이렇게 살 순 없다고. 신문에서 읽었는데 잔인한 사이코가 돌아다닌다면서! 그런데 당신들은 사람들 집에 찾아가 커피를 마시는 것 말고는 아무것도 안 하지! 처음에는 우리를 공격하더니 이제 다른 데 가서 불쌍한 여자를 죽이질 않나!" 수산네의 어머니가 계속해서 소리쳤다.

잔뜩 흥분해 날카로운 그녀의 목소리에 이상하게도 슬픈 기색은 조금도 없었다.

루이세는 침대를 흘깃 넘겨다보았다. 처음 만났을 때처럼 수산네가 잠자코 누워 있었다. 문이 열렸을 때 누구인지 보려고 문 쪽을 잠깐 보긴 했으나 어머니한테는 시선을 주지 않았다. 그 모습을 보니 루이세의 가슴에 찌르르한 통증이 스쳐 지나갔다. 어머니의 고함소리는 앙칼지게 짖어대는 작은 개를 연상시켰다. 발로 한 대 걷어차 주고 싶은 것을 꾸욱 참아야 하는 꼴 보기 싫은 개 한 마리.

"수산네와 이야기하는 동안 잠시 나가 계셔야겠습니다." 루이세는 경찰의 권위를 가득 담은 목소리로 침착하게 말했다.

"절대 못 나가. 내 딸은 이미 당할 만큼 당했다고. 딸아이를 보호하기 위해서라도 여기 있어야겠어. 당신네들은 그렇게 못 한다는 걸 이미 보여줬잖아."

그녀는 과장된 몸짓으로 침대 가장자리로 가서 앉았다. 수산네는 어머니가 그러거나 말거나 아무런 반응도 보이지 않았다.

다시 한 번 루이세는 수산네와 이야기하는 동안 어머니가 밖에서 기다려야 한다고 말했다. 하지만 어머니는 금세 파르르 흥분하기 시작했다. 흥분 수위가 점점 높아져 딸아이의 자살 기도에 경찰이 직접적인 책임이 있다는 소리까지 해대자 루이세도 더 참을 수가 없었다.

"잠깐 나가서 파트너한테 전화를 해야겠습니다. 제가 이야기를 하는 동안 어머니를 밖으로 내보내라고요." 루이세가 다시 차분한 목소리로 말했다.

그제야 어머니의 목소리가 한 옥타브 내려갔다.

"누군가는 애를 돌봐야 하잖아요." 그녀가 반쯤 흐느끼며 말했다.

거기까지가 루이세의 인내심의 한계였다. 루이세는 어머니에게

다가가 그녀의 팔을 붙들고 병실 바깥으로 나갔다. 수산네는 그 모습을 지켜보며 가만히 누워 있었다. 무표정한 눈동자 깊은 곳 어디에선가 지금 광경이 우습다는 눈빛이 잠시 스치고 지나간 것 같았다.

루이세는 의자를 끌고 침대 옆으로 가 앉고는 할 말을 생각하며 잠시 조용히 있었다. 직업적으로 나서야 할지 아니면 조금 더 사적인 자세로 접근해야 할지 가늠이 되지 않았다.

"이런 식으로 만나는 건 이제 그만해야죠." 마침내 루이세가 말했다.

그 말은 아무런 반응도 이끌어내지 못했다. 수산네는 타이레놀 한 병과 어머니의 수면제 열 알을 삼켰지만 얼마 지나지 않아 먹은 걸 모조리 토해내 다행히 약물이 신체에 심한 타격을 주지 않았다. 어머니가 나타나 수산네가 무슨 짓을 했는지 실토할 때까지 그녀를 추궁했고, 대답을 들은 다음 구급차를 불렀다. 일반적인 상황이라면 이런 환자는 지금쯤 심리상담사의 전화번호를 받아 집으로 돌아갔을 것이다. 하지만 그녀는 최근에 성범죄를 당했고 말을 걸려는 의사에게 일언반구 아무 응답도 하지 않았기 때문에 심리 상담을 기다리고 있었다.

"여기 의사 말고 국립병원으로 가서 야콥센을 만나고 싶어요?" 루이세가 물었다. 그렇게 할 수 있는지조차 몰랐지만 그런 생각이 들기도 전에 말이 먼저 나오고 말았다. 수산네가 전에 야콥센과 상담을 한 뒤 조금 나아진 것이 확실했고, 모르는 사람보다는 그와 이야기하는 것이 더 나을 것 같았다.

"그러고 싶어요." 수산네가 루이세를 향해 고개를 돌리고는 힘없이 끄덕였다.

시퍼렇다가 이제는 진한 노란색으로 바뀐 멍 자국은 여전히 눈에 띄었지만 붓기는 가라앉아 있었다. 꼬집어 말하기는 어려워도 수산네의 표정에는 금방이라도 산산조각 나서 무너져내릴 것만 같은 징후가 있었다. 이 년 전 비슷하게 강간당한 뢰도레의 카린처럼. 루이세는 손을 내밀어 수산네의 팔을 꼭 쥐었다. 그녀가 혼자가 아님을 알려주고 싶었다.

"그가 시간이 나는지 확인한 다음 여기 간호사들한테 그렇게 해도 되는지 물어볼게요. 전화하러 나가기 전에 혹시 왜 그랬는지 말해줄 수 있어요?"

침묵이 흘렀다. 수산네의 눈은 다시 텅 비어 있었다.

루이세는 잠시 기다렸다가 다시 물었다. "그가 죽인 여자에 대해 생각하고 있어요? 그가 다시 돌아올까 봐 겁나는 거예요?"

"죽고 싶지 않았어요!" 수산네가 말했다. 하지만 그다음 말은 이어지지 않았다.

"그래서 약을 토해낸 거예요?" 루이세가 물었다.

수산네가 마침내 고개를 돌렸다. 이제야 정신이 다시 돌아오는 모양이다.

"아뇨, 애당초 그게 약을 먹은 이유예요!" 수산네가 소리 지르다시피 하며 말했다.

수산네의 말은 도통 이해할 수가 없었다.

수산네는 눈을 내리깔고 담요만 뚫어져라 쳐다보았다. 수산네가 다시 자기만의 세상으로 돌아가버린 건 아닌지, 이 대화도 이렇게 끝나고 마는 건 아닌지 걱정되었다.

그때 수산네가 고개를 흔들며 입을 열었다. "지금 이런 생활에 숨이 막혀 죽느니 그이한테 맞아 죽는 편을 택할래요."

나지막한 목소리에 뒤이어 소리 없이 눈물이 흘러내렸다.

수산네의 슬픈 고백이 가슴속에 묵직하게 자리하는 가운데 루이세는 그녀의 팔을 천천히 쓰다듬었다. 다른 말은 할 필요가 없었다. 이제 그녀의 말이 무슨 뜻인지 완벽히 이해할 수 있었고 그건 처량하기 이를 데 없었다.

"수산네, 어머니에게서 도망치기 위해 자살을 할 필요는 없어요. 잠시만이라도 다른 곳으로 이사를 해서 어머니와의 관계를 끊어도 되잖아요. 필요하다면 주먹으로 탁자를 쾅쾅 두들기면서 이제 나도 어른이라고, 내 일에 그만 참견하라고 소리라도 지르라고요." 루이세는 자신의 말이 지나치게 강경한 것이 아니기를 빌었다.

"엄마가 그런 식으로 남자를 찾아다녔냐고 날 놀렸어요. 차라리 지난 월요일에 죽어버렸으면 얼마나 좋을까. 그러면 엄마가 아니라 다른 사람 때문에 죽은 거라도 되잖아요."

수산네의 말이 방 안을 가득 채웠다.

달리 할 말이 없었다. 루이세는 잠시 수산네의 팔을 쓰다듬으며 앉아 있었다. 머릿속에서는 어떻게 하면 수산네를 다른 곳으로 옮길 수 있을지 윤곽이 잡혀갔다. 예스퍼가 다시 찾아오는 것을 막을 뿐 아니라 어머니에게서 도망치기 위해서 옮겨야 했다. 먼저 상황이 어떻게 돌아가는지 팀장에게 보고한 다음 야콥센과 통화를 할 필요가 있었다. 야콥센이 사무실에 없다면 수산네를 태우고 그의 집으로라도 찾아갈 작정이었다. 그리고 누군가 어머니하고 이야기를 해서 그녀가 딸에게 무슨 짓을 하고 있는지 알려줘야 했다.

하지만 그런다고 무슨 소용이 있을까. 어머니는 보나마나 사고방식이 구식이어서 경찰국장의 말이 아니면 들으려 하지 않을 것이다. 게다가 자살 우려가 있는 불쌍하고 죄 없는 피해자를 보호하지 못하는 경찰에 대해 온갖 비난을 퍼부어댈 것이 분명했다.

'한스 반장이라면 그녀를 진정시킬 수 있을지도 몰라.'

루이세가 문으로 다가가며 생각했다.

"가지 마요!" 수산네가 애원했다.

루이세가 몸을 돌려 안심하라는 듯 미소 지었다.

"나랑 같이 나가도 되는지 간호사한테 물어보려는 거예요."

"엄마가 여기 들어올까 봐…… 싫어요." 수산네가 말했다.

루이세는 다시 돌아와 침대 옆 탁자 위의 호출 버튼을 눌렀다. 잠시 후 간호사 한 사람이 들어왔다. 열린 문이 다시 닫히기 전 문틈 사이로 수산네의 어머니가 일어나더니 간호사를 따라 들어오려 하는 것이 보였다. 루이세는 자동차를 멈추는 교통경찰처럼 한 손을 들어올렸다. 놀랍게도 그녀가 순순히 뒤로 물러나 앉았다.

"환자를 국립병원으로 데려가고 싶은데요. 지난번 사건 이후 상담을 했던 의사가 거기에 있어서요. 그렇게 해도 문제가 없을까요?"

간호사는 조금 놀란 표정으로 루이세를 보더니 그렇게 하지 못할 이유가 없다고 대답했다.

루이세는 웃으며 고맙다고 말했다. 다행히 여기에서 받기로 한 상담을 받지 않아도 문제가 되지 않는 모양이다.

"환자 기록을 가져가셔야 할 거예요. 어젯밤 입원했을 때 간단한 검사를 받았는데 그것 말고 다른 건 할 시간이 없었거든요." 간호사가 말했다.

"그리고 출발할 준비가 될 때까지 환자가 휴식을 취하고 싶어해요. 그러니까 면회를 사절하고 싶다고요." 루이세가 말했다.

"가서 가족 분께 그렇게 전할게요." 간호사 웃으며 말했다.

루이세는 수산네와 함께 병원을 나서기 전에 팀장과 야콥센에게 전화를 할까 하다가 차에서 하기로 마음을 고쳐먹었다. 야콥센이 시간이 없다면 가장 빠른 상담 시간이 잡힐 때까지 수산네를 데리고 본부에서 기다리면 되었다.

"옷은 있어요?" 루이세가 물었다. 저번에 이어 또다시 달랑 병원 가운 차림으로 수산네를 데려가고 싶지는 않았다. 하지만 수산네가 고개를 끄덕이며 옷장을 가리켰다. 그녀의 옷가지가 옷걸이 두 개에 가지런히 걸려 있었다. 루이세가 그것을 들고 와 침대 위에 펼쳤다.

"옷 입는 동안 바깥에서 기다릴게요."

"안 나가면 안 돼요?"

수산네의 애원하는 말투에 루이세는 걱정이 되었다. 바로 그 순간만큼은 목소리가 그다지 크지 않아 감정이 별로 드러나지 않았지만 그런 말 밑바닥에는 어머니가 들어올까 봐 걱정하는 건 물론이고 혼자 남겨지는 것에 대한 두려움이 숨어 있었다. 루이세는 창

가로 갔다. 수산네가 침대 아래로 양 다리를 내리고 옷을 입기 시작했다. 그때 간호사가 들어와 수산네의 환자 기록을 침대 옆 탁자에 올려놓고 루이세에게 다가왔다.

"원래는 상담사와 이야기를 한 뒤에 퇴원시키려다가 의사 선생님 판단에 따라 장기 카운슬링 시간을 마련했거든요. 그런데 국립병원에서 이미 치료를 시작했다면 그쪽에서 계속해도 돼요." 간호사는 잠시 말을 멈추고 목소리를 낮췄다. "제가 보기에는 꽤 여러번 상담을 받아야 할 것 같아요." 간호사가 어머니가 기다리는 문쪽으로 살짝 고갯짓을 하며 말했다.

루이세가 고개를 끄덕이며 고맙다고 말하고는 수산네의 팔을 붙들고 밖으로 나갈 준비를 했다.

"어머니한테는 대기실로 가시라고 했어요. 환자분은 복도를 따라 오른쪽으로 가세요. 그러고 나면 제가 가서 어머니께 환자분이 떠나셨다고 말씀드릴게요." 간호사가 뒤에서 말했다.

⁓

차로 내려가는 길에 루이세는 전화기를 꺼냈다. 지금 상황에 대해 팀장에게 가능한 한 빨리 알리는 것이 나을 것 같았다. 수산네를 조수석에 태운 다음 문을 닫고 팀장의 사무실 번호를 눌렀다.

"정말 가슴 아픈 이야기예요. 견디기 힘들 정도라고요."

루이세가 수산네의 자살 기도는 어머니의 과보호와 통제 욕구, 딸의 삶과 활동을 조종하고자 하는 어머니의 손아귀에서 벗어나기 위해 저지른 짓이라는 사실을 간단히 설명했다.

"죽어야만 탈출할 수 있다고 생각했다니 참 안타까운 일이야. 내가 야콥센에게 전화해서 자네랑 환자가 가고 있다고 알릴게."

루이세는 운전석 문을 열고 차에 올라탔다.

"고맙습니다."

"혹시 야콥센이 시간이 나지 않으면 이리로 와." 팀장이 말했다. 그녀가 잠시 아무 말이 없다 다시 덧붙였다. "이제 반장님과, 용의자에 대해 얼마나 많은 정보를 공개할지 그리고 언론 보도 자료를 어떻게 쓸지 의논할 참이야."

루이세는 잠시 기다리는 게 좋을 것 같다고 불쑥 말했다.

"발표를 잠시만 보류하면 제가 금요일에 놈을 만날 수 있을지도 몰라요."

하지만 말이 입 밖으로 나온 바로 그 순간 후회했다. 그 말을 들은 수산네가 몸을 부르르 떠는 것이 눈에 보였기 때문이다. 루이세는 방금 자신의 말이 경찰 본부로도 일종의 전율을 보냈음을 느꼈다.

"무슨 뜻인지 자세히 설명해줘야겠는데." 팀장이 말했다.

"지금은 곤란해요."

일단은 이야기를 어떻게 잘 포장해야 할지 먼저 생각할 필요가 있었다. 미쳤다고 생각하고 반장이 방화 전담팀이나 다른 팀으로 보내버리면 어떻게 할 것인가.

"이번 금요일에 온라인 데이트 사이트에서 여는 파티가 있어요. 놈이 거기 올지도 몰라요. 일단은 아이디어일 뿐이지만 곰곰이 생각해볼 테니 기다리셔야 해요."

ꧏ

"알아, 알아, 안다고. 카밀라가 이미 전화로 좋은 점과 나쁜 점을
일일이 설명해줬어. 그녀의 생각이 옳은 것 같아. 시도해보자고."
반장이 성급하게 한 손을 들어 루이세의 말을 막으며 대꾸했다.
    루이세는 씩씩거리며 화를 참으려 양손을 등 뒤에 숨기고 검지
를 세게 꼬집었다.
    '오 카밀라! 아무 말 안 하겠다고 약속했는데. 입을 가만히 둘
수가 없었구나.'
    "문제는 이 일을 계속 비공개로 끌고 갈 수 있느냡니다. 심각한
사건이 두 차례나 있었는데 말이죠." 팀장이 논리를 펴며 끼어들
었다.
    루이세는 아직 평정을 되찾지 못했다. 사무실 문 앞에서 기다리
고 있던 야콥센에게 수산네를 내려주고 방금 돌아온 길이다. 야콥
센은 푸근한 아버지처럼 한 팔로 수산네의 어깨를 감싸고 안으로
들어갔다. 수산네를 편안한 소파에 앉히고 난 다음에 밖으로 나와
그녀와 여유 있게 이야기를 할 생각이니 루이세는 기다릴 필요가
없다고 했다. 상담이 끝나면 야콥센이 전화를 주기로 했다.
    본부로 오는 내내 루이세는 어떻게 하면 자신의 제안이 기자에
게서 나온 아이디어임을 숨기고 잘 포장해 설명할 수 있을지 생각
하고 또 했다. 이럴 줄 알았다면 그리 골치 아프게 생각할 필요조

차 없었다.

"물론 놈을 알아보지 못할 수도 있어. 시시티브이 영상으로 아주 잠깐 본 것뿐이고 알아낸 것도 없으니까." 반장이 말했다.

반장이 카밀라의 아이디어를 진지하게 받아들이는 것은 물론이고 이미 놈을 체포할 생각까지 하고 있다니 루이세는 조금 놀랐다.

"맞습니다. 하지만 제가 놈의 모습을 볼 만큼 봤기 때문에 다시 본다면 실루엣과 자세 같은 건 확실히 알아볼 수 있을 거예요. 필요한 건……."

다시 한 번 반장이 한 손을 들어 루이세의 말을 막았다.

"여자를 데려간다." 반장이 말했다.

팀장과 루이세가 말뜻을 이해하기까지 잠시 침묵이 흘렀다. 그리고 다음 순간 둘이 동시에 외쳤다.

"절대로 안 돼요!"

"방금 전에 자살을 기도한 사람이에요, 반장님." 루이세가 고개를 흔들며 말했다.

"그놈 때문이 아니잖아. 내가 정확히 이해하고 있다면." 반장이 대꾸했다.

루이세가 잠시 반장을 노려보았다. 그는 대체로 매우 사려 깊어 함께 일하기 좋았다. 말투도 언제나 으르렁대는 빌룸센 경감과는 거리가 멀었다. 하지만 아주 가끔 지나치게 차갑고 비인간적인 의사 결정을 내릴 때가 있었다. 루이세는 반장이 왜 이런 의견을 냈는지 이해할 수 있었다.

"우선은 야콥센이 어떻게 생각하는지부터 들어봐야 할 거예요."

팀장이 조심스레 말했다.

"아니면 다 없었던 일로 하고 본래의 수사 계획으로 돌아가도 되고요." 루이세도 말했다.

"아니, 꼭 한 번 시도해봐야 한다고. 언론 발표를 하고 나면 한바탕 난리가 날 거라고. 게다가 우리가 가지고 있는 용의자 인상착의도 분명치가 않잖아. 금요일의 파티에 반드시 가야 해. 거기에서 아무것도 얻지 못하면 그때 언론에 발표하는 걸로 한다." 반장이 주장했다.

"헤니 자네가 야콥센한테 이야기를 하고 생각을 물어봐. 어떻게 접근하면 좋을지 계획을 세운 다음에 한 번 더 회의하자고. 토마스와 미켈을 데려가. 오래간만에 바깥에 나가는 것도 좋겠지." 반장이 마무리하듯 말했다.

"원래 계획은 라르스도 가는 것 아닙니까? 그러니까 제 말은, 라르스도 동영상을 봤잖아요." 루이세가 물었다.

반장은 고개를 끄덕였지만 이미 생각은 다른 사건으로 넘어간 것이 분명했다. 반장이 나가려는데 루이세가 이민자 여성 살인 사건은 어떻게 진행 중인지 물었다.

반장이 고개를 돌리더니 입술을 앙다물고 루이세를 노려보았다. 하지만 다음 순간 얼굴의 긴장을 풀고 가볍게 어깨를 으쓱했다.

"아직 아무 진척도 없어. 불행히도 놈이 운이 좋아 국선 변호사로 옌스 브로가 임명됐지."

반장과 경감이 불쌍해 보였다. 그렇게 공격적인 변호사를 만나면 사건이 말도 못 하게 어려워지곤 했다. 옌스가 덴마크 역사상 최대의 마약상을 변호할 당시 루이세는 그를 만난 적이 있었다. 고객의 무죄를 입증하려는 그의 노력 덕분에 간접적으로 카밀라의 목숨을 구할 수 있었으니 그에게 딱히 악감정은 없었다. 그래도 법정에서 그와 당당히 맞서려면 사건을 완벽히 수사해 무엇으로도 뒤집을 수 없는 증거를 갖춰야만 했다.

"그 여자아이들은 어떻게 됐어요?"

"여자의 언니가 돌보고 있어서 남편의 화만 돋운 꼴이 됐지. 아이들을 해외로 내보낼 거라고 사방에 떠들고 다니더군. 아이들의 안전을 보장하고, 엄마가 집을 나갔을 때 무너진 아이들의 마음의 평화와 균형을 되찾으려면 그게 유일한 길이라고 말이야."

루이세가 일어섰다. 팀장은 자기 사무실로 이미 돌아가고 없었다.

"그가 아니라면 누구 짓이죠? 다른 용의자가 있나요?"

"놈이 맞아." 반장이 무언가 이야기하려고 입을 열었다가 멈추더니 살해된 여자의 가족과 친구들 모두에게서 진술을 받았다고 덧붙였다. "물론 일종의 명예 살인일 가능성도 배제할 수 없어. 결혼 생활을 중단해 가족에 수치를 안겼다고 말이야. 여자 아버지가 딸의 이혼을 인정하지 않았으니 그것 또한 동기가 될 수 있지. 그놈 자체가 아버지가 정해준 상대가 아니었거든." 반장이 어깨를 으쓱하고 얼굴을 찡그리며 말했다. "목격자 진술에 그리 의존해서 살인이 한시경에 벌어졌다고 잘못 생각하지 않았다면 이미 놈을 잡고도 남았을 거야. 아마 놈이 주장한 대로 그날 아침 일찍 아이들을 데려갔겠지. 하지만 열한시에서 열두시 사이 어느 시점에 그곳에 돌아갔을 거라고 생각해. 아니면 오후일 수도 있지. 그가 여자를 발견했다고 주장한 것보다 조금 먼저 말이야. 그런데 그가 오가는 것을 목격하거나, 그 여자 아파트에 들어가거나 나오는 것을 본 사람은 없어."

그리고 마지막으로 놈은 언론에 헛소리를 퍼뜨린 아내의 위층 여자에게 와인 한 병이라도 선물하는 게 좋을 거라고 했다. 그 덕분에 감옥에 가지 않게 된 것 아닌가. 반장은 못 참겠다는 듯 한 손으로 문틀을 세게 치고는 자기 비서가 앉아 있는 앞쪽 사무실로 나갔다.

루이세도 자기 사무실로 돌아갔다. 머리가 핑핑 돌아가고 있었다. 약속을 어기고 이 일에 끼어든 카밀라를 향한 분노는 조금 가라앉았다. 하지만 경찰이 금요일 파티에 가기로 한 것은 일단 이야기하지 않기로 했다. 특히 수산네를 데려갈지도 모른다는 사실은 더더욱 그랬다.

18

"물론 우리가 강제로 가게 하지는 않아요. 그리고 내 생각에는 가지 않는 게 좋을 것 같아요."

마지막 말이 자기도 모르게 입 밖으로 새어나왔다.

"갈 거예요."

수산네의 목소리에는 이미 모든 것을 결정했다는 확고함이 묻어났다. 수산네는 이틀 동안 국립병원에 머무르며 야콥센과 오랜 시간 대화를 나누었다. 루이세는 변화를 즉시 알아볼 수 있었다. 수산네의 움직임에는 무언가 침착하고 개방된 느낌이 있었다. 왼쪽 눈과 광대뼈에 연한 색깔이 남아 있는 것만 빼면 폭행의 흔적도 거의 사라지고 없었다.

"처음부터 그 파티에 가고 싶었어요. 그 이야기를 들은 다음부터요. 그가 온다면 그를 다시 보고 싶어요." 수산네가 말했다.

당황한 루이세가 수산네를 빤히 쳐다보았다. 잔소리를 늘어놓기도 전에 수산네가 양손을 들어 올렸다.

"그런 게 아니에요. 그가 내 머릿속을 떠나지 않는데도 얼굴이 생각나지 않아서 정말 신경이 쓰였거든요. 그가 어떻게 생겼는지 기억나지 않아요. 야콥센 선생님은 그게 정상이고 심지어는 바람직한 억압 현상이래요." 수산네는 그런 식의 자기 방어에 동의할 수 없다는 투로 말했다. "하지만 그의 모습을 모두 떠올리고, 그 일이 내 잘못이 아니라는 사실을 인정하기 전까지는 극복할 수 없을 것 같아요."

심리상담사가 이런 일까지 해낼 수 있다니 정말 대단했다. 하지만 루이세는 지금 자신 앞에 나타난 이 새로운 수산네를 완벽히 믿을 수가 없었다. 그날 아침 야콥센이 경찰 본부에 들러 수산네의 파티 참석 여부에 관한 회의에 참여하지 않았다면 루이세는 그렇게 할 생각조차 하지 않았을 것이다.

야콥센은 수산네에게 파티에 가서 경찰을 돕고 싶은지 물어보아도 괜찮다는 허락을 내렸다. 또한 수산네의 어머니는 남자한테 버림을 받고서 사생아인 딸을 낳을 수밖에 없었고 그런 어머니 때문에 수산네가 얼마나 숨 막히는 생활을 해왔는지 들려주었다.

어머니는 딸과 자신이 늘 한 몸이라는 생각으로 수산네를 키웠으며 이로써 수산네는 심히 끔찍할 정도로 어머니에게 집착할 수밖에 없게 되었다. 수많은 젊은 여자가 면도칼로 손목을 긋고 정신 병동으로 실려 오거나, 평생 오점을 남길 심각한 반항 행위에 빠져들게 만들 만한 집착이다.

하지만 수산네는 반항하지 않았다. 그녀는 그것을 참아내고, 어머니의 강박적 소유욕에 스스로를 순응시켰으며, 성인이 되어서도 상당 부분과 함께 어린 시절을 고스란히 포기했다. 마침내 조심스럽게 밖으로 나와 어머니라는 구속에서 벗어나려 했는데 하필이면 그 일이 무시무시한 사건으로 이어져 이제 혼자 힘으로 이를 극복하기는 거의 불가능했다. 야콥센은 안쓰런 표정으로 턱수염을 쓰다듬으며 이렇게 말했다.

"이제는 그런 환경에서 벗어나고 있습니다. 어머니를 찾아가 본인이 딸의 인생에 무슨 짓을 하고 있는지 이야기를 나눴지요. 정말 슬픈 일이지만 어머니는 외로움을 달래기 위해, 그리고 자신을 떠난 남자에게 과시하기 위해 딸을 이용하고 있더군요. 남자는 그런 사실을 알지도 못할 텐데 말이죠. 어머니도 치료를 받아야 합니다. 깊은 곳까지 들어가보면 한마디로 마음이 병든 사람이니까요."

루이세도 고개를 끄덕일 수밖에 없었다. 수산네의 어머니를 만날 때마다 그녀도 같은 생각이 들었다.

⁂

"자, 이렇게 할 거예요. 내일 밤 내가 데리러 오면 같이 가는 거예요."

국립병원 구내식당에서 커피를 앞에 두고 루이세가 수산네에게 설명했다.

수산네는 다음 날 아침 퇴원할 예정이다. 야콥센이 임시로 묵을 곳을 찾아주었는데 월요일이나 되어야 이사를 할 수 있어서 그때까지는 원래 아파트에 머물러야 했다.

"파티에 가면 일단 주변을 둘러보고 그가 있기만 바라야죠. 다른 일은 없을 겁니다. 그를 보면 나한테 알려줘요. 하지만 무슨 일이 있어도 그에게 다가가 말을 걸어선 안 돼요. 그가 당신을 보면 우린 그대로 거길 떠나는 거예요. 그가 파티장 안에 있는 동안에는 체포하지 않을 겁니다. 혹시 그가 당신이 떠나는 걸 보고 따라올지도 모르죠. 그러면 바깥에서 대기하고 있다가 그를 체포할 거예요. 이거 하나만 기억해요. 이 일은 단지 시도일 뿐이에요. 그가 거기 나타날 가능성은 아주 희박해요. 두 건의 중범죄를 저지른 직후이니 숨어서 나오지 않겠지요."

19

🕊

금요일 저녁, 루이세는 팀장의 사무실에서 모이기로 한 시각보다 삼십 분 일찍 수산네의 아파트로 가 그녀를 데리고 왔다. 파티는 예술적 분위기의 주거 지구로 재개발된 옛 해군 기지 홀멘의 커다란 창고에서 열리기로 되어 있다. 파티장에 도착한 그들은 건물 옆 조그만 주차장에 차를 세웠다. 거기라면 출입구를 주시하기 쉬웠다.

루이세와 수산네는 입장하기 위해 줄을 섰다. 그들 앞에는 두 사람밖에 없었다. 라르스는 아무 표시가 없는 위장용 경찰차에 탄 채 기다렸다. 그들이 먼저 들어간 다음에 줄을 설 생각이었다. 젊은 여자가 다가와 사인펜과 백지 이름표를 나누어주자 루이세는 "됐어요"라고 대답했다.

"로그인 용 이름만 쓰시면 돼요."

그 여자가 설명하며 다음 사람에게도 똑같은 것을 나누어주었다.

옆을 보니 수산네는 이미 이름표를 받아 자기 대화명을 쓰고 있었다. 루이세는 수산네의 손을 잡고 출입문 바로 안에 모여 있는 사람들 속으로 그녀를 끌어당겼다.

"우리는 그냥 보러 온 거예요. 잊었어요?"

루이세가 수산네에게 말하며 팀장의 사무실을 나서기 전 의논했던 것을 다시 설명했다. 물론 몇 사람과 이야기를 나누긴 해야겠지만 주된 목적은 예스퍼가 왔는지 살피는 것이다.

"다른 사람들과 같이 행동하면 더 잘 어울릴 수 있잖아요." 수산네가 인파를 헤치고 나오며 말했다.

루이세는 아무 대답도 하지 않았다. 다만 안으로 들어오는 사람들을 잘 볼 수 있도록 바 앞의 높은 탁자에 자리를 잡았다. 지금은 넓은 창고 안이 꽤 한적했지만, 오후 일찍 라르스와 함께 출구와 내부 구조를 확인하고 얼마나 많은 사람이 오기로 했는지 묻기 위해 파티 주최자를 만나러 갔을 때 그는 꽉 차게 될 거라고 했다.

물론 경찰이 파티에 참석할 거라는 소식을 듣고 달가워할 리는 없었다. 그는 강간범이 이런 식으로 범행 대상을 노린다는 사실이 새어나가면 데이트 사이트나 가끔 열리는 파티의 평판이 망가질 거라고 걱정했다. 파티장 안에서는 용의자를 발견해도 체포하지 않을 거라는 말을 듣고도 별로 기뻐하는 기색은 없었다.

"하지만 언론은요? 기자들도 꽤 초대했단 말입니다!" 그가 물었다.

"원래 언론의 관심을 끌려면 위험 부담이 따르는 거죠." 루이세가 밖으로 나가며 대꾸했다. 일부러 그를 돌아보지 않았다. 그런 사람한테 동정심을 느끼고 싶지 않았다.

"한 대 피워도 돼요?" 수산네가 루이세의 담뱃갑에 손을 뻗으며 물었다.

루이세는 깜짝 놀랐다. 담배를 꺼내주지도, 라이터를 건네지도 않은 채 수산네가 서툰 솜씨로 담뱃갑에서 한 개비를 꺼내는 모습을 그저 멍하니 쳐다보았다.

"마음대로 해요."

루이세가 마침내 대답하며 가지고 있던 라이터를 탁자 너머 수산네에게 밀었다.

"새로운 걸 많이 시도하네요. 피워본 적은 있어요?" 루이세가 씩 웃으며 말했다. 물론 이제 막 수면 밖으로 나오면서 맛보는 해방의 자유나 새로운 호기심을 깔아뭉갤 의도는 없었다.

수산네가 고개를 흔들며 두 손가락으로 서툴게 담배를 잡았다.

"그럼 일단 연기를 들이켜진 마요. 입으로만 마신 다음 뱉어요. 그 맛에 익숙해진 다음에 폐로 빨아들이기 시작해요." 루이세가 친절하게 설명했다. 어떻게 하면 이 나쁜 버릇을 잘 습득할 수 있는지 가르친다는 사실이 믿기지 않았다.

누군가에게 담배를 가르친 지도 이십 년이 훨씬 넘었다. 그때도 그리 경험이 많은 청소년은 아니었다. 기억하기로 그녀는 같은 반 아이들 중에서 가장 늦게 담배에 손댄 축에 들었다. 하지만 일단 담배를 피우기 시작한 이후로는 다른 이들에게 가르치기를 마다하지 않았다.

이제 창고 안에 사람이 늘었다. 문 바로 안쪽에 모여 있던 인파가 사방으로 퍼졌고 사람들이 끊임없이 쏟아져 들어왔다. 쿵쿵대는 음악 소리와 번쩍이는 불빛 때문에 모두 잠깐씩만 눈에 들어오는 희미한 실루엣 정도로 보일 뿐이다.

"한번 돌아보죠." 몇 분 뒤 담배를 끄고 루이세가 말했다.

루이세와 수산네는 무언가 찾고 있는 것처럼 보이지 않기 위해 가볍게 이야기를 나누며 주변을 천천히 걸었다. 하지만 루이세는 그러한 행동이 오히려 자신들을 더욱 두드러지게 보이게 만든다는 것을 곧 깨달았다. 모두가 파티장 안을 훑으며 아무 거리낌 없이 지나가는 사람들의 이름표를 확인하고 있었던 것이다. 탁자마다 무리가 지어졌고 누군가 다가와 말을 걸어주기를 기다리며 홀로 서 있는 사람들도 있었다.

중앙의 댄스 플로어는 이미 꽉 찼다. 움직이는 사람들은 그곳을 가로지르지 않고 가장자리로 크게 돌아 뒤편에 있는 작은 라운지로 향했다. 그곳에는 바닥에 쿠션과 방석이 깔려 있고 은은한 음악이 흘렀지만 댄스 플로어의 거대한 스피커에서 나오는 천둥 같은 소음 때문에 거의 들리지 않았다. 수산네와 루이세는 거기 앉아 두리번거리며 라운지 전체를 훑었다. 그가 거기 없는 것이 확실했다. 둘은 다시 나와 탁자 한 곳에 섰다.

"안 오나 봐요."

수산네가 말하며 담배 한 개비를 더 청했다.

루이세가 하나를 꺼내주면서 그런 것 같다고 대답했다.

"여기 얼마나 더 있을 거예요?" 수산네가 물었다.

"끝날 때까지요. 그가 끝나기 삼십 분 전에 올 가능성도 지금 올 가능성이나 똑같잖아요."

라르스가 다가와 같은 탁자 옆에 섰다. 라르스가 고개를 흔들며 티 나지 않게 입 꼬리를 내려 보였다.

"긴 밤이 될 텐데 나도 여자들이랑 좀 시시덕거리기라도 해야겠어. 게다가 바깥에 서 있는 건 정말 지루하단 말이야." 라르스가 인파를 훑어보며 말했다.

그때 어떤 여자가 라르스의 눈을 가리며 등을 끌어안는 바람에 그가 깜짝 놀라 펄쩍 뛰었다. 그가 재빨리 고개를 돌렸다. 카밀라의 얼굴이 거기 있었다.

"안녕하세요!" 카밀라가 다정한 목소리로 인사했다.

라르스가 쑥스러운 표정으로 미소를 지었다. 둘은 경찰 본부에서 몇 차례 만난 적이 있었고 그가 루이세의 파트너가 된 다음에는 카밀라가 그를 경찰 내 정보원 중 하나로 여기고 있었다. 그는 그것을 마다하지 않았다. 오히려 그녀를 좋아하는 것 같았다. 갑자기 그렇게 쑥스러워하는 것도 루이세가 보기에는 수상쩍기만 했다.

"오늘 경찰 많이 왔어?" 카밀라가 호기심 어린 눈빛으로 주변을 둘러보며 물었다.

루이세는 그 질문을 무시하고 헨닝이 어디 있는지 물었다.

"동생을 데리러 가야 해서. 조금 있으면 둘 다 올 거야. 소개해줄게!" 카밀라가 혀를 쏙 내밀며 말했다.

루이세가 씩 미소를 지었다. 그리고 다음 순간, 자신이 카밀라가 남자를 만나 가정을 꾸리고 싶어한다는 사실을 인정하지 않는다는 페테르의 말이 생각났다. 그래서 그를 만나게 되어 정말 기쁘다고 황급히 덧붙였다. 하지만 루이세의 말투에는 설득력이 없었고 카밀라도 그것을 느낄 수 있었다.

"잠깐 화장실 다녀올게요." 조금 어색해진 분위기를 깨며 수산네가 말했다.

"일하러 온 거 아니야?" 루이세가 다시 대화 주제를 바꾸며 카밀라에게 물었다.

"안 그래도 파티 주최자를 찾고 있었어. 인터넷 데이트 현상에 대해 쓰고 있는 기사에 그와의 인터뷰를 넣을 거거든." 카밀라가 끄덕이며 대답했다.

함께 온 사진기자를 발견한 카밀라가 일어섰고 루이세는 수산네를 찾아 나섰다.

파티장은 발 디딜 틈이 없었다. 루이세는 주변을 다시 한 번 살피러 사람들 속으로 사라진 라르스의 등을 주시했다. 화장실로 가는 문 옆에서 수산네의 짧은 진한 색 머리도 볼 수 있었다.

수산네를 보고 있던 루이세는 한순간 수산네의 눈이 무언가를 발견했다는 것을 깨달았다. 수산네가 우뚝 멈춰 서더니 몸이 뻣뻣하게 굳는 것이 아닌가.

루이세는 무엇 때문에 그런 반응을 보이는지 확인하러 시선을 돌렸지만 수산네가 정확히 무엇을 보고 있는지는 알 수 없었다. 루이세는 재빨리 인파를 뚫고 그리로 다가가면서 수산네와 눈을 맞추려 했지만 헛수고였다. 조바심이 난 루이세는 앞을 막은 사람들을 조금 거칠게 밀어붙이며 여기저기서 터져 나오는 불만의 소리를 무시했다.

바로 거기에 예스퍼가 있었다.

옷깃까지 내려오는 예스퍼의 곱슬머리를 본 순간 루이세는 그 자리에 멈춰 섰다. 예스퍼는 이십대 후반으로 보이는 여자 두 명과 이야기를 하고 있었다. 예스퍼가 반쯤 몸을 돌려 옆얼굴이 선명히 보이자 루이세의 혈관 속에서 아드레날린이 마구 솟구치기 시작했다.

루이세는 당장 달려 나가 바깥에서 대기 중인 팀에게 알리고 싶었지만 수산네를 두고 그 자리를 뜰 수가 없었다. 루이세는 재빨리 윗옷 주머니에서 휴대전화를 꺼내 팀장의 번호를 눌렀지만 통화는 연결되지 않았다. 짜증을 내며 화면을 내려다보자 신호가 전혀 잡히지 않는 것이 아닌가. 신호 강도를 나타내는 막대가 한 개도 없었다.

'하필이면 이럴 때!'

루이세는 흥분하여 사방으로 라르스를 찾았지만 그 또한 보이지 않았다. 이제 수산네가 자신을 폭행한 사람과 마주치지 않게 바깥으로 데리고 나가는 것은 루이세의 몫이다.

갑자기 예스퍼와 대면하게 될 경우 어떻게 해야 할지 이미 이야기가 되어 있었고 팀장의 지시는 명확했다.

"그와 이야기하지 마세요. 그가 어떠한 위협도 할 수 없도록 바로 몸을 돌려 출구로 걸어가요."

하지만 수산네는 출구로 가고 있지 않았다. 그저 발에 못이라도 박힌 듯 그 자리에 우뚝 서서 화장실로 향하는 사람들에게 이리저리 치이고 있었다.

마침내 수산네에게 다다랐을 때에는 예스퍼의 곱슬머리와 귀족적인 옆모습이 더는 보이지 않았다. 루이세는 수산네의 팔을 붙들고 끌어당기기 시작했다. 수산네의 발이 따라오지 않았다. 루이세는 힘을 주어 말 그대로 수산네를 질질 끌고 파티장 반대편을 향해 걸으면서 짜증 섞인 눈으로 라르스를 찾아 사방을 둘러보았다. 아까 본 젊은 여자 둘과 라운지를 향해 가는 예스퍼의 모습이 언뜻 보이는 것 같았다.

바깥에 나간 루이세는 마침내 수산네의 팔을 놓았다. 그리고 수산네가 정신을 차리도록 잠시 남겨둔 다음 미켈과 토마스에게 다가갔다.

루이세가 손짓을 하자 그들이 모두 뛰어왔다. 팀장도 귀에 전화기를 대고 차량이 주차된 쪽에 있다가 이리로 오는 것이 보였다. 혹시 체포를 할 경우 지원하기 위해 나와 있던 사람들에게 작전이 시작되었다고 알리는 것이리라.

"들어가서 붙잡죠." 팀장이 전화를 끊자마자 미켈이 말했다. 팀장은 그를 슬쩍 째려보고는 주도권을 쥐었다.

"잠시 후 건물 옆 화물 적재 구역 앞에 두 명이 대기할 거고, 우리 셋은 여기 있을 거야." 팀장이 미켈과 토마스에게 말했다. 그리고는 수산네에게 다가가 한 팔로 어깨를 감싼 다음 현장 지휘 본부로 이용하는 차로 데려가 조수석 뒷좌석에 앉혔다.

"루이세, 자네는 들어가서 라르스를 찾아. 일단 놈은 내가 찾아

볼 테니. 라르스도 전화가 안 터지면 놈이 여길 나서는 순간 둘 중
하나가 나와서 알려주고." 형사들이 모인 곳으로 돌아온 팀장이
말했다.

이 말을 들은 루이세는 다시 안으로 들어가 파트너를 찾기 시작
했다. 그때 바 근처 탁자에 카밀라와 함께 있는 라르스가 보였다.
난리법석이 나는 동안 한가하게 수다나 떨고 있다니. 조금 화가 난
루이세는 한 걸음에 그리로 가 그들의 대화에 끼어들었다.

"주변을 한 번 더 돌자고."

혹시 카밀라가 눈치챌까 걱정이 되었지만 루이세는 그저 손을
흔들며 인파 속으로 들어가버렸다. 카밀라도 빠져나갈 기회를 기
다리고 있었던 것 같았다. 헨닝이 도착했거나, 아니면 거의 다 온
것이 분명했다. 루이세는 라르스를 잡아당기며 빠른 걸음으로 움
직였다. 남들이 보면 그저 얼른 가자고 재촉하는 것처럼 보일 것
이다.

"놈이 왔어." 루이세가 라르스의 옷자락을 놓으며 말했다.

루이세는 신속하게 지금까지 무슨 일이 벌어졌는지, 마지막으로
용의자를 본 것이 어디인지 설명한 다음 방금 만난 커플처럼 보이
기 위해 애쓰며 빠른 걸음으로 라운지로 향했다. 작은 무리의 사람
들이 바닥에 놓인 쿠션과 방석에 흩어져 앉았고 자리가 없어 벽에
기대서 있는 사람들도 있었다. 루이세와 라르스는 묵직한 미닫이
문 바로 안에서 멈춰 사람들을 훑어보기 시작했다.

"흰색 셔츠를 입고 있어." 마침 생각난 듯 루이세가 덧붙였다.

그 덕분에 상당수의 남자들이 즉각 배제되었고 그중 용의자가

없다는 것을 알아내는 데 그리 오래 걸리지 않았다.

루이세는 아직도 아드레날린이 활발히 혈관 속을 흐르고 있는 것을 느꼈다. 라르스의 얼굴도 긴장된 표정이 역력했다. 그가 여기 있다면 마침내 체포할 수 있는 것이다.

"이 안에는 없어." 라르스가 말했다.

둘은 다시 라운지를 나가 조명과 음악, 사람들로 뒤범벅된 중앙 파티장으로 들어갔다.

그들은 한참 동안 가만히 서서 춤추는 사람들, 특히 흰 옷에 머리 색이 짙은 남자들을 유심히 쳐다보았다. 길게 목을 빼고 살피던 루이세가 아까 놈과 이야기를 하던 여자 한 사람을 발견했지만 예스퍼는 어디에도 없었다. 이제 둘은 거대한 파티장 중간에 작은 섬처럼 모여 있는 탁자 사이를 돌아다니며 그를 찾기 시작했다. 물론 이천 명의 인파 속에서 누군가를 찾아내려면 엄청난 행운이 필요했다. 애초에 루이세가, 아니 엄밀히 말해 수산네가 그를 발견한 것이 대단한 일이다.

방 전체를 한 바퀴 돌았지만 아무 결실이 없자 그들은 그가 화장실에 다녀왔을지 모르니 한 바퀴를 더 돌기로 했다. 하지만 역시 헛수고였고 둘은 바깥으로 나갔다. 용의자와 함께 있던 여자 둘 중 한 명을 발견한 루이세가 우뚝 멈췄다. 루이세는 라르스에게 가서 마지막으로 한 번 더 둘러보라고 하고 그 여자에게 다가갔다.

여자는 루이세가 누구를 이야기하는지 즉각 알아챘다.

"듀크(공작)요? 그게 그 사람 대화명이에요." 여자가 말했다.

"미스터 노블인줄 알았는데 아니네요." 루이세가 대답했다. 정말 귀족의 피가 흐르고 있는 건지, 아니면 귀족을 좋아하는 건지 둘 중 하나는 확실했다.

젊은 여자가 루이세가 무슨 말을 하는지 모르거나 개의치 않는다는 듯 어깨를 으쓱했다.

"조금 아까 나갔어요." 이제 대화를 마치려는 듯 그녀가 말했다. 그 순간 루이세의 맥박이 빨라졌다.

"같이 있던 다른 여자분, 친구예요?"

"예. 그런데 왜 물어요?" 여자가 물었다.

처음에는 그저 관심 없는 표정으로 루이세를 보고 있던 그녀의 눈에 의심의 빛이 서리기 시작했다. 루이세를 라이벌로 여기는 것이 분명했다. 여자가 몸을 돌려 떠나려는 순간 루이세가 손을 뻗어 팔을 붙들었다.

"둘이 같이 나갔어요?" 루이세가 날카롭게 물었다.

그 순간 여자가 팔을 비틀어 빼내더니 욕을 하기 시작했다. 루이세는 그런 것 따위에 반응을 보일 시간이 없었다.

"이봐요, 전 경찰입니다. 저랑 잠깐 나가주셔야겠어요." 루이세가 말했다.

경찰이란 단어 때문인지 루이세의 어조 때문인지 여자는 아무 저항 없이 순순히 루이세를 따라나섰다. 루이세는 그녀의 팔을 단단히 붙들고 밖으로 데리고 나갔다.

"듀크의 본명 알아요?" 루이세가 여자의 이름을 물은 다음 물었다.

여자가 고개를 흔들었다. 약간 당황하기도 하고 술에 취하기도

했다. 자신의 이름이 안네테라고 대답했다.

"친구가 그와 같이 간 거 맞아요?" 루이세가 캐물었다. 여자의 반응은 그저 어깨를 으쓱이는 것뿐이다. 루이세는 점점 조바심이 났다. 말투가 날카로워지고 지금까지 어렵사리 유지했던 친근한 분위기도 삽시간에 사라졌다.

"안네테! 친구가 듀크라는 남자랑 같이 나갔냐고요?"

여자는 마침내 상황의 심각성을 깨달은 것 같았다. 이 일이 왜 중요한지는 이해하지 못해도 무슨 일인가 벌어지고 있고 그것이 친구와 관련이 있음을 이해하게 된 것이다.

그녀가 마침내 대답했다. "예. 같이 나갔어요."

20

🕊

그들은 조용히 이야기하기 위해 위장 순찰차에 탔다. 옆 차에 탄 수산네가 쳐다보는 것이 느껴졌다.

"둘이 원래부터 알던 사이예요?" 루이세가 물었다. 몸속의 모든 신경 세포가 안네테의 대답에만 매달려 있는 것 같았다.

"꽤 오래 이메일을 주고받았대요. 나도 그 남자랑 채팅을 한 적은 있지만 이메일은 안 했어요."

"둘이 언제 나갔어요?" 루이세가 물었다.

안네테는 잠시 생각하더니 한 시간은 족히 되었을 거라고 했다. 루이세가 그를 발견한 시각이다.

"그는 정말 취했어요." 안네테가 말했다.

위안이 되는 소식은 아니다.

"당장 친구와 연락을 취해야 해요. 휴대전화가 있겠죠?"

루이세가 질문이라기보다 당연한 진술인 듯 말했고 안네테가 고개를 끄덕였다.

"금방 올게요."

루이세가 차 밖으로 나가 팀장이 탄 차를 두들기며 밖으로 나오라고 손짓했다. 팀장이 나오고 문을 닫자 수산네는 그들의 말을 들을 수 없었다.

루이세는 지금 용의자가 오랫동안 이메일을 주고받은 젊은 여성과 함께 있을 가능성이 매우 크다고 말했다.

둘은 차로부터 멀어지며 그녀에게 자신들이 직접 전화를 거는 것이 매우 위험할 수 있다고 이야기했다. 듀크인지 예스퍼 비에르그홀트인지, 또 다른 가명이 있는지 몰라도 궁지에 몰린 쥐로 돌변할지도 모를 일이다. 분노에 휩싸이거나, 공격을 해야 한다고 느끼거나, 아니면 도망쳐서 잠적할 수도 있었다.

"같이 간 여자 이름은 스티네 모겐센, 스물다섯 살로 한 시간 전에 이자와 함께 나갔어요. 제가 바깥으로 나오기 전에 빠져나간 것 같아요." 루이세가 말했다.

팀장은 아무런 반응 없이 듣고만 있었다.

"여자의 아파트로 갔을 거라고 봐야겠죠. 한 시간이 넘었다면 이미 무슨 일이 벌어졌을지도 몰라요." 루이세가 몸속에 쌓여가는 긴장감을 느끼며 말을 이었다.

"친구한테 스티네에게 전화를 걸어 당장 나오게 하라고 해. 지금 꼭 만나야 한다든가, 그런 핑계를 대라고." 팀장이 말했다.

"그러면 놈을 놓칠 텐데요." 루이세가 말했다.

팀장은 잠시 머뭇거리다 권위적인 목소리로 말했다. "중요한 건 여자를 보호하는 거야. 나머지 인원은 당장 그녀의 주소지로 보내지."

팀장은 다른 남자 동료들을 부르러 갔다.

차로 돌아가던 루이세는 어떤 남자와 팔짱을 끼고 나오는 카밀
라를 보았다. 멀리서 봐도 매력적인 남자라는 것을 알아볼 수 있었
다. 하지만 그리로 가 인사를 하는 대신 카밀라에게 들키지 않게
서둘러 차로 돌아왔다.

"친구가 어디에 살죠?" 루이세가 물었다.

안네테의 안색은 창백했다.

"아마게르의 스베리스가데요." 안네테가 웅얼거렸다.

루이세는 주소와 아파트 호수를 받아 적고 차에서 나와 다시 팀
장을 찾으러 갔다. 카밀라와 헨닝의 모습은 보이지 않고 미켈이 이
미 차에서 기다리고 있었다.

"사이렌이랑 경광등 모두 끄고 간다. 진입하기 전에 뒷문에 지원
세우는 거 잊지 말고." 팀장이 말했다.

"저도 가야 하지 않나요?" 루이세가 물었다.

팀장이 고개를 저었다.

"자네는 나랑 여기 남아서 친구가 전화 거는 걸 확인한 다음 수
산네를 집까지 데려다줘."

루이세가 팀장의 마음을 돌리려 했지만 그녀의 태도는 완강했
다. 그토록 매달려 수사한 사건에서 정작 체포를 다른 경찰에게 넘
기는 것이 얼마나 화나는 일인지 알면서도 말이다.

팀장이 루이세의 차 뒷좌석에 앉아 안네테와 대화를 시도했다.
그녀는 조금씩 술이 깨는 것 같았지만 여전히 심하게 창백했다.

'듀크'가 심각한 일에 연루되어 경찰에서 그를 찾는다는 것 말고는 아무것도 몰랐고 더 알아내기도 포기한 것 같았다. 그가 무슨 짓을 저질렀는지 묻지 않았지만 친구한테 무슨 일이 일어날까 봐 점점 걱정이 되는 모양이다.

"전화해요." 팀장이 안네테에게 말했다.

그녀가 전화번호부 화면을 열고 스티네의 번호를 찾았다. 그런 다음 심호흡을 하고 통화 버튼을 눌렀다. 신호음이 가는 동안 초조한 표정으로 기다리던 그녀의 어깨에서 긴장이 조금 풀렸다. 그들은 기다렸다.

루이세와 팀장은 둘 다 미동도 없어 숨을 참고 있는 것처럼 보였다.

"음성 메시지로 넘어가요." 잠시 후 안네테가 말했다.

"다시 걸어봐요." 팀장이 뒷좌석에서 말했다.

안네테가 다시 전화를 걸어 이 메시지를 듣는 즉시 전화하라는 다급한 말을 남겼다.

팀장이 협조해주어 고맙다고 말하고 차 밖으로 나왔다. 그리고 차 문이 닫히기도 전에 전화기를 꺼내 팀원들에게 아파트에 들어가라고 지시했다.

"소리나 불빛이 있는지 먼저 확인해. 문을 열어주지 않으면 부수고 들어가라고." 팀장이 자신의 차로 돌아가기도 전에 지시했다.

잠시 후 수산네가 루이세의 차 뒷좌석에 앉았다. 그들이 탄 차가 출발했다. 이 차도, 뒤따라오는 팀장의 차도 너무 빨라 바퀴 아래로 자갈이 마구 흩어져 날아갔다.

차 안 분위기는 이상할 정도로 조용했다. 마치 깊이 몰두했던 영화가 끝나고 극장을 나서기 전 자리에 남아 생각을 정리하는 것과 비슷하다고나 할까. 이곳에서의 영화는 끝났다. 적어도 그들의 역할은 그랬다.

"스티네가 전화하면 어떻게 하죠?" 침묵을 깨고 안네테가 물었다.

루이세는 여기에서 안네테를 내려주고 수산네를 집으로 데려다주어야 할지, 아니면 안네테도 집까지 데려다주어야 할지 따져보았다. 안네테의 질문을 들은 루이세는 결정을 내렸다. 스티네와 '듀크'가 스티네의 아파트가 아닌 다른 곳에 갔을 가능성은 낮지만 없지는 않으니 안네테의 도움이 필요했다.

루이세는 안네테가 사는 뇌레브로로 향했다. 수산네는 차에 탄 이후 아무 말이 없었다. 가벼운 인사조차 없이 그저 창밖만 내다보며 멍하니 앉아 있었다. 생각이 마치 다른 세상으로 옮겨가버린 것 같았다.

"이제 집으로 데려다줄게요. 혹시 스티네가 전화를 하면 당장 만나야 한다고 해요." 루이세는 필요 이상으로 안네테에게 겁을 주지 않기 위해 최대한 차분한 목소리로 말했다. 이 일이 얼마나 중대한지 모르는 편이 나았다. 그래야 지나치게 긴장해 일을 망치는 위험을 줄일 수 있다.

"내 동료들이 지금 스티네의 아파트에 가 있어요. 그녀가 거기 있다면 당신이 왜 전화를 걸었는지 우리 동료들이 설명을 해줄 거고 그러면 일도 다 마무리되는 거예요. 반대로 스티네가 당신한테 전화를 건다면 당신의 메시지를 받았을 때 집에 없었다는 뜻이겠죠. 그러면 지금 당장 당신 집으로 오라고 해요. 그런 다음에 바로 나한테 전화를 해요, 바로." 루이세가 크리스티안하운광장을 지나며 말했다.

안네테가 자기 집 현관으로 들어가는 것을 보고 나니 루이세는 팀장에게 전화를 걸고 싶어 손이 근질거렸다. 뱃속 깊은 곳에서부터 드디어 무언가 터질 것 같은 기분이 들었다. 그래도 수산네에게 지금 자신이 얼마나 긴장하고 있는지 알리고 싶지 않았다. 루이세는 불안감을 억누르고 백미러에 비치는 수산네를 향해 미소를 지어 보였다.

"지금 그가 그 짓을 하고 있을 거라고 생각하는 거죠?" 수산네가 응답으로 미소를 짓는 대신 이렇게 물었다.

루이세는 감정을 감추기를 포기하고 고개를 끄덕였다. 이제 차는 발뷔를 향해 가고 있었다. 팔코네르 알레를 지날 때 팀장한테서 전화가 왔다. 팀장의 목소리가 쌍방향 무전 스피커를 통해 나오지 않도록 루이세가 재빨리 수화기를 귀에 갖다 댔다.

"놈은 거기 없었어." 팀장이 짤막하게 말했다.

"그럼 둘이 어디에 있는 걸까요?" 루이세가 아주 작게 말했다. 뒷좌석에서는 들리지 않으리라. 수산네가 어떤 반응을 보이는지 백미러로 슬쩍 보았지만 그녀는 등받이에 머리를 기대고 눈을 감은 채 가만히 있었다.

"여자는 있었어. 반쯤 잠들어 정신을 못 차리더군." 팀장이 말했다.

루이세는 수산네에게서 눈을 떼고 다시 전방을 주시했다. 그때 밀려드는 감정은 대체 어떤 것인지 정확히 알기 어려웠다. 실망, 안도감 그리고 다시 출발선으로 돌아온 것에 대한 좌절감이 온통 뒤섞여 있다.

"파티장을 함께 나선 건 맞는데 여자는 자전거를 타고 놈은 그대로 걸어가면서 헤어졌다더군." 팀장이 말했다.

운전대를 쥔 루이세의 손가락에 힘을 들어갔다. 예스퍼가 도망친 건 루이세의 잘못이다. 놈이 빠져나가기 전에 막았어야 했다. 자책감이 머리를 가득 채웠다.

'전화가 터지지 않을 가능성이 있다는 걸 알면서도 휴대전화에만 의존하다니, 정말 바보 같은 짓을 했어.'

수산네를 데리고 나오느라 시간을 끄는 대신 수산네를 그냥 거기 세워두고 재빨리 출구로 달려 나와 다른 형사들에게 알릴 수도 있었다.

'제기랄.' 루이세는 운전대를 세게 내리쳤다. 그 소리에 수산네가 눈을 떴다. 루이세는 마음을 가다듬으려 했지만 이미 진정할 수 있는 상태는 지난 뒤였다. 놀랍게도 갑자기 페테르의 품에 안기고 싶다는 열망이 스쳐 지나갔다. 그것을 깨달은 순간 자신에게 더욱 화가 치밀어 올랐다. 본능적으로 그를 필요로 하고 있음을 인정해야 했다. 갑자기 마음속을 차지하고 있던 공허감이 점점 커져갔다.

"거의 다 왔어요." 루이세가 어두운 뒷좌석을 향해 말했다.

뤼스호이 알레는 토마스가르광장 바로 근처에 있다. 루이세는 좁은 도로 중간에 차를 세우고 고개를 돌려 수산네를 쳐다보았다.

"혼자 자는 거 괜찮겠어요?" 수산네가 안 괜찮다고 대답해도 뾰족한 수가 없었지만 일단 물어보았다.

다행히 수산네는 고개를 끄덕였고 그것보다 더욱 확신에 찬 목소리로 혼자 있게 되어 좋다고 대답했다.

"어떤 이유든 조금이라도 불안하거나 위험하다 느끼면 우리가 준 번호로 전화를 해요. 경찰 본부의 교환 직통 번호니까 바로 순찰차를 보낼게요."

다음 주 새로운 곳으로 이사할 때까지 수산네의 아파트를 감시할 수 있도록 한스 반장이 취해둔 조치다.

하지만 수산네는 듣지 않는 것 같았다. 그녀는 차에서 내려 들어가도 좋다는 말이 떨어지기만 기다리는 듯 몸을 배배 틀었다. 물론 뭐라고 할 수도 없었다. 이미 새벽 네시 반이 지났고 안 그래도 방금 퇴원한 사람이 아닌가. 얼른 자고 싶어할 거라는 건 의심의 여지가 없다.

루이세는 수산네를 향해 손을 흔들며 자동차 시동을 걸었다. 그리고 차를 반납하는 대신 곧장 집으로 가기로 했다. 토요일 아침에 차를 되돌려주면 되었다. 물론 다른 사람들은 본부에 모여 마무리 보고를 하고 있겠지만 이번 한 번 그녀가 빠졌다고 큰일이 나지는 않을 것이다.

21

"그럼 이제 언론에 공개를 하고 놈에게 당한 적 있는 여자를 찾는 수밖에 없겠어."

월요일 아침 브리핑, 반장의 굵직한 목소리가 휴게실에 울려 퍼졌다. 루이세는 그 말에 집중할 수가 없었다.

"이제 놈에게 많이 가까워졌으니 체포할 때까지 고삐를 늦춰선 안 돼!" 반장이 소리쳤다.

루이세의 생각이 아침 브리핑으로 되돌아왔다. 걱정한 것과 달리 브리핑에 나온 루이세를 비난하는 동료들은 없었다. 동료 중 유일하게 미켈이 어떻게 예스퍼가 그렇게 빠져나가도록 놔둘 수 있느냐고 비난했을 때에도 루이세는 아무렇지도 않게 대꾸할 수 있었다.

"도망친 건 도망친 거지."

루이세는 침착하게 대답하고 미켈을 지나쳐 브리핑이 열리는 휴게실로 유유히 걸어갔다.

"꼭 필요하다면 지하철 시시티브이 영상을 공개할 수도 있지만 일단 그것 없이 시작한다." 반장이 말했다.

"듀크의 신상 정보가 아직 삭제되지 않았을지도 몰라요. 우리가 그 이름을 아는지 그는 모르잖아요." 루이세가 말했다.

반장은 혼잣말을 중얼거리며 잠시 생각하더니 고개를 끄덕이고는 팀장을 쳐다봤다.

"끝나고 모이지." 그러고는 루이세를 향해서도 고갯짓을 했다. 그녀도 참석하라는 뜻이다.

반장이 들어와 문가 벽을 두드렸을 때 루이세는 이미 책상 앞에 앉아 듀크를 검색하고 있었다. 라르스가 커피를 가지러 간 터라 반장이 그의 의자에 앉았다.

"그래 놈의 신상이 아직 올려져 있으면 어떻게 할 건가?" 반장이 물었다. 이전에도 이것을 언급하면서 루이세더러 놈과 데이트를 해보는 건 어떠냐고 슬쩍 농담을 건넨 적이 있었다. 지금은 루이세의 답을 기다리는 반장의 미간이 깊게 주름이 져 있다.

루이세는 잠시 생각을 해보았다. 정말 무슨 계획이 있을까? 사이트에 있는 정보만으로는 놈을 추적할 수 없었다. 운이 따라준다면 사진을 올렸을지도 모르고 그러면 언론에 공개할 것이 생기는 것이다. 하지만 그렇지 않다면…….

"이메일을 보내죠. 그러면 추적할 수 있을지도 몰라요."

반장은 열린 문으로 복도를 내다보며 가만히 앉아 있다. 팀장을 기다리는 것이리라. 루이세가 그를 접촉한다는 계획에 팀장도 찬성하면 반장의 마음이 더욱 편해질 것이다.

"아직은 그를 못 찾았지만 일단 스티네를 만나 그와 어떻게 연락했는지 물어볼 필요가 있어요. 지금까지 확인한 온라인 데이트 사이트에는 없었거든요." 루이세가 덧붙였다.

바로 그때 복도에서 빠른 발걸음 소리가 들려왔다. 팀장이 모퉁이를 돌더니 상기된 얼굴로 사무실 한복판에 섰다.

"놈이 수산네 아파트에 다녀갔어요!"

팀장이 이미 수산네의 주소로 순찰차를 보냈다. 루이세와 라르스에게도 그리로 나가보라고 했다.

토요일 새벽에 루이세가 데려다준 이후 수산네는 계속 집에만 있었다. 주말 내내 밖에 나가지 않았고 어머니를 포함해 누구도 만나지 않았다. 월요일 아침 간단한 식료품을 사러 나갔다가 삼십 분 뒤 돌아왔을 때 우편물 투입구에 봉투가 끼워져 있는 것을 발견했다.

"간단히 그녀 생각을 많이 하고 있다고 썼어요." 팀장이 말했다.

"협박인가?" 반장이 물었다.

팀장이 어깨를 으쓱했다. "일단은 그렇게 봐야죠. 하지만 이자가 얼마나 변덕스러운지 잘 알잖아요. 해리성 인격 장애인지 반사회적 인격 장애인지 파악하기 힘들어요. 당장은 여자를 그 아파트에서 나오게 해야 해요." 말을 마친 팀장이 루이세를 쳐다보았다. "복도에서 라르스와 마주쳤어. 벌써 자네를 기다리고 있어. 수산네가 가택 연금 상태 같은 건 아니라고 분명히 알려주도록 해. 원하면 새 집 주변이든 시내든 마음대로 오갈 수 있어. 하지만 새 주소를 누구에게도 알려줘선 안 된다고 전해."

일어선 루이세가 고개를 끄덕였다. 야콥센이 알아봐준 아파트는 코펜하겐 시내에서 서쪽으로 삼십 분 정도 걸리는 로스킬레 외곽에 있다. 팀장이 루이세의 책상 위로 몸을 굽히고 수첩에 주소를 적어주었다. 반장은 수산네를 새 집으로 무사히 보낸 다음 연락을 달라고 했다.

남은 하루를 바깥에서 보내야 할 것 같아 루이세는 컴퓨터를 껐다. 데이트 사이트를 돌아다니며 남자들의 신상을 여러 번 훑어보았지만 아무 수확이 없어 슬슬 짜증이 나던 차다. 계속해서 막다른 길에 부딪혀 검색 범위를 계속 넓히며 처음부터 다시 시작하기를 몇 차례 거듭했다. 바로 그때 머리 한구석에서는 또 다른 생각이 모락모락 피어올랐다. 스티네가 에스퍼와 연락을 했다는 사실을 이용할 수 있을지 몰랐다. 하지만 그것도 지금은 기다려야만 했다. 더 급한 일이 생겼으니 말이다.

수산네가 수트케이스 하나와 짐 가방 하나를 챙겨 앞문에 내놓고 기다리고 있었다. 새 집으로 가져가고 싶은 다른 물건에 표시를 해두면 나중에 경찰이 와서 가져다주기로 했다. 새로 이사할 곳은 가구가 모두 갖춰져 있어 옷가지만 가져가면 된다.

그 모습을 본 루이세는 가슴이 아팠다. 이 모든 일이 당장 이번 주말에 끝날 수도 있지만 물론 몇 달이 걸릴 수도 있었다. 아침 브리핑이 끝난 뒤 팀장은 야콥센이 몇 달 동안 해외에 나간 여자에게서 그 집을 빌린 것이라서 필요하다면 적어도 사 개월 정도는 머무를 수 있을 거라고 알려주었다. 야콥센은 예스퍼가 잡히든 안 잡히든 수산네가 혼자만의 공간에서 마음의 안정을 되찾을 수 있기를 바랐다. 수산네에게 아파트를 내놓고 어머니와 조금 떨어진 곳에 새로운 보금자리를 만드는 것도 좋겠다고 조언을 하기도 했다. 심리 치료에서 매우 중요한 단계가 이미 시작된 것이다.

강간 사건도 똑같이 심각하긴 하지만 야콥센은 강간 자체에서 비롯된 표면적 상처보다 수산네의 어머니가 준 깊은 영향과 해묵은 상처를 치료하는 데 더 집중하고 있었다.

"컴퓨터는 언제 돌려받을 수 있어요?" 함께 짐을 차로 옮기는데 수산네가 물었다.

라르스가 가방을 받아 트렁크에 넣었다.

"한동안은 컴퓨터 없이 살아야 할 거예요. 증거물로 보관 중이니까." 루이세가 말했다.

"그럼 그동안 쓸 수 있게 하나 빌릴 수는 없나요?"

"글쎄, 모르겠네요." 루이세가 대답하며 차문을 열어주었다.

도통 수산네를 이해할 수 없었다. 예스퍼가 직접 쪽지를 놓고 간 것이나 파티장에서 그를 대면한 것이 그리 신경 쓰이지 않는 것 같았다. 적어도 두려움 비슷한 그 어떤 증상도 찾아볼 수 없었다. 마침내 고압적인 어머니의 손길에서 벗어나게 된 데서 느끼는 해방감 때문일지도 몰랐다.

"지금 컴퓨터가 왜 필요해요?" 모두 차에 타자 루이세가 물었다. 수산네는 치료를 받기 위해 회사에 장기 병가를 낸 상태다.

"데이트하려는 건 아니에요. 그냥 재미로요." 수산네가 말했다.

루이세는 아무 대꾸도 하지 않았다. 혹시 수산네가 예스퍼와 접촉할 가능성이 있는지 야콥센에게 물어봐야겠다고 생각했다. 경찰도 고생하고 있듯 예스퍼를 찾기는 어려울 것이라는 사실이 조금 위안이 되었다.

"다른 직장이랑 아파트를 찾고 싶어요. 발뷔로 돌아가기는 싫어요." 수산네가 말했다.

라르스가 무언가를 말하려다가 입을 다물었다.

"일단은 이 모든 일로부터 거리를 둘 필요가 있어요." 루이세가 말했다. 진부한 자기계발 책처럼 들리지 않기만을 빌었다. 물론 수산네의 말에도 일리가 있다. 루이세였다 해도 같은 걸 원했을 테니까.

한참 침묵이 흐른 뒤 수산네가 지나가는 말투로 〈모르겐나비센〉의 한 기자와 인터뷰를 하기로 했다고 말했다.

루이세는 한숨을 쉬고는 이번만큼은 라르스가 한마디 했으면 좋겠다고 생각했지만 그는 도로만 쳐다볼 뿐이었다. 그들의 차가 고속도로를 빠져나와 주거 및 상업 구역으로 재개발되고 있는 공업

지대 뢰데 항만을 지났다.

"그건 당신이 결정할 사안이지만 기자를 새 집으로 부르지만은 말아요. 혹시라도 당신이 사는 곳이 노출되면 이사 자체가 무의미해지니까. 시내에서 만나도록 해요." 루이세가 말했다. 갑자기 피로가 몰려오는 것만 같았다. 루이세는 가끔 다른 이들에게 어떻게 살아야 할지 훌륭한 조언을 하곤 했지만 그 조언을 따르지 않는 사람들이 많았다. 그럴 때면 짜증이 나면서 멍청한 사람들이라고 치부해버리곤 했다.

"인터뷰는 마음대로 해도 되지만 신문에 실리기 전에 꼭 한번 먼저 검토하겠다고 해요." 루이세가 수산네를 향해 씩 웃어 보이며 덧붙였다. 그것이 왜 중요한지 수산네는 이해하지 못하는 것이 분명했다.

'그게 본인의 이야기를 완전히 망쳐버리지 않게 만드는 유일한 길이거든.'

수산네가 머물 아파트는 비슷비슷하게 생긴 노란색 건물 단지를 관통하는 골목 옆 이층 건물의 일층이다. 침실 두 개에 자연광이 잘 들어오고, 뒤에는 작은 베란다도 있다. 수산네는 마치 연갈색 마룻바닥에 흠집이라도 날까 겁이 난다는 듯 조심스럽게 안으로 들어갔다. 그녀가 방 중앙에 서더니 한동안 머무를 곳을 찬찬히 훑어보았다.

"좋은데요."

그것이 수산네의 첫마디였다. 미소가 눈까지 번졌다.

주방을 들여다보는 수산네를 보면서 이전까지의 삶이 얼마나 끔찍했을지 루이세는 새삼 깨달았다.

'수산네는 이제야 꽃을 피우기 시작한 거야.'

루이세가 자신만의 생각에 잠겨 수산네를 쳐다보았다. 그동안 겪은 힘든 일에도 불구하고 이제야 그녀의 삶이 꽃을 피우기 시작한 것이다.

"임시긴 하지만 편하게 지내길 바라요."

루이세가 이렇게 말하고 작별의 뜻으로 손을 흔들었다.

***

루이세는 다음 이틀 동안 다양한 온라인 데이트 사이트를 돌아다니며 서른 즈음의 짙은 색 머리를 가진 남자 신상을 샅샅이 뒤졌다. 심지어는 농부들을 위한 애인 찾기 사이트와 외모가 출중한 사람들을 위한 사이트 beautifulpeople.dk 같은 곳까지 가보았다. 그리고 소울메이트를 찾는 남자들을 이리저리 살폈다.

스티네와 '듀크'가 dating.dk에서 만났다고 하여 토마스가 재빨리 그 사이트 운영자와 접촉했는데 그들은 그가 찾는 사람의 신상이 이미 삭제되었다고 알려주었다. 핫메일 주소를 가진 사용자 것이라고 했으니 그가 올려놓은 이름, 주소, 전화번호가 진짜라는 보장도 없다. 하지만 어쨌거나 확인해보기로 했다. 또 '듀크'라는 대화명이 다시 사용되고 있는 것도 알아냈는데 사진을 보면 어깨까지 내려오는 금발머리의 스무 살 남자였다. 이 역시 확실히 하기 위해 그의 뒷조사를 했고 신상 정보와 동일한 사람이라는 것을 확인했다.

루이세는 스티네에게 전화를 걸어 데이트 사이트에서 누군가와 만나 채팅을 하는 요령을 전혀 모르겠다고 설명했다. 그러고는 그가 혹시 다른 대화명을 쓰고 있더라도 다시 '듀크'를 찾아봐주길 부탁했다.

"이제는 안 들어오는 것 같아요. 이 주 정도 연락이 오지 않았어요." 스티네가 말했다.

처음 스티네는 '듀크'를 경찰 손에 넘기기 싫었는지 아주 쌀쌀하게 굴었다. 하지만 루이세가 지금 언론에서 떠들썩하게 다루고 있는 살인/강간범을 조사 중이라고 설명하자 조금 충격을 받은 말투로 돕겠다고 했다.

"온라인에서 발견하면 즉시 나한테 전화를 해요." 루이세가 이렇게 말하면서 이것은 다른 이들에게는 절대 비밀이라고 덧붙였다. "안네테나 다른 친구들한테 이 일을 돕고 있다고 이야기해선 절대 안 돼요."

온라인 데이트 사이트가 얼마나 많은지를 알고 루이세는 깜짝 놀랐다. 어디에서부터 시작해야 할지 난감했다. '미스터 노블'과 '듀크'를 염두에 두고 먼저 귀족과 관련이 있는 대화명에 특히 주의를 기울였다. 그래서 스물여덟 살에 금발이라는 '더 카운트(백작)'를 발견한 순간 벌떡 몸을 일으켰다.

루이세는 그에게 이메일을 보내 어떤 사람인지 궁금하다며 사진을 보내달라고 했고 그러자마자 라르스가 새로 만들어준 핫메일 주소로 그의 사진이 도착했다.

그렇게 '더 카운트'는 용의선상에서 제외되었고 그건 '레드 바론(남작)'과 '킹'도 마찬가지였다. 하지만 그럴 때마다 희망이 솟구치는 것은 어쩔 수 없었고 다양한 사진이 메일함으로 들어올 때마다 금세 희망은 사그라졌다.

이제는 왜 많은 여자가 예스퍼에게 이메일 쓰기를 포기했는지 알 것 같았다. 자기 사진을 상대에게 보내는 것이 꽤 흔한 일인 것이다. 그 덕분에 자기 사진을 보내지 않기 위해 고심하는 루이세도 일종의 문제에 부딪혔다. 결국 그녀는 사람들이 가장 흔하게 쓰는 형편없는 변명을 늘어놓고 말았다. "미안해요. 우리는 서로 맞지 않는 것 같아요." 사진을 보내오는 남자에게는 곧장 이런 답이 날아갔다.

계속 그러다 보니 미안한 마음이 들었고 자신이 특정한 사람을 찾고 있는 경찰이라고 간단히 설명하는 것이 더 나을 것 같다는 생각도 들었다. 하지만 그건 안 될 말이다. 사람 일이란 모르는 것 아닌가. 그런 답장을 받은 사람들이 어느 날 채팅방에 들어가 거기 들어온 사람들에게 경찰 한 명이 온라인에서 낚시질을 하고 있다고 털어놓을지 모를 일이다. 이상하게도 지금까지 먼저 그녀에게 사진을 요청한 사람은 없었다. 언제나 그녀가 먼저 사진 이야기를 꺼냈다.

화요일 아침 '수배' 발표가 주요 신문사에 나간 이후 반장은 사람들을 들들 볶으며 본부 안을 돌아다녔다. 지하철에서 찍힌 시시티브이 영상은 일단 공개하지 않기로 했다.

"그게 우리의 마지막 카드야." 반장은 화요일 아침 브리핑에서 이렇게 말했다.

바로 그날 아침부터 그와 접촉한 적은 있지만 직접 만난 적은 없다며 겁에 질린 여자들이 전화를 걸어오기 시작했다.

미켈은 '죄다 신경질 나는 제보들'이라며 큰 소리로 그런 전화를 비웃었다. 하지만 토마스가 그런 제보라면 모두 다 반갑게 받아야 한다고 말하며 그의 입을 막았다. 그중 어느 것이 사건의 중요한 단서가 될지 몰랐다.

토마스가 침착한 목소리로 미켈을 나무라는 것을 보면서 루이세는 슬그머니 미소를 지었다. 사실 흥미로워 보이는 단서들이 나타나기 시작했다.

육 개월 전 집에서 저녁을 먹으며 데이트를 한 이후 아무도 몰래 악몽에 시달려온 삼십대 중반의 여자가 있었다. 또 지난 삼월 '끔찍한' 경험을 했다고 털어놓은 여자도 있었다. 하지만 그녀는 자신이 '바란 일'이기 때문에 강간이라 부를 수 있을지는 모르겠다고 했다.

여자들이 강간과 합의에 의한 섹스 사이의 경계를 얼마나 모르는지, 얼마나 아무렇지 않게 그런 일에 자기 몸을 내맡기는지, 한스 반장마저도 치를 떨고 말았다. 반장은 밀려들어 오는 제보를 읽으며 팀장의 사무실에 앉아 있었다.

"고통이 심해서 그만하라고 했는데도 계속한다면 그때부터 합의

한 섹스가 폭력으로 바뀐 거라는 사실을 깨달아야 하지 않나?" 반장이 방금 전에 읽은 보고서들을 차곡차곡 쌓으며 으르렁댔다.

"그게 그렇게 단순하지 않죠." 팀장이 고개를 들지 않고 말했다. 물론 반장도 알고 있었다. 여기 쌓인 제보 내용을 읽고 있노라면 그런 일을 당했으면 곧장 신고했어야 하는 것이 명백해 보였다. 그러나 온라인 데이트가 유행하기 시작한 이후 강간의 정의는 크게 바뀌었다. 남녀가 섹스를 하기 위해 만나는 경우가 점점 많아졌지만 언제 중단할지, 얼마나 거칠게 할지는 당연히 협의하지 않는다. 그런 경우 성폭력이 발생했다는 것을 증명하기는 매우 어려울 수 있다.

또 용의자와 전혀 닮지 않은 남자에 대한 제보도 매우 많았다. 금발, 흑발, 작은 키, 뚱뚱한 몸, 외국인, 내국인, 더 늙고, 더 젊고……. 제보 전화를 맡은 형사 한 사람이 이런 관련 없는 정보들을 따로 추려내는 일을 맡아야 했다. 그는 어디에 선을 긋고 어디까지 제보를 받아들여야 할지 알고 있었다.

❧

"예스퍼가 보낸 이메일을 보고 싶어요." 수요일 오후 루이세가 반장의 사무실로 들어서며 말했다.

반장과 팀장이 함께 앉아 어떤 제보를 조사해야 할지 조용히 의논하고 있었다.

"그걸 보고 나면 여자의 어떤 면이 그의 관심을 끄는지 알 수 있을지도 몰라요. 그가 이 특정한 여자들을 목표물로 삼은 데는 이유가 있을 거예요."

예스퍼가 접촉한 여자들의 신상을 뽑아보자 거기에는 특정한 패턴이 드러났다. 그들은 다소 내성적이었다. 섹스라든가 퇴폐적인 성향, 혹은 사치스러운 습관에 대한 언급은 없었다. 그저 탁자에 촛불 두어 개 켜고, 누군가와 오붓한 시간을 보내고, 편안하고 안전하게 지내고 싶어했다. 이 여자들은 술집보다는 극장을, 화려한 경력보다는 가족과 여가를 선호했다.

반장이 들어오라고 손짓했다.

"무엇이 그의 구미를 당기는지 알아낼 필요가 있어요." 루이세가 설명했다. 시간이 더 필요했지만 다행히 시간을 벌기 위해 상사와 싸우지 않아도 되었다. 다른 형사들이 제보를 받고 그중 유력해 보이는 사람들과 면담을 하는 동안 루이세는 검색을 계속하라는 지시를 받았기 때문이다.

"놈과 피해자 두 명 사이의 이메일은 토마스가 모두 가지고 있어. 전체 다 복사해서 가져가도록 해."

반장이 말하고는 다시 자기 앞에 쌓인 서류들로 시선을 옮겼다.

그날 일찍 DNA 결과가 나왔다. 크리스티나의 아파트에서 발견한 콘돔 안의 정액과 바닥에서 찾은 음모 둘 다 수산네의 등에서 채취한 샘플과 일치했다. 범행 수법을 보고 동일범일 거라 짐작하긴 했지만 이제 완벽한 증거가 나온 것이다. 이것이 반장의 숨통을 트여준 중요한 진척이라는 데는 의심의 여지가 없다. 게다가 이 년 전 카린을 폭행하고 강간한 자칭 회르스홀름에 사는 킴이 사실은 예스퍼와 동일 인물이라는 것 또한 밝혀졌다.

피해자가 세 명으로 늘어난 것이다.

루이세는 더 많은 피해자가 있을 거라는 반장의 의견에 동의했다. 작년에 놀라울 만큼 카린과 비슷한 경험을 했다는 여자에게서 진술을 받고 나면 그 수가 늘어날지도 몰랐다.

⌇

사무실로 돌아온 루이세가 풀썩 의자에 앉았다. 피로가 몰려왔다. 어마어마한 양의 온라인 정보만 해도 질릴 지경인데 아직도 특정 사람에게 반응하게 만드는 요소가 무엇인지 알아내지 못했다. 온라인 데이트 세계에 이제 막 발을 들여놓은 루이세는 모르는 특별한 규칙 같은 것이 있는 건지도 몰랐다. 루이세는 수화기를 들고 카밀라에게 전화를 걸었다.

"있잖아, 온라인 데이트에 대한 네 기사 읽어볼 수 있을까? 네가 쓴 시리즈 기사랑 가지고 있는 다른 자료 모두."

카밀라는 무척 바쁜지 조금 신경이 날카로워 보였다. 당장 하던 일을 멈추고 루이세가 부탁한 것을 찾아 나설 것처럼 보이지는 않았다.

"나갔다가 두어 시간 뒤에 돌아올 건데 그때까지 기다릴 수 있으면 준비해둘게." 카밀라가 의도적으로 소리 나게 짐을 챙기면서 말했다.

카밀라는 작년 〈모르겐나비센〉의 사회부에서 고속으로 승진했고 덕분에 상사인 편집국장 테르켈 회이에의 마음에 들 만한 1면 기사를 뽑아내기만 한다면 비교적 자유롭게 활동할 수 있었다. 무슨 사건이 있는지 알아내기 위해 여러 경찰서를 돌아다니던 것은 물론이고, 재판 전 예비 심의 같은 곳도 직접 찾아다녔다. 자신이 직접 기삿거리를 발굴하기 위해서였고 나머지는 대체로 신문사의 인턴이나 동료 올레 크비스트에게 맡겼다. 비록 그 동료가 그 신문사에서 일한 지는 카밀라보다 오래되었지만 말이다.

"오늘 저녁 쓸 기사 때문에 인터뷰를 하러 나가거든. 이따가 이리로 오면 나도 일하고 있을 거야. 이런저런 이야기를 할 시간은 없어도 기사는 준비해둘게."

카밀라가 이야기하는 인터뷰가 수산네와의 인터뷰를 말하는 것임은 눈치채기 쉬웠다. 한창 수사가 진행 중일 때 그녀의 이야기를 기사로 낸다는 건 특종이 틀림없다. 하지만 루이세는 아무 말도 하지 않았다.

빨라 봐야 여섯시, 아니면 일곱시나 되어야 기사를 가지러 갈 수 있을 테지만 그걸 받으면 곧장 집으로 가 오늘 밤 읽어볼 작정이다. 그걸 읽고 나면 온라인 데이트에 대해 모르고 있던 일종의 규칙 같은 것을 알게 될지도 모른다. 물론 수산네도 온라인 데이트에 경험이 많은 것은 아니었다. 아마 자신이 원하는 것을 꾸밈없이 털어놓는 바람에 우연히 그의 덫에 걸렸을 터였다.

루이세는 예스퍼와 수산네가 서로에게 보낸 이메일 두어 개를 이미 읽어보았다. 하지만 이제는 더 읽기를 멈추고 나머지를 그대로 내버려두었다. 카밀라의 기사를 읽어본 다음에 새로운 눈으로 다시 보면 수확이 있을 것 같았다. 루이세는 다시 무작위로 머리색이 짙은 남자를 찾기 시작했다. 그러기를 얼마 뒤, 특정 남자들의 신상 정보를 유심히 읽고 있는 자신을 발견했다. 그 정보 뒤에 예스퍼가 도사리고 있을 것 같아서가 아니라 순전히 개인적으로 그 남자들의 자기소개가 매우 흥미롭게 느껴졌기 때문이다.

사무실을 나서기 전 루이세는 팀장에게 가 다음 날 아침 〈모르겐나비센〉에서 수산네와의 인터뷰를 기사로 낼지도 모른다고 경고했다. 인터넷 검색을 위해 따로 지급받은 노트북의 전원을 끄는 찰나 한스 반장이 들어왔다.

"그 인터뷰가 나갈 때 용의자 정보를 다시 한 번 같이 내보내달라고 부탁할 수 있어? 사람들한테 또 한 번 상기시키는 것도 좋을 것 같아서 말이지." 반장이 루이세에게 말했다.

"카밀라를 만나거나 통화할 일이 없을 것 같은데요."

'그냥 자기가 직접 하지 그래?'

반장은 그녀가 알아들을 수 없는 무슨 말을 중얼거리고는 몸을 돌려 밖으로 나갔다.

로센보르 성 가든을 따라 올라가는 길은 상쾌했다. 커다란 나무 너머로 르네상스식 첨탑이 보이자 북쪽으로 방향을 틀어 크론프린세세가데로 향했다. 이백 년 된 신고전주의식 건물을 아름답게 복원해 본사로 이용하고 있는 〈모르겐나비센〉이 바로 거기에 있다.

루이세는 자전거를 세우고 계단을 따라 범죄 전담 사회부가 있는 삼층으로 올라갔다. 정신없이 기사를 쓰고 있는 카밀라가 보였다.

루이세를 보고 고개를 들긴 했지만 완전히 다른 세상에 있는 사람 같았다.

"커피 한잔할 시간은 있어?" 루이세가 물었다.

카밀라가 고개를 저었다.

"마감이 한 시간 된데 기사 확인도 받아야 해." 카밀라가 컴퓨터 스크린을 향해 고갯짓하며 말했다.

수산네가 루이세의 충고에 따라 기사를 신문에 싣기 전 검토하고 싶다고 말한 모양이다. 이 기사가 그녀에 관한 것이 맞다면 말이다. 루이세는 반장이 용의자의 인상착의를 다시 실어 달라 부탁했다는 말을 전할까 하다가 하지 않기로 했다.

"알았어. 그럼 다음에 따로 만나자." 루이세는 카밀라가 준비해 둔 기사가 든 봉투를 집어 들면서 말했다. 헨닝이 나타난 이후로 카밀라는 조금 변했다. 여자친구끼리 어울리며 시간을 보낼 필요가 없어진 것이다.

"오늘 밤에 헨닝과 동생이 오기로 했어. 너도 올래? 마르쿠스도 같이 있을 거야." 카밀라가 말했다.

늦게까지 일을 하는 바람에 크리스티나가 마르쿠스를 학교에서 데려왔다는 것도 덧붙였다.

베이비시터 크리스티나는 카밀라 같은 싱글맘에게는 신의 선물과도 같았다. 그녀는 마르쿠스가 유치원에 다닐 때부터 알고 지냈고 카밀라가 방과 후 프로그램을 마친 마르쿠스를 데리러갈 수 없을 때마다 기꺼이 그 일을 맡아주었다.

"아니 괜찮아. 물어봐줘서 고마워." 루이세가 대답했다. 사실 그
러고 싶은 마음이 하나도 없었지만 일단 물어봐준 것은 고마웠다.
헨닝을 만나고 싶기야 했다. 오늘은 안 되서 그렇지. 둘은 서로의
뺨에 가볍게 키스한 뒤 헤어졌다. 루이세는 아래로 내려와 자전거
를 타고 코펜하겐 시내와 프레데릭스베르를 가르는 호수를 따라
남쪽으로 가다가 감멜 콩게바이로 향했다.

그날 밤 카밀라가 준 기사를 모두 읽어보았는데도 나아진 것은
별로 없었다. 알아낸 것은 한 가지 있었다. 온라인 데이트를 즐기
는 사람에는 크게 두 부류가 있다. 하나는 순전히 애인을 찾기 위
해 가입하고 자신의 정보를 공개하는 사람들, 그리고 다른 하나는
일종의 취미로 즐기는 사람들이다. 수산네와 크리스티나, 카린 같
은 사람들은 전자에 속하는 반면 예스퍼는 후자에 속한다. 하지만
놈이 이것을 즐기는 이유가 낯모르는 여자들을 만난다는 사실 때
문인지, 자신의 정체를 숨길 수 있다는 것 때문인지, 그것도 아니
면 심리적 동기 같은 것 없이 다만 변태적 성욕을 채우려 인터넷을
공급망으로 이용하는 것인지 도무지 알 수가 없다. 이유가 어쨌든
그는 처음부터 아주 냉철하고 계산적이었으며, 인터넷이 주는 익
명성을 마음껏 이용했다. 아니면 처음에는 조금 진실한 의도로 시
작했다가 나중에 이것이 얼마나 큰 자유를 주는지 깨달았을지도

모른다.

'결론은 정확한 정보를 알아낼 방도가 없다는 말이군.'

루이세는 머릿속으로 패턴을 그려보았다. 한편 인터넷과 이런 종류의 온라인 접촉이 예스퍼의 삶에서 큰 일부가 되었다는 것만은 확실했다. 그는 그런 사람들과 자주 어울렸다. 그가 독신 남녀 파티에 나타났다는 것만 보아도 증명이 되었다. 그 두 여자는 그를 전부터 알고 있었다. 그러고 보니 스티네에게서 아직 아무 소식도 듣지 못했다. 그녀도 그를 찾지 못한 것이 분명했다.

루이세는 예스퍼의 모습을 그려보려 애썼다.

'도대체 어떻게 생겨먹은 인간일까?'

"신사적이고 예의바르고 정중함. 코스 요리를 주문하고, 식사 후 커피와 함께 칼바도스를 마심. 뉘하운의 옛 항만으로 여자들을 초대하고, 세련된 독신 파티에 참석함."

루이세는 종이 한 장에 적어보았다.

'놈은 도시적이야. 코펜하겐에 대해 잘 알고, 지리도 훤해. 지하철역까지 여자들을 바래다주고, 수산네의 아파트에 턱 하니 나타났지.'

카밀라의 기사를 읽다가 무언가가 떠올랐다. 온라인 어디에서 사람을 만나는지는 중요치 않았다. 중요한 것은 그 가상의 세계에서 삶을 꾸려간다는 사실 자체다. 인터넷에서 새로운 사람들을 만나고 새로 인연을 맺는다. 사람들은 '야치' 게임을 하기 위해 온라인으로 간다. 실제로는 한 번도 만나지 못한 사람들과 야치 게임을 하느라 하루에 여덟 시간씩 인터넷에 접속한다는 여자에 대한 기사도 있었다. 그 여자와 가장 친한 사람들은 그 사이트에서 알게 된 사람들이었다. 가상의 주사위가 스크린 위를 구르는 동안 그들은 메시지를 주고받는다. 그것이 매우 친밀한 유대감 같은 것을 가질 수 있게 도와주는 것이 분명했다.

처음 그 여자에 대한 기사를 접했을 때는 진지하게 받아들이기 힘들었다. 그녀는 마흔 정도의 나이에 겉으로 보기에는 꽤 정상적이고 외향적이며, 직장에서든 여가 시간에든 다른 사람들을 만나고 친해지는 데 아무런 문제가 없었다. 그녀는 인터넷 서핑을 시작하고 나서 완전히 새로운 세상이 열렸다고 했다. 게임 친구들에 대해 이야기하며 그들과의 우정이 실제 세상에서 어울리는 친구들과의 우정보다 훨씬 긴밀하고 친숙하다고 했다. 그리고 이 온라인 친구들을 실제로 만날 필요성을 느낀 적이 한 번도 없다고 강조해 말했다. 그들과 공유하는 우정과 즐거움은 게임 세상에 속한 것이고 그것을 일상과 섞이지 않게 하는 것이 더 낫다면서 말이다. 그렇다고 해서 그것이 다른 것보다 덜 중요하다는 뜻은 아니었다. 기사 말미에 그녀는 그것을 누누이 강조했다.

그녀의 이중생활을 어딘가 먼 곳에 여름 별장을 가지고 있긴 하지만 도시에서 일상을 보내는 사람들의 생활에 비유한 카밀라의 글을 보니 절로 고개가 끄덕여졌다. 그 두 가지 삶이 한데 어우러질 필요는 없다. 어쩌면 바로 거기에 매력이 있는 건지도 모른다. 고무장화와 하이힐 사이를 오가는 기분, 카밀라는 시적으로 그렇게 표현했다. 어쨌거나 사이버 세상에 그 정도로 의존해 사는 것이 실제 세상에 사는 것보다 나을 수 있다니. 가끔 무언가를 검색하고 일기예보를 확인하고 이메일을 쓰는 데에만 인터넷을 쓰는 루이세에게는 오싹한 일이었다. 그녀는 한숨을 내쉬며 기사를 한데 쌓아두고 잘 준비를 했다.

22

　다음 날 아침 수산네에 관한 기사가 신문 1면 대부분을 채웠고, 카밀라의 인터뷰는 2면으로 이어졌다. 루이세는 대충 한 번 훑어보고 신문을 접었다. 하단 오른쪽 끝에 반장의 사진과 함께 화요일에 이미 한 번 게재된 적이 있는 용의자의 인상착의가 작은 박스 안에 다시 실려 있었다. 상단에는 '신고하세요'라고 쓰여 있었다. 실제로 많은 이들이 그렇게 했다. 남녀 모두 그것도 떼를 지어서.

　경찰이 이야기하는 사람이 바로 자기라고 주장하는 남자들이 전화를 해올 때마다 루이세는 머리를 쥐어뜯었다. 그런 전화를 추적하기 시작했지만 아직까지 수확은 없다.

　예스퍼의 인상착의나 범행 수법과 일치하는 남자에게 공격을 받았다는 여자들의 제보도 끊임없이 이어졌다. 한편 새롭게 쏟아져 들어오는 그럴듯한 제보 덕에 반장의 낙관론도 제자리를 찾았다.

　"이제 단서가 적어도 두 배는 많아졌다."

　그날 아침 수사 진행 상황을 확인하기 위해 모인 자리에서 반장이 만족스럽다는 듯 말했다.

예스퍼가 크리스티나를 살해하고 수산네와 카린을 강간한 동일 인물이라는 데는 모두가 의견을 같이했다. 그것 말고도 제보 중에 배후에 그가 있다는 확신이 서지만 증명하기는 어려운 두 개의 사건이 있었다. 희생자들에게 시시티브이 사진을 보여주자 그들은 그 남자처럼 보인다고 대답했다. 하지만 그것만으로는 어림도 없었다. 웬만한 변호사라면 검사 측에서 기소를 시작하기 전부터 경찰이 제기한 혐의를 낱낱이 파헤쳐 산산조각 내버릴 것이다. 물론 아직 누군가를 잡아들일 준비가 된 것도 아니었다.

nightwatch.dk라는 사이트를 보려면 회원 가입을 해야 했다. 라르스에게 도움을 청하고 싶었지만 식당에서 돌아와 보니 자리에 없었다.

'나 혼자서도 할 수 있겠지, 뭐.'

아이디를 무엇으로 하면 좋을지 생각했다. 딱히 떠오르는 것이 없어 간단히 머리글자만 따기로 했다. 물론 자기 이름이 아니라 올케의 이름을 빌리기로 했다. 올케 트리네는 미켈과 결혼한 뒤 성을 릭으로 바꾸었지만 처녀 때 성을 미들네임으로 간직했다. 그래서 트리네 마드센 릭이라는 이름을 들을 때마다 귀에 거슬렸다. 영 안 어울리는 이름이 아닌가.

루이세는 그 이름을 따 TMR를 입력하고 세 글자만으로 아이디를 만들 수 있기를 빌었다. 하지만 안 된다는 응답이 나왔다. 최소한 네 글자 이상이 되어야 한단다. 자기가 생각해도 조금 유치한 일이지만 루이세는 올케의 이름에서 릭을 빼고 다시 트리네 마드센으로 만든 다음 그것을 TRIM으로 줄였다. 그것은 아이디로 인정되었다. 형형색색의 환영 메시지가 뜨고 왼쪽의 메뉴바를 통해 이 사이트를 어떻게 이용하면 되는지, 이 사이트를 통해 어떤 바나 나이트클럽, 댄스클럽 등을 돌아볼 수 있는지 설명이 나왔다. 이 사이트의 사진사들이 늦은 밤 시내를 돌아다니며 수많은 파티광의 사진을 찍으면 그것들이 실시간으로 사이트에 올라왔다.

물론 회원이 자기 카메라를 이용할 수도 있다. 이제 휴대전화 카메라를 갖춘 사람들이 너무 많아서 이 사이트는 인기가 매우 좋았다. 자기가 찍은 사진을 나이트워치로 보내면 누구랑 함께 놀았는지, 바에서 누구를 만났는지 등을 적고 간단한 내용도 쓸 수 있다. 나이트워치의 아이디를 쓰면 사진은 곧장 사이트에 게재된다. 그래서 집에서든 스마트폰으로든 잘생긴 남자가 어딘가에서 놀고 있는 것을 보면 그가 아직도 거기 있기를 빌면서 그리로 달려갈 수도 있고, 사진에 그의 대화명이 달려 있으면 쪽지나 이메일을 보낼 수도 있다. 올라온 사진들을 보면 자신이 찍히는 것을 모르는 사람도 많아 보였지만 그래도 그들의 대화명이 태그로 다 달려 있었다.

루이세는 '목요일'이라고 되어 있는 버튼을 클릭했다. 전날 밤 코펜하겐 시내에 어떤 사람들이 있었는지 확인할 수 있었다. 먼저 쇠세르, 헤링, 다니라는 이름의 세 남자가 어색하게 어깨동무를 하고 카메라 렌즈를 향해 미소 짓고 있었다. 흐릿한 이미지 때문에 휴대전화 카메라로 찍은 것임을 짐작할 수 있었다. 얼굴을 조금이라도 알아보려면 이렇게 작은 섬네일 이미지를 앞으로 여덟 페이지나 클릭하고 확대해 보아야 한다는 것을 깨달은 루이세가 한숨을 쉬었다. 게다가 이 섬네일 이미지들은 시내의 수많은 술집 중 한 곳에서 나온 것에 불과했다. 금요일과 토요일 밤 같은 때는 사진이 얼마나 많을지 대충 짐작이 되었다.

술 취한 사람들 말고도 수상쩍은 거래를 하고 있는 사람들의 사진도 있었다. 루이세는 이런 상태로 사진 찍히는 것을 아무렇지도 않게 여기는 사람들이 많은 데 놀라는 한편, 마약 단속반에 이 사이트를 알려줘야겠다는 생각을 했다.

루이세는 노트북 처리 속도가 허용하는 한 최대한 빨리 사진을 확대했다가, 닫고, 다음 사진을 클릭하기를 반복했다. 그녀 또래로 보이는 사람들도 꽤 있었다. 그들은 칵테일 같은 것을 마시며 바에 앉아 있었다. 태그에 '10'과 '모터3'이라는 이름이 붙어 있었다. 루이세는 '10'을 클릭하고 그녀의 신상을 열어보았다. 사진은 등록된 것이 없었지만 이메일을 보낼 수 있었다. 루이세는 그것을 닫고 '모터3'을 열어보았다. 거기에는 사진이 꽤 많이 등록되어 있었다.

라르스가 돌아왔지만 루이세는 그가 들어오는 것을 알아차리지 못했다. 루이세는 정신을 집중하고 스크린만 뚫어져라 쳐다보았다. 홀멘에서 열렸던 파티 사진도 있는 것을 방금 깨달은 것이다. 하지만 순서대로 사진을 훑어보면서 시간을 거슬러 올라갔기 때문에 이제 겨우 토요일 밤까지 보았을 뿐이다. 루이세가 확인한 장소에 예스퍼의 모습은 없었다. 물론 사진 한 장만 보고 그의 모습을 별안간 찾아낼 가능성은 극히 미미하다. 하지만 그가 금요일 파티에 나타났다는 사실로 미루어 보아 시내의 술집이나 파티 장소 같은 곳을 드나들 만한 사람이라서 일단 확인해볼 가치는 있다.

가끔 팀장이 나타나 루이세의 어깨 너머로 스크린을 보고 갔다. 팀장은 지금까지 루이세가 알아낸 것의 중요성을 반장보다 먼저 깨닫고 인정해주었다. 금요일 파티 사진의 화질은 사진마다 많이 달랐다. 조명이 너무 어두워 대부분의 사진에서는 어두운 배경을 바탕으로 서 있는 흐릿한 모습들 말고는 다른 것을 알아보기 힘들었다.

"저런 화질로는 목격자 대조에 쓰지 못할 거야. 하지만 그를 찾아낼 수만 있다면 사진 전문가를 찾아 화질을 조금 높여볼 수 있겠지." 팀장이 자기 사무실로 돌아가기 전에 말했다.

아는 얼굴도 많이 눈에 띄었다. 스티네와 그녀의 친구 안네테도 여러 사진에서 모습을 보였다. 도시의 밤 문화를 더 즐기지 못하게 하려면 '듀크'나 금요일 밤의 오싹한 경험보다 더 무시무시한 일이 터져야 할 모양이다.

그의 모습은 찾을 수 없었다. 인터넷 검색에 왜 그리 희망을 품었는지 이유는 몰라도 실망감에 뱃속이 텅 비어버린 것 같았다. 루이세는 파티장 사진을 모두 닫고 마지못해 그 전 날인 목요일 사진으로 옮겨갔다. 무수한 사진에 질릴 대로 질려버렸다. 바로 그 순간 전화벨이 울려 루이세는 자기도 모르게 펄쩍 뛰었다. 화면을 보았으나 아는 번호가 아니다.

"A팀 루이세 릭입니다."

"여보세요? 수산네예요. 내 인터뷰 어땠어요?"

안 그래도 정신적으로 피로했던 루이세가 수산네가 누구인지, 그녀가 이야기하는 인터뷰가 무엇인지 깨닫는 데는 조금 시간이 걸렸다. 루이세는 스크린을 보고 있던 고개를 들고 정신을 차리려 애썼다.

"실은 아직 못 읽어봤는데 한 부 가지고 있긴 해요. 인터뷰 내용이 마음에 들어요?" 루이세가 책상에 놓인 오늘 신문을 힐끗 보며 대답했다.

"아주 좋아요. 방금 카밀라하고 통화했는데 이 기사에 대해 아주 긍정적인 피드백을 많이 받았대요. 많은 사람이 나를 응원해주고 내가 잘 지내는지 궁금해했대요. 새로 살 곳과 다른 일자리를 찾아봐주겠다고 한 사람들도 있고요" 수산네가 기쁜 듯 말했다.

"그거 잘됐군요! 하지만 당분간 조용히 지내야 한다는 거 잊지 말아요."

루이세가 불쑥 내뱉고는 그 말이 한껏 밝아진 수산네의 기분에 찬물을 끼었었음을 깨닫고 금세 후회했다. 그런 기사 하나가 얼마나 큰일을 해낼 수 있는지 때로는 놀랍기도 했다. 이웃이 곤경에 처했다는 기사가 나는 것만으로 많은 이들이 돕겠다고 나서니 말이다.

"사람들의 도움을 거절하라는 뜻은 아니에요. 다만 언론에서 당신의 행동을 주시하고 있는 지금 당장 새 아파트로 이사를 가거나 새 직장을 찾지는 말라는 거예요." 루이세가 말했다.

"그럴 생각은 없어요. 하지만 숨어 사는 것이 어떤지, 무슨 생각이 드는지, 그리고 안전이 걱정되어 다른 곳으로 이사를 가는 게 어떤 기분인지 일종의 일기 같은 것을 쓰기로 카밀라하고 약속했어요." 수산네가 조금 기분이 상했는지 뻣뻣하게 말했다.

루이세는 이 말에 웃음을 터뜨려야 할지, 잔뜩 핀잔을 주어야 할지 마음을 정할 수가 없었다. 일단은 가만히 있기로 했다.

"실은 내 컴퓨터 걱정하지 말라고 이야기하려고 전화한 거예요. 〈모르겐나비센〉에서 한 대 빌려주기로 했거든요."

루이세는 한 손으로 이마를 감쌌다. 수산네가 카밀라의 영역권에 들어간 것이 잘된 일인지, 안 된 일인지 알 수가 없었다. 기존 생활에서 완전히 벗어나 새로운 삶을 시작하는 데는 도움이 될지도 모른다. 아니면 이 일로 일종의 반짝 스타가 될 수도 있다. 모두가 한동안 걱정하고 동정하다가 그만큼 빨리 잊고 마는 그런 불쌍한 사람 말이다.

"좋아요, 컴퓨터 돌려주는 건 잠시 보류할게요. 하지만 독자들이 당신에게 직접 연락할 수 있게는 하지 마요. 그가 접근할 위험도 있으니까." 루이세가 말했다.

수산네가 알아들을 수 없는 무슨 말을 중얼거렸다. 아마 〈모르겐나비센〉에서 수산네의 일기를 다룰 때 이메일 주소도 하나 제공할 것이다. 그러면 그 기회를 이용해 그녀에게 연락을 해올 독자가 수도 없이 많을 테니 반장과 팀장한테도 알려야 했다.

"이 전화번호는 뭐예요?" 루이세가 물었다.

수산네의 전화번호가 저장되어 있으니 그 전화로 건 것이라면 화면에 번호와 이름이 떴어야 했다.

"〈모르겐나비센〉에서 준 전화예요. 이제 내 전화기를 안 써도 돼요."

이제야 어떻게 돌아가는지 알 것 같았다. 신문사에서 자기가 발견한 땅에 깃발을 꽂은 것이다. 카밀라가 이 기사를 확보하고 다른 누구도 수산네를 가로챌 수 없게 만들었다.

'머리 잘 썼는데, 카밀라! 얼른 연봉 인상을 외치라고!'

희생자가 더 있다는 것을 신문사에서도 간파한 것 같았다. 사건의 규모 자체가 커서 여름 내내 헤드라인을 장식할 것이라는 판단이 선 것이다. 그런 게 아니라면 수산네의 이야기를 독점으로 다루자고 그렇게 큰 투자를 할 리 없었다. 루이세는 카밀라를 떠올리며 아들과 남자친구와 교외에서 주말을 보낼 모습을 상상했다.

'카밀라의 해피엔딩을 방해할 새 강간 사건이나 없었으면 좋겠군.'

"그럼 또 통화해요." 더 할 말이 없어진 루이세가 말했다. 사실 따져보면 수산네가 잘못한 것은 없었다. 다만 그런 상황에서 대부분의 사람들이 취할 만한 행동을 하고 있을 뿐이고, 적어도 이제 어머니의 간섭으로부터 벗어나지 않았는가.

이러한 내용을 반장에게 전달하자 그가 직접 카밀라와 통화해서 수산네와 관련해 무슨 계획을 세운 건지 알아내겠다고 말했다. 이 사건이 일종의 언론 서커스 같은 걸로 변질될 우려가 있지만 수산네의 새 집 주소를 비밀로 보장해주고 그녀에게 오는 이메일을 먼저 걸러줄 수만 있다면 반장도 반대할 이유가 없었다. 카밀라도 반장의 청을 받아들여 흥미로운 이메일이 도착하는 즉시 그에게 알려줄 것이다. 이제 카밀라는 경찰보다 한 발 앞서는 법을 발견한 것이다. 갑자기 카밀라가 경찰에 무언가를 알려주는 위치가 되지 않았나. 그 반대가 아니라.

23

⚜

오후 늦게 잠에서 깬 루이세는 설탕과 우유를 잔뜩 넣고 차를 한 잔 끓인 다음 컴퓨터 앞에 앉았다. 광란의 금요일 밤 사진이 많았다. 루이세는 한가로이 앉아 코펜하겐의 밤 문화 사진을 하나씩 클릭했다. 지친 루이세의 머리가 방금 본 것이 무엇인지 깨닫기도 전에 사진 서너 장이 후딱 지나갔다.

카메라를 향해 미소 짓는 여자 세 명과 함께 있는 것은 분명 예스퍼다. 왼쪽 끝에 서서 사진에는 담기지 않은 누군가와 이야기를 하는 그의 귀족적인 옆모습 때문에 사진 속 다른 사람들의 모습은 상대적으로 빛이 바랬다.

루이세는 사진을 클릭해 화면 전체 크기로 확대했다. 그러고는 아래로 스크롤해서 사진 밑의 태그를 보았다. 예스퍼의 이름이 나와 있을 것이라고는 딱히 생각지 않았지만 거의 반사적인 행동이었다.

프린스.

이제는 '프린스'라는 이름을 쓰고 있다. 루이세는 다른 여자들의 이름은 기억도 하지 못한 채 잠시 멍하니 앉아 사진만 노려보았다. Z가 두 개 붙은 그의 이름만 보였다. 잠시 그것이 사진 속 다른 사람의 이름일지도 모른다는 생각이 들었지만 여자 셋과 그, 이렇게 네 명 말고는 다른 이가 없었다.

홈으로 돌아가 검색창에 'Prinzz'를 입력하는데 몸이 부르르 떨렸다. 숙취 때문에 아직 몸이 정상이 아닌 건지, 아니면 지난밤 자신이 갔던 곳 근처에 그가 왔었다는 사실에서 오는 흥분인지 알 수 없었다. 그와 마주칠 수도 있었다. 알지 못하는 사이에 같은 공간에 있었을 수도 있었다. 엔터키를 누르자 그의 정보가 떴다. 그의 대화명 아래 앨범은 비어 있지만 그에게 메시지를 보낼 수 있는 버튼이 있다. 루이세는 잠시 그것을 노려보며 가만히 앉아 있었다. 다음 순간 그녀의 손가락이 키보드 위를 저절로 움직였다.

— 어젯밤 시내에서 당신을 봤어요. 하지만 혼자가 아니어서 말을 걸진 않았어요. 거기가 당신이 주로 가는 곳인가요?

수산네라면 어떻게 썼을지 상상하려고 애썼다. 비교적 간단히 그리고 지나친 자기 확신 없이. 그녀는 메시지 맨 아래에 'TRIM'이라고 대화명을 적고 보내기 버튼을 눌렀다. 하지만 바로 다음 순간 그것을 후회했다. 숙취가 없을 때, 또렷이 생각할 수 있을 때 보냈어야 하는데. 그의 호기심을 자극해야지 겁을 주어 쫓아버려서는 안 된다.

'젠장!'

메시지를 회수할 수 없음을 깨닫고 루이세는 생각을 정리하려 애쓰면서 앉아 있는데 잠시 후 아이콘 하나가 반짝였다. 나이트워치의 쪽지함에 새 메시지가 온 것이다.

— 가끔 가요.

그가 간단하게 답을 보내왔다.

루이세는 정신이 멍해져 모니터만 바라보고 있었다. 놈과 연락이 닿은 것이다. 하지만 일이 지나칠 만큼 쉬웠다. 또 한 번, 엉뚱한 남자가 아닌가 하는 생각이 들었다. 이 사람은 애초에 '프린스'가 아닐지도 몰랐다. 아직도 몸이 천근만근 무거웠다. 두통은 좀 가셨지만 여전히 생각하는 속도는 느렸고, 답장을 보류했다가 몸이 조금 나아지면 연락을 재개하고 싶어도 변명 거리 하나 떠오르지 않았다.

또 다른 메시지가 도착했다.

— 우리 어제 서로 봤나요?

— 아니, 아닐 거예요. 당신은 여자들한테 둘러싸여 있었고, 날 못 보는 게 당연했어요.

루이세가 응답을 보냈다.

그가 이렇게 답을 보내오는 지금 메시지를 중단하는 건 바보 같은 짓이다. 혹시라도 그가 맞다면 필사적으로 매달려야 했다. 루이세는 조금 안전한 쪽으로 화제를 돌렸다.

— 그런 곳에 자주 가나요?

— 상황에 따라 달라요. 당신은요?

— 아니, 별로요. 어젠 옛날 학교 친구를 만난 거였어요.

— 옛날? 몇 살인데요?

루이세는 잠시 손을 멈췄다. 수산네와 크리스티나 모두 삼십대 초반이다. 자기 나이가 이보다 훨씬 많다고 하면 너무 큰 차이가 날 것이다.

— 서른셋.

루이세는 이렇게 적고 너무 많다고 느끼지 않았으면 좋겠다고 덧붙였다.

— 전혀 아니에요. 아이는 있어요?

'어떻게 대답할까. 그래, 없어. 저녁식사 전 재워야 할 아이는 없는 게 좋지.'

— 아니요. 아직 좋은 사람을 못 만났어요.

루이세가 이렇게 답장을 보냈다.

'이런, 이제 입 좀 다물어, 얼른! 너무 위험해!'

— 아니면 그가 당신을 못 만난 것일 수도 있죠.

곧장 답이 돌아왔다.

— 정답이네요.

루이세가 응답했다.

'휴우.'

이마에 식은땀이 송송 배어났다.

— 이름이 뭐예요?

그가 물었다.

이제 본격적으로 땀이 흐르기 시작했다. 루이세는 소맷자락으로 이마를 훔치고 관자놀이를 문질렀다. 그런 다음 재빨리 입력했다.

— 프린세스라 불러줘요.

루이세는 자기도 모르게 펄쩍 뛰며 컴퓨터 앞에서 물러났다. 지금 무슨 짓을 저지른 것인지조차 파악할 수 없었다. 화장실로 가 찬물로 얼굴을 씻었다. 하지만 동시에 단서를 잡았다는 생각이 들었다. 조금 남은 숙취와 함께 피곤한 느낌도 사라지고 있었다. 몸속 구석구석 힘이 물결쳤다. 드디어 놈과 접속했다. 이제는 이성적으로 굴어야 했다.

먼저 어떻게 진행하면 좋을지 반장이나 팀장에게 물어야 했다. 하지만 너무 시간을 끌면 그와 연락이 끊어질지도 몰랐다. 시내 어디에서 자길 봤는지 아직 물어오진 않았다. 전날 밤 어디에선가 봤을 거라고 짐작하고 있을지도 모르고, 아니면 시내에서 본 사람을 찾기 위해 나이트워치에 들어가 사진을 훑어보는 걸 당연하게 받아들일지도 몰랐다.

루이세는 얼굴을 닦고 컴퓨터 앞으로 돌아갔다.

— 언제 커피라도 한잔할까요?

자리를 비운 사이 그가 메시지를 보내왔다. 루이세는 현관으로 달려가 가방에서 휴대전화를 꺼냈다. 재빨리 팀장의 번호를 찾아 눌렀다. 신호음이 한참 울리더니 음성 메시지로 넘어갔다. 집으로도 걸어보았지만 아무도 받지 않았다. 컴퓨터에서 소리가 들렸다. 새로운 메시지가 온 것이다. 루이세는 팀장의 자동응답기에 얼른 전화해달라는 메시지를 남겼다.

"젠장!" 루이세가 전화를 끊으며 소리쳤다. 팀장이 언제 전화를 할지는 알 수 없고 그에게 답장을 미룰 수도 없었다. 다급해진 그녀는 반장에게 전화를 걸었다. 신호음이 두 번 울린 뒤 반장이 전화를 받았지만 무뚝뚝한 어투로 보아 무언가 중요한 일을 하던 것이 분명했다. 루이세는 재빨리 전화를 끊고 반장이 자기 번호를 못알아보기를 빌었다. 통화가 되었더라도 그가 뭘 할 수 있겠는가. 기껏해야 월요일에 루이세의 컴퓨터를 이용해 놈을 추적해보는 것뿐이겠지.

다시 한 번 이 남자가 정말 예스퍼인지 의심이 들었다. 그런 잔인한 범죄를 지은 사람이 이렇게 무모하게 굴 리가 없다. 안 그런가. 머릿속에 갖가지 생각이 뒤엉켰다. 범인이 아닐지도 모를 사람과 채팅을 하고 있다는 사실을 반장에게 설명할 자신이 없었다. 일단은 확인할 필요가 있다.

— 그거 좋겠네요. 이번 주말엔 부모님 댁에 가서 월요일에 올거예요. 그때 약속을 정할까요?

루이세가 답장을 보냈다. 그러고는 그가 어떤 반응을 보일지 잔뜩 긴장해서 기다렸다.

그가 답을 보내오기까지 아까보다 조금 오래 걸렸다.

'월요일이라 단정하지 말고 그냥 나중에 시간 약속을 정하자고 할걸 그랬나?'

— 좋아요. 이메일 주소가 뭐예요? 월요일에 이메일 보낼게요. 잘 지내요, 프린세스.

그의 답장이 도착했다.

기운이 쭉 빠졌다. 루이세는 상황을 다시 생각해보려 애쓰며 의자에 몸을 묻었다. 새로 만든 핫메일 계정은 이름의 머리글자만 딴 것이라 TRIM과 전혀 어울리지 않았다. 거짓말이 들통 난 것 같은 기분이 들었다. 그녀는 양손으로 얼굴을 감싸고 논리적으로 생각하려 안간힘을 썼다. 마침내 생각하기를 포기하고 핫메일 주소를 적어 보냈다. 그가 TRIM과 LR과 프린세스가 무슨 관계냐고 묻지 않기만을 빌었다. 다행히 루이세가 메시지를 보내고 나서 곧장 "나중에 봐요"라는 답장이 돌아왔다.

⁙

드디어 일을 저질러버렸다. 월요일에 이메일을 쓰기로 약속을 정한 것이다. 갑자기 미친 듯 배가 고파왔다. 마치 자연스러운 현상인 양 몸이 음식을 원하고 있었다. 루이세는 아무것도 없는 걸 알면서도 주방으로 가 냉장고를 열었다. 커다란 햄버거와 프렌치 프라이가 먹고 싶어 커다란 장화에 발을 집어넣고 무작정 밖으로 나갔다. 그와의 메시지가 머릿속에서 되풀이되었다.

의심을 살 만한 내용이 있었나. 혹시 말투가 부자연스럽게 보이진 않았을까. 지나치게 흥분한 것처럼 보이지 않으려던 게 재미없는 사람처럼 느껴질 수도 있었다. 어쩌면 그가 월요일이 되기도 전에 흥미를 잃어버릴지도 몰랐다.

온갖 생각이 떠올라 아파트로 돌아왔을 때쯤엔 머리가 뒤죽박죽되어 있었다. 베이컨을 추가한 치즈버거를 두 개나 샀다. 아무리 많이 먹어봐야 하나밖에 못 먹겠지만 몸에 안 좋은 것을 배가 터지도록 먹고 싶은 기분이었다. 이런 자신을 본 사람이라면 루이세가 밤새 진탕 술을 퍼마셨음을 알아볼 것이다. 루이세는 얼른 집으로 돌아가 쓰러져 자고 싶다는 생각을 하며 콜라 한 병과 햄버거 봉지를 들고 재빨리 아파트 정문으로 들어갔다.

24

"지금 장난해? 바로 그 이유 때문에 여기에 특별히 컴퓨터랑 다 준비해놨는데 집에서 메시지를 보내?"

미켈이 루이세의 책상을 짚고 서서 마치 고장 난 오디오처럼 똑같은 소리를 연거푸 해대고 있었다. 그때마다 단어는 조금씩 달라도 비슷한 소리만 벌써 네 번째다. 루이세도 자기가 한 일이 그리 현명한 짓은 아니라는 사실을 알고 있었다. 하지만 민간인은 경찰처럼 상대를 추적할 수 없으니 그리 엄청난 사태가 아니라는 것 또한 분명했다.

"일단 네 아이피 주소가 드러나지 않게 막았어야 했어." 미켈이 말했다.

다른 이들은 나이트워치에 대한 루이세의 이야기에 관심을 보였고, 팀장도 기회가 왔을 때 놈과 접촉한 것을 칭찬했다. 반장마저 감명받은 것 같았다. 루이세는 그가 용의자가 맞는지 확실치 않다는 사실을 몇 차례 지적했다. 그리고 스티네를 이용해 놈과 접촉하려는 시도를 설명하면서 궁극적으로는 그것이 그를 찾아낼 수 있는 가장 좋은 기회라는 것도 언급했다.

"스티네는 그날 밤 에스퍼와 함께 파티장을 나갔어요. 온라인 채팅을 할 때마다 그를 찾아봐달라고 지난주에 부탁했죠. 그전에 채팅을 한 적이 있다고 해서 그가 혹시 다른 대화명을 쓰더라도 알아볼 수 있을 거라고 생각했어요. 하지만 아직 그를 찾지 못했습니다. 그러니까 이 '프린스'라는 자도 잘못 짚은 것일 수 있어요."

루이세가 거기 모인 모든 이들에게 이 점을 상기시켰다. 일단은 기대를 너무 높여선 안 되었다.

미켈은 브리핑 내내 고개를 절레절레 흔들었고 루이세는 그가 그 관리자 교육 프로그램에나 신경 썼으면 좋겠다고 생각했다. 마침내 더 참을 수 없는 지경까지 이르렀다.

"그만 좀 할래!" 루이세가 버럭 소리를 질렀다.

집 컴퓨터를 사용한 것에 대해 계속해서 핀잔을 주는 그와 눈을 마주치지 않으며 루이세는 분을 삭였다. 루이세의 행동이 무책임하고 무모하다는 듯 별일도 아닌 것을 자꾸 부풀리지 않는가. 물론 지금 생각해보니 무책임하고 무모한 짓이 맞기는 했다. 그렇다고 해서 미켈한테 잔소리를 들을 필요는 없다.

반장은 아무 표정 없이 문간에서 그들의 다툼을 지켜보고 있었다. 이내 미켈이 반장의 모습을 알아보고 다른 이들에게 슬쩍 고갯짓을 한 뒤 방을 나갔다.

"계속하지. 물론 그가 맞다는 걸 확인할 때까지는 수사할 필요가 없겠지. 하지만 우리가 동석하지 않는 한 집에 초대하진 말라고."

반장이 말했다.

루이세가 반장에게 미소 지으며 조심하겠다고 약속했다.

"지금까지 알아낸 것으로 보면 공개적인 자리에서 일을 저지를 놈은 아니니까 계속해서 잘해보라고." 반장이 격려하듯 말했다. 반장이 대단히 큰 일로 여기지 않아서 다행이다.

'아직도 갈 길이 먼걸.'

예스퍼라면 그녀가 자신이 찾는 타입이라는 확신이 들 때까지 저녁 초대를 하지 않을 것이다. 또 그러려면 그 전에 직접 만나봐야 할 테고, 루이세 역시 직접 만나봐야 그가 예스퍼인지 아닌지 확신할 수 있다. 그때 반장의 비서가 들어와 손님이 찾아왔다고 알려주었다.

루이세가 곁눈으로 슬쩍 쳐다보자 반장이 씁쓸한 미소를 지으며 어깨를 으쓱했다.

"수산네 어머니야. 아직 범인을 못 잡았다고 소리를 지르러 왔지. 딸이 이사를 가서 더는 연락을 할 수 없다는 것도 화가 났고."

"도대체 언제 누가 그 여자랑 이야기 좀 할 거래요? 상황을 제대로 설명하고, 수산네가 홀로 지내고 싶어하는 것이 바로 어머니 때문이라고 말이에요." 루이세가 물었다.

야콥센이 이미 이야기를 했겠지만 아직도 눈치를 채지 못하는 것이 분명했다.

"지금 할게." 반장이 괴롭다는 표정으로 말했다.

'강력계 반장이 저런 일까지 해야 하다니.'

루이세는 방을 나서는 반장의 뒷모습을 쳐다보며 생각했다. 그

러고는 미켈이 언젠가 반장으로 승진하거든 이렇게 짜증 나는 일
이나 잔뜩 떠맡으라고 몰래 저주를 퍼부었다.

                              ⌒⌒

    집에 돌아와 이메일 계정에 로그인하자 '프린스'가 보낸 메일이
도착해 있었다.
    "괜찮다면 내일 티볼리에서 커피 한잔할까요?"
    '그럼 그렇지.'
    그는 사람 많은 오래된 놀이공원 속 인파에 숨기가 얼마나 쉬운
지 잘 알고 있었다.
    그때 카밀라가 전화를 해 잠깐 들르겠다고 하고는 루이세가 곤
란하다고 대꾸하기도 전에 전화를 끊어버렸다. 루이세는 재빨리
'프린스'에게 이메일을 보내 언제, 어디에서 보면 좋을지 물었다.
    ─ 카페 비프텐, 네시.(내가 어떻게 생겼는지는 알죠?)
    그가 간단히 답을 보내왔다.
    ─ 좋아요.
    루이세는 답장을 썼다. 카페 비프텐이 어딘지는 몰랐다. 루이세
는 앉은 채로 한참 동안 손가락으로 책상을 두드렸다. 그의 간단한
메시지에서 어딘가 자제하는 느낌이 들어서 그가 발을 빼지 못하
도록 계속해서 대화를 이어갈까 잠시 생각했다. 하지만 이내 로그
아웃을 하고 주방으로 가 햄샌드위치를 만들었다. 오늘 신문을 막
펼치는데 카밀라가 초인종을 눌렀다.

"안녕? 바빠서 오래는 못 있어." 문을 열자마자 카밀라가 말했다.

루이세가 웃으며 고개를 흔들었다. 바쁜 와중에 와달라고 고집을 피운 건 루이세가 아니었다.

카밀라가 식탁에 앉더니 등을 수그렸다. 가방에서 사진 몇 장을 꺼내 식탁 위에 펼쳐 보이고는 헨닝의 전원풍 농가를 열심히 설명하기 시작했다. 카밀라와 헨닝이 손을 잡고 있는 사진도 몇 장 있다.

루이세는 다시 한 번 그가 매우 잘생겼음을 깨달았다. 화려한 외모는 아니지만 키가 크고 머리 색이 짙은 것이 정확히 카밀라의 취향이다.

"정말 좋아 보인다."

루이세가 말하고는 자기도 꼭 한 번 가보고 싶다고 예의 바르게 덧붙였다.

"이번 주나 다음 주쯤 한번 오면 되잖아?"

루이세가 망설였다. 자꾸 카밀라의 초대를 거절하는 것이 못내 미안했다. 그래서 대신 화제를 바꿨다.

"수산네하고는 자주 통화해?"

"매일. 실은 지금도 만나러 가는 길이야." 카밀라가 대답했다.

루이세가 계속하라는 듯 눈썹을 치켜올렸다.

"오늘 그녀의 일기에 대한 반응이 엄청났어. 이메일이 홍수처럼 밀려든다니까."

루이세도 그건 모르고 있었다.

"자신을 강간한 자가 다음번 희생자를 죽인 사실에 대해 일기를 썼어. 그를 괴물이라고 부르면서 크리스티나가 죽기 직전 어떤 기분이었을지 상상이 된다고 했지. 정말 감동적이었다니까."

루이세는 카밀라의 빈정대는 어투에 조금 기분이 나빴다.

"사실 그 말이 맞잖아. 수산네도 그렇게 당할 수 있었다고. 팔다리가 묶이고 재갈이 물린 채 몇 시간이나 있었으니 크리스티나의 기분을 알 사람이 있다면 그건 수산네라고."

애초에 수산네에게 일기를 쓰라고 해놓고 이제와 그녀를 비하하는 듯한 카밀라가 영 못마땅했다.

"물론 그렇지. 그걸 하도 잘 묘사해줘서 사람들이 정말 관심을 보이고 집중하기 시작했다니까. 요즘에 독자들이 무언가 느끼게 만들려면 그렇게 자극적인 게 필요하다는 사실이 정말 한심해." 카밀라가 말했다.

루이세의 기분이 조금 나아졌다.

"그럼 다른 일자리를 알아보는 게 어때?" 이전에도 무수히 했던 질문이다.

카밀라가 말도 안 된다는 듯 고개를 절레절레 흔들었다.

"내가 왜? 이제야 훌륭한 기사를 쓰려면 어떻게 해야 하는지 알았는데!"

카밀라가 대답하더니 사진을 챙기기 시작했다.

"이제 로스킬레로 가봐야겠다. 오늘 받은 이메일만 해도 가방 한 가득이야. 수산네한테 주려고 출력해서 가져왔거든. 우리 국장이 보낸 꽃다발도 있어. 한마디로 좋아서 난리가 났지."

상상이 되었다. 루이세는 수산네에게 안부 전해 달라 말하고 계단을 내려가는 카밀라를 배웅했다.

　방으로 돌아와 컴퓨터를 다시 켰다. 혹시 '프린스'가 더 이야기를 하고 싶어하는지 보기 위해서다. 하지만 새로 온 메시지는 없었다. 루이세는 컴퓨터를 끄고 내일의 커피 약속을 혼자만 알고 있기로 했다. 그가 놈이라는 것이 확실해지면 팀에게 알릴 것이다.

25

　다음 날 아침 출근하자 책상에 보고서 한 무더기와 그것을 읽어보라는 팀장의 쪽지가 놓여 있었다. 머릿속에서 뒤죽박죽 돌아가던 생각이 천천히 정리되었다. 지난주보다 기분이 좋아진 것이다. 미래에 대한 각종 상상이 정리되자 느리지만 몸속 배터리를 충전할 수 있는 에너지가 생겨났다.

　두시가 지나자 시간은 더디게 흘렀다. 그를 만난다는 생각에 집중력이 자꾸만 흐트러졌다. 일단 그와 마주 앉으면 어떻게 할지 미리 생각해두지 않았다는 사실이 문득 떠올랐다. 뭐라고 해야 할까, 어떻게 행동해야 할까. 루이세는 다시 시계를 보고 가방을 챙기기 시작했다. 미리 전략을 준비하는 건 아무 소용이 없다. 카페에 가서 생각하기로 했다.

네시 이십분 전 루이세는 티볼리를 향해 걷기 시작했다. 라르스가 아직 돌아오지 않아서 한 시간만 나갔다 오겠다는 쪽지를 남겼다. 사무실을 나서기 이 분 전, 라르스에게 미리 계획을 알리지 않은 것이 갑자기 후회가 되었지만 지금은 그가 어디에 있는지도 모르고 그를 찾으러 갈 시간도 없다.

공원으로 들어서 자그마한 노란색 관람차를 지나는데 뱃속 깊은 곳에서부터 긴장이 몰려오기 시작했다. 호수 끝자락을 둘러싼 자갈길을 따라 카페 비프텐을 찾아 나섰다. 골든타워 놀이기구 근처에 있다고 했다. 길모퉁이를 돌자 간판이 보였다. 카페는 아이스크림 판매대 뒤에 있었다.

카페가 가까워지자 심장이 더욱 빠르게 뛰었다. 카페에는 유모차가 유독 많았다. 많은 사람이 탁자에 모여 앉아 커피를 마시거나 케이크를 먹고 있었다. 루이세는 걸음을 멈추고 두꺼운 나무 뒤에 반쯤 몸을 숨겼다. 그의 모습은 보이지 않았다. 오 분 후면 약속 시간이다. 루이세는 다른 손님들을 둘러보며 '프린스'처럼 보이는 혼자 온 남자가 있는지 살폈다. 어쩌면 엉뚱한 남자랑 이메일을 주고받은 것일 수도 있었다. 하지만 혼자 온 것처럼 보이는 사람은 없었다.

루이세는 카페 옆 기둥에 붙은 전단지 한 장을 들여다보았다. 금요일 밤 라이브 록 공연과 다양한 연극이 펼쳐진다는 것이지만 루이세는 그것을 읽지 않았다. 쓰고 있는 선글라스 뒤로 자리에서 일어나는 사람들, 새로 들어와 자리에 앉는 사람들을 유심히 관찰했다. 네시가 지났다. 하지만 누군가를 기다리는 것처럼 보이는 남자는 여전히 없었다.

루이세는 초조하게 카페 입구를 지나 반대편으로 걸어갔다. 반대편에서 다가오는 사람들도 볼 수 있었다. 짙은 색 머리의 남자 한 명이 다가왔지만 잠시 후 아내와 어린 딸이 함께 있는 것이 보였다.

'이런 약속에 십 분씩 늦는 건 예의가 아니잖아.'

다시 몸을 돌려 페르게크론 맥주집과 놀이터를 훑어보는데 짜증이 났다. 이런 약속이라면 제시간에 맞춰 오든가, 아예 오지 않든가 둘 중 하나다. 한 무리의 스웨덴 사람들이 나타나 두 개의 탁자에 나눠 앉더니 함께 앉을 수 있도록 탁자를 한데 밀었다.

루이세는 그 모습을 잠시 지켜보고 있다가 그중 나이든 여자 한 사람이 의자 하나를 탁자 위로 넘기다가 디저트가 담긴 쟁반 위로 떨어뜨리는 것을 보고 슬쩍 미소를 지었다. 시끄러운 소리에 안에 있던 모든 사람의 시선이 그들을 향했다.

루이세가 거기에서 눈을 떼어 이제 막 카페로 들어온 사람들을 쳐다보았다. 그때 어딘가에 루이세의 시선이 고정되었다. 그의 짙은 색 머리다.

그의 실루엣은 지하철 시시티브이 영상에서 본 그대로 쉽게 눈에 띄었다. 높은 이마, 귀족적으로 생긴 매부리코. 그가 사람들을 둘러보며 루이세를 찾고 있었다. 자신이 왔음을 알리기 위해 그에게 다가가던 루이세는 그가 처음 생각한 것보다 크고 덩치도 다부진 것을 알 수 있었다. 바로 그때 그가 루이세를 향해 고개를 돌렸다. 루이세는 깜짝 놀라 우뚝 멈춰 섰다. 숨이 멎는 것 같았다.

헨닝의 눈이 루이세 쪽으로 움직였지만 그녀를 알아보지 못했다. 찾는 사람의 얼굴을 모르는 것이 분명했다. 루이세는 재빨리 뒷걸음질을 쳤다. 그가 두리번거리며 계산대 앞으로 다가왔다. 그가 커피 한잔을 주문하고 자리에 앉기만을 빌었다. 그러면 시간을 좀 벌 수 있을 테다. 루이세는 다시 숨을 쉬기 시작했지만 똑바로 생각할 수가 없었다.

왜 진작 깨닫지 못했을까. 하지만 그의 얼굴을 정면으로 보았을 때는 그 독특한 실루엣을 알아보지 못했다. 그러고 보니 헨닝의 옆모습을 제대로 본 적이 없었다.

루이세는 식은땀을 흘리며 가방을 뒤졌다. 카밀라에게 전화를 걸어 헨닝이 티볼리에서 대체 뭘 하고 있는 건지 물을 생각이었다. 하지만 혼자 있는 것을 알아보고 그가 다가오는 것은 시간문제다. 루이세는 그의 시야에서 벗어나 그를 감시할 수 있도록 계속 뒤로 물러났다.

심호흡을 하며 마음을 진정시키려 애썼다. 지금이야말로 조금만 잘못했다가는 일을 완전히 망쳐버릴 수 있다. 혼자 온 것이 크나큰 실수였다는 것이 확실히 느껴졌다.

루이세는 누군가 찾고 있는 것처럼 보이기 위해 천천히 카페 비프텐 입구로 가 거기에 섰다. 아니나 다를까, 잠시 후 누군가 그녀 뒤로 다가오더니 "프린세스?" 하고 물었다. 고개를 돌리자 카밀라의 남자친구가 자신을 내려다보고 있었다.

"네."

루이세가 고개를 끄덕이며 대답했다. 카밀라가 혹시 자신의 사진을 그에게 보여주었는지, 그렇다면 자신이 강력계 형사라는 것을 알아보지는 않을지 걱정되었다. 아니면 그저 자신이 프린세스라는 그녀의 말을 믿어줄지도 몰랐다.

"저기, 사실 저는 당신이 오늘 만나기로 한 사람이 아닙니다." 그가 말했다. 서툰 말투로 양손을 조금씩 휘저으며 변명을 하기 시작했다. 루이세가 깜짝 놀라 한 걸음 뒤로 물러서며 그의 얼굴을 쳐다보자 그는 일이 생겨 동생이 늦게 되었다고 이야기했다.

루이세는 아무런 반응도 없이 그렇게 잠시 서 있었다. 그가 자신이 찾던 남자가 아니라는 걸 알았지만 안도가 되거나 실망스럽지도 않았다. 카밀라가 헨닝의 남동생에 대해 뭐라고 했는지 기억해내려 애썼다. 어느 날 함께 저녁을 먹었다는 것 말고는 아무것도 생각나지 않았다.

"조금 늦는다고 다른 사람을 보낼 것까진 없었을 텐데요."

루이세가 미소 지으며 말했다. 머릿속에서는 별의별 생각이 다

떠올랐다.

"오지 못하게 됐는데 미리 알려드릴 시간이 없었나 봐요." 헨닝이 어깨를 으쓱하며 말했다.

"뭔가 급한 일이 생겼나 보군요." 루이세가 말했다.

그가 고개를 끄덕였다.

"여기 티볼리에서 제 여자친구와 셋이서 점심을 먹고 있었는데 그녀가 일이 생겨 로스킬레로 급히 가야 했거든요. 그러고는 바로 동생의 고객이 서버가 다운되었다고 연락이 와서 동생도 거기 가 봐야 했어요. 저야 애초에 여기 있었으니 와서 알려드리는 것도 힘든 일은 아니죠, 뭐. 게다가 어차피 여자친구가 돌아올 때까지 기다려야 하니까요. 오늘밤 글래스 홀에서 연극을 보기로 해서 집에 돌아가기도 뭐 하고……."

루이세는 자신도 모르게 입을 벌리고 듣고 있음을 깨닫고 얼른 입을 다물었다. 그가 계속해서 변명을 했지만 루이세는 이미 한참 전부터 듣고 있지 않았다. 루이세는 수산네에 대해 생각하고 있었다. 본디 우연의 일치 같은 것을 믿지 않았지만 지금은 예감이 아주 불길했다.

루이세는 자신을 기다려준 것에 거듭 감사하며 그 자리를 떠나려 했다. 그때 그가 한 손을 내밀었다. 그것을 본 루이세가 우뚝 멈춰 악수를 하며 제대로 작별인사를 했다. 나중에 카밀라의 소개를 받을 때가 오면 아주 어색할 것이다.

카페에서 조금 멀어지자 루이세는 경찰 본부 교환한테 전화를 걸었다. 누군가 즉각 전화를 받았다.

"루이세 릭이에요. 로스킬레에 있는 수산네 한손과 즉시 연락을 해야 해요. 용의자가 지금 그 집에 가 있을지도 몰라요."

가방에서 수산네의 전화번호와 집주소를 꺼내며 루이세가 말했다.

더 이야기할 필요가 없었다. 전화를 받은 경찰이 이미 다른 전화로 수산네의 번호를 누르고 있었고 루이세의 의심을 뒷받침할 무언가가 발견되면 즉시 로스킬레 경찰에 알릴 준비를 했다.

"다시 걸게요." 그가 수산네가 전화를 받기를 기다리며 무뚝뚝한 목소리로 루이세에게 말했다.

루이세는 마음을 가라앉히며 출구를 향해 빠르게 걸어갔다. 하지만 걷는 속도는 점점 더 빨라졌다. 그녀는 공원에 들어가기 위해 줄을 서 있는 사람들을 밀치고 빨간불을 무시하며 팃겐스가데를 가로질렀다. 길을 완전히 건넌 다음에는 카밀라에게 전화를 걸었다. 카밀라가 수산네와 함께 아직 로스킬레에 있기만을 빌었다.

"방금 사무실에 들어왔어. 수산네를 보러 가느라 점심 약속을 망쳐서 좀 짜증 나."

지금 뭐 하냐는 질문을 하자 카밀라가 대답했다.

"왜? 무슨 일인데?"

카밀라가 불평을 더 늘어놓기 전에 끼어들어야 했다.

"수산네 어머니가 어머니에게서 잠시 멀어져야 했다는 수산네의 글을 보고 항의 편지를 보냈거든. 잔뜩 화가 났더라고. 신문사가 딸을 조종한다고 난리를 치고 있어. 수산네가 화난 이유가 그것 같아. 이제야 겨우 자신의 삶을 살기 시작했는데 말이야."

"점심은 누구랑 먹었는데?"

루이세는 지나친 호기심이 아니라 단순한 관심처럼 보이기 위해 애썼다. 루이세는 빠른 걸음으로 글립토테크박물관을 지나 경찰 본부로 걸음을 재촉했다.

"헨닝이랑 그의 동생 외르겐이랑. 오늘밤 글래스 홀에 공연을 보러 갈 거거든. 네가 좋아할 만한 건 아니야. 안 그랬으면 너도 초대했을 텐데."

"수산네에 대해 그들도 알아?" 루이세가 다급하게 물었다.

카밀라가 대답을 하려는 찰나 다른 전화가 들어온다는 약한 신호음이 울리기 시작했다.

"끊어야겠다. 전화가 왔어." 루이세가 말하고 전화를 끊었다.

"걱정 마세요. 모두 다 완전히 정상이니까."

교환실에서 전화를 받던 당직 경찰이 방금 수산네와 통화를 했는데 손님이 와 있다고 알려주었다.

"그리고 남자도 아니었어요." 루이세가 뭐라고 하기 전에 그가 덧붙였다.

루이세는 깊은 숨을 내쉬었다.

"여기 교환 연락처를 줬어요. 혹시 무슨 일이 생기면 바로 순찰차를 보낼 수 있어요. 그런데 여기 기록에 보니까 주소지가 기밀로 되어 있던데. 그렇다면 범인이 그녀가 사는 곳을 알아냈다는 겁니까?"

불안한 에너지가 몸에서 빠져나가고 있었다. 루이세는 이제 몸이 묵직하고 평안해졌다.

"제가 과잉 반응을 한 것 같네요. 이제 한낮에도 유령이 보이나 봐요." 루이세가 말했다.

본부로 들어가 이층으로 가는 계단을 오르기 시작했다. 맥박이 서서히 정상으로 돌아오고 있었다.

사무실에 들어간 루이세는 가방을 내려놓고 윗옷을 벗어 의자 등받이에 걸쳤다. 라르스가 전화를 받고 있다가 루이세가 들어오는 것을 보고 가볍게 고개를 까닥였다. 무슨 일인지는 몰라도 전화에 몰두하고 있었다. 루이세는 자신에게 화가 났다. 지난 이 주 동안 몸에서 무언가가 빠져나가버린 사람 같았다. 보통 그녀의 판단력은 아주 정확했지만 최근 들어 그걸 잃어버리고 아주 작은 일만 터져도 이성적으로 생각하는 대신 잔뜩 흥분하기 일쑤였다. 헨닝더러 동생에게 전화해달라고 부탁할 수도 있고, 교환이 아니라 자신이 직접 수산네에게 전화를 해볼 수도 있었다. 그러고 보니 A팀에 호들갑스러운 여형사가 있다고 소문이 돌기 전에 교환실의 그 경찰에게 해명을 하는 편이 나을 것 같았다.

26

🕊

남자가 빵 자르는 칼을 떼자 그녀가 목을 움켜쥐었다. 방금 그가
칼로 그은 자리에서 피가 흐르기 시작했다. 목에서 흘러내려 블라
우스 속으로, 가슴 사이로 피가 흐르는 것이 무척이나 지저분하게
느껴졌다. 그녀는 차마 아래를 내려다보지 못했다.

갓 구운 빵 냄새가 주방에서 풍겨왔다. 커피 탁자에는 잔과 촛불
이 놓여 있다.

그가 숨을 내쉬자 그의 목 혈관이 불거졌다. 그녀는 움직이지 않
고 곁눈으로 그를 쳐다보았다.

블라우스가 끈적거렸다. 그녀는 출혈을 멈추기 위해 고개를 숙
여 턱을 가슴에 붙였다. 그러자 목에서 타는 듯한 고통이 느껴졌
다. 이것 때문에 피가 더 나올지도 몰랐다. 그래서 고개를 들고 똑
바로 앞을 바라보았다. 그녀는 울지 않았다.

아주 천천히, 그는 빵 자르는 칼을 커피 탁자 위에 내려놓았다.

그가 초인종을 눌렀을 때 흐릿한 유리문을 통해 보이는 실루엣

을 알아보지 못했다. 그녀는 아무런 준비도 되어 있지 않았고 그가 들어오는 것을 막을 수도 없었다.

방어하듯 양팔을 앞으로 모은 채 그가 천천히 그녀를 향해 다가왔다. 그녀를 해치고 싶진 않다고, 다만 이야기를 하고 싶다면서 말이다.

그가 다가오자 그녀는 한 걸음 한 걸음 뒤로 물러섰다.

"내 말을 들어야 해." 둘이 주방 안에 서자 그가 애원하듯 말했다.

이상하게도 그녀는 두렵지 않았다. 그녀는 냉장고에 등을 기댄 채 아무도 죽이지 않았다는 그의 변명을 들어야 했다. 모든 게 오해라고 말이다. 그의 목소리에는 진정성과 솔직함이 묻어나 그녀는 그의 말을 믿었다.

그녀의 눈이 그의 얼굴을 찬찬히 훑었다.

갑자기 그녀는 그의 눈을 기억해냈다. 더 가까이 다가가보고 싶었다.

'산 속의 호수.'

눈동자는 희미한 녹색이 어우러진 어두운 색이다.

이제 그녀는 커피 탁자 위에 놓인 칼을 절망적으로 바라보았다. 목의 상처가 아팠고 몸은 마비된 듯 움직이지 않았다. 그가 침착한 목소리로 말을 하기 시작하자 사라졌던 두려움이 다시 돌아와 마치 얼음처럼 그녀를 감쌌다. 바로 그 순간이다. 그녀는 그의 눈에 담긴 위험한 빛을 알아보고, 그의 얼굴에 어린 뒤틀린 표정을 알아챘다. 전화벨이 울림과 동시에 바뀌어버린 것이다. 그는 그녀에게 가만히 앉아서 전화를 받지 말라고 명령했다. 몇 걸음에 그가 주방을 나갔다. 그가 돌아와 나이프의 날카로운 부분을 그녀의 목에 갖다 대고 그녀의 몸을 강하게 움켜쥐었다.

"받아." 그가 으르렁거렸다.

그녀는 기계적으로 전화기를 들고 떨리는 목소리로 전화를 받았다. 하지만 놀랍게도 목소리는 생각보다 훨씬 차분했다.

피가 번져 가슴에 커다란 얼룩을 만드는 것이 느껴졌다.

보일 듯 말 듯, 그가 그녀에게 일어나라고 손짓했다. 그가 커피 탁자에서 나이프를 집어 들고 그녀 바로 뒤로 와 그녀를 침실로 끌고 갔다.

27

"그가 주소를 알진 못할 거예요. 하지만 수산네와 접촉하고 있는 〈모르겐나비센〉의 기자가 자기도 모르는 사이에 누군가에게 주소를 흘렸을 수도 있다는 생각이 들더라고요."

루이세가 경찰 본부 꼭대기에 있는 교환실의 당직 경찰에게 미안한 기색으로 설명했다.

"사과할 필요 정말 없어요. 로스킬레에 순찰차랑 지원 인원 보내는 것 정도는 아무것도 아니니까요." 당직 경찰이 미소 지으며 말했다. 그리고 일어나서 커피 한잔 마시겠느냐고 물었다.

사방에서 전화벨이 울렸다. 전화 교환원들이 코펜하겐 수도권 전역의 다양한 곳으로 순찰차와 구급차를 보내고 있었나. 시내 화재 사건에 과학수사반 파견을 요청하는 전화 소리도 들렸다. 이곳에만 올라오면 다른 세상에 온 것 같다. 바쁘게 움직이는 사람들, 끊임없이 들려오는 전화벨 소리와 무전기 소리, 강력계에 이런 광경은 없다. 그곳은 더 조용하고, 거의 경건한 분위기 속에서 사람들이 어두컴컴하고 구불구불한 복도를 지나다녔다. 발소리가 마치 메아리처럼 이곳저곳에서 울려 퍼지고, 모든 것이 꽤 구식처럼 보이기까지 했다. 교환실에 오면 강력계로 발령 나기 전까지 근무했던 코펜하겐 관할구가 떠올랐다.

그가 커피 잔 두 개를 들고 돌아왔다.

"그녀한테 전화가 안 왔으니 걱정할 필요는 없어요. 아직도 어머니랑 이야기를 나누고 있을걸요." 그가 잔을 책상 위에 내려놓으며 말했다.

순간 루이세의 몸이 뻣뻣하게 굳었다. 루이세는 수산네가 정확히 뭐라고 했는지 그대로 다시 들려달라고 했다.

"아무 일도 없다고, 그냥 어머니랑 이야기하고 있다고 했어요."

그의 말이 채 끝나기도 전에 루이세는 출구로 달려가고 있었다.

"로스킬레로 가자!"

루이세가 전화기를 붙들고 책상에 앉아 있던 라르스에게 소리쳤다. 루이세는 재빨리 팀장의 사무실로 가 순찰차 열쇠를 꺼내고 사용대장에 서명을 했다. 컴퓨터가 꺼져 있는 것으로 보아 팀장은 이미 퇴근한 것 같았다.

계단을 뛰어 내려가는 루이세 뒤로 라르스가 달려왔지만 무슨 일이 벌어진 건지는 아직 묻지 않았다.

"티볼리에서 예스퍼를 만나기로 했는데 나오지 않았어. 그 대신 카밀라의 남자친구 헨닝이 나타났지."

루이세는 그에게 간단히 설명했다. 삼십 분 후면 아이들을 데리러 어린이집에 가야 하는 터라 그를 로스킬레까지 끌고 가려면 어느 정도 설명이 필요했다.

"그냥 수산네에게 전화해서 괜찮은지 물어보면 안 돼?" 빠른 속도로 고속도로를 달리면서 라르스가 물었다.

루이세는 잠시 생각을 해보았다.

"물론 내가 과잉 반응을 하고 있을 가능성도 있어. 그러기만을 바라야 할 테고 말이야. 하지만 수산네가 우리에게 무언가 전달하기 위해 그런 말을 했다면 그건 놈이 거기 있다는 뜻이야. 그리고 만약 놈이 거기 있다면 전화를 거는 게 더 끔찍한 결과를 낳을 수도 있어. 우리한테 몰래 무언가를 말하려 한다고 의심할 것 아니야."

루이세는 머리가 어질어질했다. 라르스는 추월 차선으로 달리며 재빨리 비켜주지 않는 차가 있으면 헤드라이트를 깜박거렸다.

"뭘 하고 있든 어머니와 즐거운 시간을 보내고 있는 게 아니라는 건 백 퍼센트 확실해. 어머니가 〈모르겐나비센〉에 편지를 보냈는데 수산네가 그걸 보고 얼마나 속이 상했으면 카밀라가 점심 약속도 중간에 끝내고 그리로 달려갔겠어."

하지만 그 말을 꺼내고 보니 갑자기 의심이 들었다. 수산네는 지난 몇 주 동안 큰 발전을 보이며 처음 만났을 때라면 절대 하지 못했을 일들을 하고 있었다. 어쩌면 카밀라가 다녀간 뒤 어머니를 불러 허심탄회한 대화를 하고 있는 건지도 몰랐다. 아직 다른 경찰을 출동시켜 출입을 통제하고 아파트에 쳐들어가지 않은 것이 다행이다.

루이세가 깊이 한숨을 쉬었다.

"솔직히 나도 무슨 일인지 잘 몰라. 그냥 예감이 아주 불길해. 물론 요새 내가 예전 같지 않다는 것도 알고. 그래서 내 육감을 믿어도 될지는 잘 모르겠어."

라르스가 루이세를 힐끗 쳐다보더니 다시 전방을 주시했다.

"제기랄, 임신한 줄 알았다니까." 루이세가 밑도 끝도 없이 털어놓았다.

그 말에 라르스가 약간 속도를 줄이더니 루이세를 쳐다보았다. 그래서 루이세는 알고 보니 아니었다고 서둘러 덧붙였다.

"내 상상이 지나친 것뿐이야. 물론 그런 불상사는 벌어지지 않는 편이 낫겠지만 설령 그렇다고 내 육감이 무뎌지거나 하진 않을 거야."

루이세가 억지로 웃어 보이며 화제를 다시 수산네로 돌렸다.

"그래, 물론 그랬겠지. 하지만 그런 것 때문에 걱정이 많았다면 오히려 평소보다 더 민감하지 않을까?" 라르스가 가운데 차선으로 들어가며 말했다.

로스킬레까지 가는 데는 이십 분이 걸렸다. 쾨벤하운스바이까지 가는 길은 비교적 막히지 않았으나 뢰데 항만에서 밀리기 시작했다.

조수석에 앉은 루이세는 손가락으로 대시보드를 두드리기 시작했다. 그렇게 하면 초조한 마음만 더욱 심해질 것을 알면서도 멈출 수가 없었다. 마음속에 쌓인 모든 불안과 짜증이 펄펄 끓었고, 과다한 에너지는 어떤 식으로든 배출되어야 했다.

"너무 바짝 붙이지 마."

수산네의 아파트가 있는 이층짜리 건물들 앞 주차장에 가까워오자 루이세가 잔소리를 했다. 그들은 아파트에서 보이지 않는 곳에 차를 세우고, 수산네의 거실이나 침실 창문에서는 내다볼 수 없고 주방과 욕실에서만 볼 수 있도록 안마당을 통해 접근했다.

"어떻게 할 거야?" 수산네의 옆집 앞에 멈춰 서자 라르스가 물었다.

"내가 가서 노크할 테니까 너는 여기서 기다려. 정말로 어머니와 이야기를 하고 있다면 들어가서 인사만 하고 올게. 만약 놈이 있다면 넌 본부에 연락해서 지원을 요청해. 난 수산네를 빼내 올 수 있을지 볼 테니까." 루이세가 말했다.

"내가 들어가지 않아도 되겠어?" 라르스가 전화기를 꺼내 들고 물었다.

루이세가 재빨리 고개를 끄덕였다.

"모두 순조롭게 진행될 거야. 그냥 수산네의 안전을 확보하는 것뿐이니까. 놈이 도망치면 그냥 놔주고 근처에 놈을 붙잡을 다른 순찰차가 있기만 빌어야지, 뭐."

라르스가 무언가 대꾸하려는 것을 본 루이세가 그가 입을 열기 전에 얼른 걷기 시작했다.

그녀는 안마당을 통해 보도까지 가서 건물 바로 앞에 섰다. 그러고는 벽에 등을 댄 채 주방 창문으로 가 살짝 안을 들여다보았다.

주방은 비어 있었다. 거실로 이어지는 문이 조금 열려 있었지만 틈이 너무 좁아 아무것도 보이지 않았다. 루이세는 욕실의 반투명 유리창 아래로 몸을 수그리고 건물을 돌아서 거실을 들여다보았다. 작은 양초가 두 개 켜져 있고 커피 탁자에는 찻잔과 찻주전자가 있다. 그걸 보니 조금 마음이 놓였지만 사람은 전혀 볼 수 없었다. 수산네가 자신을 강간한 사람과 차분히 앉아 차를 마실 리 없다는 사실을 깨닫자 긴장이 조금 풀렸다.

루이세는 다시 정문으로 돌아가 초인종을 눌렀다. 그러면서 라르스에게 고갯짓을 해 안에 누군가 있다는 사실을 알렸다. 아무도 나오지 않았다. 초인종을 다시 누르기 전에 문손잡이를 돌려보았다. 문은 잠겨 있었다. 이번에는 손가락을 떼지 않고 초인종을 몇 초 동안 눌렀다. 시끄러운 벨소리가 아파트 통로에 울려 퍼졌다.

"들어간다." 그녀가 라르스에게 손짓했다. "양초를 켜놓고 밖에 나가진 않았을 거야." 라르스가 가까이 오자 그녀가 말했다.

루이세는 다시 한 번 초인종을 누르고 건물 반대편으로 갔다. 양손을 포개 유리창에 대고 다시 안을 들여다보았다. 초인종에 어떤 반응이 있는지 보기 위해서다. 그때 라르스가 창고 쪽으로 걸어가다 안마당과 뒷마당 사이에 새로 심은 낮은 산울타리에 걸려 넘어지는 것이 눈에 들어왔다. 달려가 그를 일으켜 세웠다. 그때 현관문 유리창을 깰 수 있는 무언가를 발견했다. 창고에 바닥 포장재로 쓰이는 벽돌이 두어 개 있었다.

"안에 누군가 있다면 우리가 온 걸 알 거야. 저질러버리자." 루이세가 말했다.

라르스가 벽돌 하나를 양손으로 들고 있는 힘껏 현관문의 두꺼운 유리판을 내리쳤다. 루이세는 그것이 산산조각 날 것이라 생각했지만 놀랍게도 조그만 구멍만 하나 뚫리고 말았다. 라르스가 구멍을 계속 내리치자 구멍이 점점 커졌다. 그가 그 안으로 팔을 넣어 현관문을 열었다.

"수산네!" 루이세가 아파트 안을 향해 외쳤다.

안은 조용했다. 루이세는 본능적으로 안에 누군가 있음을 깨닫고 다시 한 번 불렀다. 루이세가 문을 열고 안으로 들어갔다. 현관에 널린 깨진 유리가 발에 밟혔다.

"수산네!"

그때 어디선가 문 열리는 소리가 들렸다. 루이세는 현관 안으로 더 깊숙이 들어갔다.

"당장 나가. 아니면 여잘 죽일 거다."

불길한 목소리가 들려왔다. 조용하고 또렷한 소리다. 루이세는 그것이 침실에서 들려오는 것이라고 짐작했다. 라르스도 그 말을 들었는지 보려고 재빨리 뒤를 돌아보았다. 하지만 이미 지원을 요청하기 위해 밖으로 나가고 없었다. 일단 로스킬레 경찰에 연락을 하겠지만 인질 협상팀이 오려면 적어도 한 시간은 걸릴 것이다. 루이세는 눈을 꽉 감고 강력계에서 인질 협상이나 특수 기동대와 관련된 일을 하는 사람이 있는지 떠올려보았다. 경관 중에는 인질 상황을 처리하는 훈련을 받은 사람이 있었다. 하지만 지금은 아무것도 생각나지 않았다. 사실 그런 팀에 속한 사람이 있는지조차 확실치 않았다.

루이세는 자신이 이 상황을 처리해야 한다는 것을 깨달았다. 문을 열고 들어가기로 결심했으니 이제 와 다른 사람들을 기다릴 수는 없었다.

'수산네를 해치는 걸 막으려면 내가 직접 그와 이야기를 해야 해.'

이 지역 경찰이 곧 당도해 출입을 통제할 것이다. 그러면 비교적 상황이 안정될 것이고 그때까지 그녀가 시간을 벌어야 했다.

루이세는 한 걸음 뒤로 물러나 그에게 진정하라고, 상황 해결을 돕기 위해 온 거라고 소리쳤다.

"내게 칼이 있어. 당장 나가서 문을 닫아!" 그가 소리쳤다.

루이세가 깨진 유리 조각을 밟으며 다시 뒤로 물러섰다. 이렇게 멀찌감치 떨어져 서로를 향해 소리 지르는 것 가지고는 해결될 일이 없다. 그와 진정한 대화를 나눌 수 있다면 시간을 벌 수 있을 것이다.

"전화로 이야기해도 되겠나?" 루이세가 현관문을 통해 그에게 외쳤다.

아무런 대꾸도 없다.

루이세는 자기 휴대전화를 그에게 던지고 그리로 전화를 걸겠다고 말했다.

여전히 반응이 없다.

"외르겐. 당신과 정말로 이야기를 하고 싶어요."

루이세가 그의 이름을 크고 또렷하게 발음했다. 그의 이름을 부르는 게 도움이 될지, 해가 될지는 자신할 수 없었다. 그가 외르겐이 아닐 가능성도 얼마든지 있다. 다른 누군가, 신문 기사와 일기를 읽고 수산네에게 집착하게 된 미치광이일 수도 있다.

루이세는 주머니에서 휴대전화를 꺼내고 유리조각을 넘어 다시 아파트 안으로 한 걸음 들어갔다. 그러고는 거실 문을 열어 쭈그리고 앉은 다음 전화기를 최대한 멀리 안으로 미끄러뜨렸다. 재빨리 일어서서 다시 현관 밖으로 나왔다. 그를 압박하고 있다는 인상을 주지 말아야 했다.

라르스가 본부와 통화를 마쳤다.

"오고 있어."

라르스가 이렇게 말하고 자기 전화기를 루이세에게 넘겼다. 루이세가 그것을 받아 자신의 전화번호를 눌렀다. 한참 통화 연결음이 계속되다가 루이세가 현재 전화를 받을 수 없다는 음성 메시지로 넘어갔다. 전화를 끊고 다시 걸었다. 꽤 오랜만에 머릿속을 덮고 있던 흐릿한 안개가 걷히는 기분이 들었다. 또렷한 정신으로 집중이 되었다. 지금 상대하는 이 남자를 과소평가해선 안 된다.

'이런 반사회적 인격장애자들은 사람들의 관심을 원해.'

루이세가 스스로에게 상기시켰다. 수산네를 살리려면 그의 방식대로 게임을 해야만 했다.

마침내 세 번째 시도에 그가 전화를 받았지만 아무 말도 하지 않았다. 그의 숨소리만 들릴 뿐이었다.

"수산네는 살아 있나요?" 루이세가 조용히 물었다.

"그래."

대답을 듣기까지 너무 오래 걸려 루이세는 그가 대답을 하지 않을 거라 생각했다.

"확인할 수 있나요?" 루이세가 물었다.

아무 말도 없었지만 그가 움직이는 것을 느낄 수 있었다.

"저예요……." 수산네가 힘겹게 말을 뱉었다.

"수산네, 루이세예요." 루이세가 침착하고 안정된 목소리로 안정을 시켰다.

"조용히 해." 그가 말했다.

루이세는 그의 거친 말투를 무시하고 계속해서 차분히 말을 이었다.

"그녀에게 아무 짓 하지 않으면 이 상황에서 빠져나가도록 도와줄게요. 주도권을 쥔 건 당신이라는 것도 알아요. 무엇 때문에 이러는지 알려줄 수 있어요?"

하지만 무엇 때문인지는 듣지 않아도 너무나 정확히 알았다. 경찰에 체포되는 날에는 수산네가 목격자로서 자신을 지목할 것임을 놈은 아는 것이다. 카린 또한 그를 알아볼 수 있었다. 그때 갑자기 지난번 카린을 만난 이후 그녀에 대해 전혀 신경 쓰지 않았다는 사실을 깨달았다. 놈이 이미 그곳도 다녀갔을지도 모른다. 경찰의 포위망이 좁혀오고 있다는 것을 알아채기는 어렵지 않으니까.

'당연히 위협이 느껴졌겠지.'

그가 어떤 상황에 처해 있는지는 확실했다. 두 건의 폭행과 강간은 아무것도 아니다. 그가 카린과 수산네에게 저지른 짓도 끔찍했지만 크리스티나의 죽음은 그의 중죄를 가중시켰다. 그가 압박을 받는 것은 당연했다.

루이세는 침착하고 조용하지만 단호하게 말할 수 있었다. 이상하게 실제로도 차분해진 느낌이다. 앞으로 무슨 일이 벌어질지는 생각하지 않고 다만 시간을 벌기 위해 애쓸 뿐이다. 대화를 하면서 그를 진정시키는 데 성공한다면 그가 풀이 꺾여 수산네를 풀어주고 순순히 걸어 나갈 수 있다.

루이세는 침착한 목소리로 말을 이었다.

"크리스티나를 죽이려 한 게 아니죠. 알고 있어요. 그녀의 죽음은 사고였어요." 루이세가 전화기에 대고 말했다.

순찰차 여러 대가 주차장에 도착한 모양이었다. 주변을 통제하기 위해 더 많은 차량이 합류할 것이다. 따라서 지금부터는 인질 협상팀이 나타나 주도권을 쥘 때까지 대화를 이어가기만 하면 된다. 그가 듣고 싶어하는 이야기만 꾸준히 들려준다면 그렇게 될 가능성이 있다.

그는 여전히 아무 말도 하지 않았다.

"당신이 자발적으로 밖으로 나온다면 큰 도움이 될 거예요. 그러면 상황이 걷잡을 수 없이 커지는 걸 막을 수 있어요." 루이세가 말했다.

'무슨 대꾸라도 해주면 얼마나 좋을까.'

그가 그렇게 조용한 것이 마음에 걸렸다. 전화기 너머로 침묵과 낮은 기계음만 계속되자 루이세는 그가 소리를 차단하기 위해 전화기를 소파 쿠션 밑에 집어넣은 것이 아닌가 하는 불안감이 들었다. 수산네가 있는 침실 문을 닫았을지도 모른다. 루이세가 순진하게 대화를 시도하고 있는 지금도 수산네를 폭행하고 있을 수 있었다!

루이세가 문으로 다가가 쾅쾅 두드렸다. 그런 다음 문에 대고 귀를 기울였다.

"너무 늦었어." 마침내 그의 불길한 목소리가 대답했다.

그게 무슨 뜻인지는 알 수 없었다. 수산네가 살기에 늦었다는 것인지, 이 상황 전체가 그렇다는 뜻인지. 루이세는 후자이기를 빌었다.

"이성적으로 행동하기만 하면 늦지 않았어요. 그녀를 놓아준다면 선처를 받을 수도 있어요."

"못 믿겠어. 경찰이 보이는데."

"그냥 순찰차예요. 여기를 출입 통제하기 위해 온 것뿐이에요. 인질 협상팀이 오기 전에 행해지는 일반적인 절차라고요. 난 전문가가 아니라 일개 형사예요."

"인질 협상팀? 협상하고 싶은 건가?"

"그래요. 당신이 최대한 이성적으로 이 상황을 헤쳐 나갈 수 있게 협상을 하고 싶어요." 루이세가 설득력 있게 말했다.

"정말 내가 여기에서 벗어날 수 있다고 믿는 건가?"

그의 말은 비웃는 기색이 역력했다. 대화를 계속할 수 있도록 그가 이 말을 믿기만을 빌었다. 시계를 보았다. 시내에서 협상팀이 오려면 최소한 삼십 분은 더 걸릴 것이다. 괴로울 정도로 느리게 진행되는 상황에서 너무나도 긴 시간이다.

만약 자신이 이런 극단적 상황에 처했다면 해외로 도망치게 투네 비행장에 비행기 한 대를 대기시키는 것부터 시작해 미국 액션 영화에서 본 대로 말도 안 되는 요구 사항을 폭포수처럼 쏟아낼 것이다. 하지만 그는 그러지 않았다. 자포자기한 것 같지도 않았고, 흥분하지도, 빠르게 아무 말이나 지껄이지도 않았다. 그는 단어 하나하나를 고심해 고르며 차분히 대화를 나누는 사람 같았다.

전화기 너머로 수산네의 울음소리가 들려왔다.

"그녀를 놔준다면 내가 대신 인질이 될게요." 루이세가 말했다.

"당신 갖고 내가 뭘 어떻게 하라고?" 그가 놀란 듯 물었다.

"나와 이야기를 하면 되죠."

"하지만 당신은 나를 모르는걸. 그런 당신과 이야기하는 게 무슨 도움이 될까?" 상황이 재미있게 되었다는 듯 그가 물었다.

그는 마치 전화로 회의를 하고 있는 사업가 같았다. 그리고 루이세 자신은 그의 구미를 당길 만한 조건을 제시하지 못하는 사업 파트너 같았다.

루이세에게는 선택의 여지가 없었다. 그가 옳았다. 자신과 이야기를 해봤자 좋을 것이라곤 하나 없었다. 하지만 뻔뻔하게 거짓말을 할 수밖에 없었다.

"일단 이 상황을 침착하고 조용하게 마무리 짓고 당신이 만족할 만한 해결책을 찾도록 내가 할 수 있는 모든 일을 하겠다고 약속할게요. 수산네를 놔줘요. 그러고 나서 우리 함께 이야기를 해봐요. 혹시 인질 협상팀을 기다려서 그들의 제안을 듣고 싶다면 내가 당신의 협상 카드가 될 수도 있잖아요."루이세가 그를 설득했다.

그가 알아들을 수 없는 말을 웅얼거렸다. 그러고는 이내 입을 열었다. "당신은 날 모르잖아. 그러니 날 이해하지도 못할 거야. 거기다가 당신은 아무 소용이 없다고."

그는 자포자기한 듯 보였다.

루이세는 깊은 숨을 쉬며 몸속 깊은 곳까지 공기를 들이마셨다.

"실은 당신을 알아요. 당신을 안다고요. 당신도 날 알고요."

물론 '안다'는 말은 조금 과장이다. 하지만 어떤 면에서 보면 둘은 서로 알고 있다. 그가 커피 약속에 나타나기만 했다면 말이다.

수화기 반대편의 침묵이 점점 불길해졌다.

"당신 누구야?"

"'프린세스'라 불러줘요." 루이세가 현관문 옆 벽에 기대어 대답했다.

침묵. 햇빛이 온몸에 쏟아지는데도 몸이 부들부들 떨려왔다. 루이세가 자신과 그 모두를 막다른 골목까지 밀어붙인 것이다.

집 안에서 무슨 소리가 들려왔다. 루이세가 손은 흔들어 라르스를 불렀다.

"나 들어갈게. 본부에 전화해서 카린의 집으로 사람을 보내라고 해. 거기에도 놈이 다녀갔을지 몰라."

루이세가 전화기 반대편의 예스퍼가 들을 수 없도록 나지막하게 속삭였다.

라르스가 고개를 돌리더니 무언가 화난 듯 소리치려다가 입을 닫았다. 긴장되어 불거진 턱 근육을 보면 알 수 있었다. 그가 다시 루이세를 쳐다보며 어깨에 한 손을 얹었다.

"조심해. 놈이 오늘 여기 왜 온 건지 아직 모르잖아. 이미 한 사람을 죽인 놈이라고." 라르스가 말했다. 지금까지는 루이세도 같은 생각이었다. "놈은 궁지에 몰렸어. 수산네를 풀어준다면 그건 너를 인질로 삼는 게 더 유리하리라 생각하기 때문이야."

라르스의 말이 옳을 것이다. 하지만 지금으로서는 그가 수산네를 붙잡고 있는 편이 더 낫다고 판단할까 봐 걱정이 되었다.

루이세는 다시 현관으로 돌아가 귀를 기울였다. 반장과 팀장이 주차장을 가로질러 뛰어오는 것이 보였다. 반장이 무언가 말하려는 것 같았다. 하지만 바로 그때 거실 문이 열리더니 수산네와 그녀를 붙들고 있는 팔 하나가 시야에 들어왔다. 수산네가 목에서 피를 흘리며 겁에 질린 채 바닥만 내려다보고 있었다. 수산네의 손은 앞으로 한데 묶여 있는데 지난번처럼 케이블 타이가 아니라 아파트 어딘가에서 찾았을 법한 끈 종류다.

"당신이 들어올 때까지 내보내지 않을 거야."

루이세가 재빨리 반장을 힐끗 쳐다보았다. 그리고 반장이 무슨 말을 꺼내기 전에 온몸에 힘을 주고 아파트 안으로 들어가 수산네 옆에 섰다. 수산네를 붙들고 후다닥 밖으로 뛰어나갈까 잠깐 생각했지만 이내 포기했다. 실패한다면 더 희망이 없었다. 루이세는 무기가 없으며 공격하지도 않을 것이라는 의사 표시로 뒤통수에서 양손을 깍지 꼈다. 수산네를 붙든 그의 손에서 조금 힘이 빠지는 것이 보였다.

"나가요." 루이세가 수산네에게 말했다.

루이세는 잠시 가만히 서서 수산네가 건물을 빠져나가는 뒷모습을 지켜보았다. 안도감과 승리의 쾌감이 등골을 따라 흘렀다. 하지만 바로 다음 순간 힘센 손 하나가 루이세의 팔꿈치를 꽉 붙잡아 거실로 잡아당겼다. 루이세가 비틀거리다 소파에 풀썩 주저앉았다.

28

🕊

외르겐은 한참 동안 가만히 선 채 루이세를 바라보았다. 루이세
는 천천히 자리에서 일어났다가 다시 소파에 제대로 앉았다.

"알고 있었다고?" 그가 루이세에게 바짝 다가와 물었다. 루이세
가 그를 쳐다보기 위해 고개를 바짝 들었다.

루이세가 고개를 흔들었다. 시내에 나갔다가 그를 우연히 본 적
이 있는 여자로서 이야기를 시작했다.

"당신을 만나러 티볼리에 갔는데 당신은 오지 않았어요. 그 대신
헨닝을 만났죠."

형의 이름을 이야기하는 것을 듣고서 그는 소스라치게 놀랐다.

"당신 형은 내 친한 친구를 만나고 있어요."

"카밀라?"

그는 여전히 그 자리에 선 채 루이세를 유심히 훑어보았다. 적대
감이라든가 공격적인 분위기는 느껴지지 않았다. 루이세의 가슴속
깊은 곳이 아파왔다. 그는 마치 원치 않는 거래를 억지로 받아들여

야 하는 사람처럼 혼란과 불안에 시달리는 듯 보였다.

"그래요. 같이 점심 먹다가 카밀라가 로스킬레에 갔고, 당신이 바로 뒤에 나갔다는 이야기를 헨닝한테 들었어요. 그녀를 따라 여기 온 건가요?" 루이세가 간략히 설명하고 물었다.

섣불리 대답했다가 잃을 것이 없는지 생각하는 듯 그가 잠시 뜸을 들이다가 고개를 끄덕였다.

"형이랑 닮았어요. 적어도 옆모습은. 헨닝을 처음 보았을 때 옆모습을 알아보았거든요."

루이세는 그가 크리스티나를 콩겐스 뉘토르 역에 데려다주었을 때 시시티브이 영상에서 그의 모습을 확인했다고 덧붙였다.

그는 잠자코 듣고 있었다. 무슨 생각을 하고 있는지 알 도리가 없었다.

"모든 게 맞아 들어간다는 걸 갑자기 느꼈어요. 그래서 이리로 달려왔죠."

나이트워치에서 그에게 메시지를 보냈을 때 이 모든 걸 알았다는 이야기는 차마 꺼낼 수가 없었다. 당장은 그리 위협적으로 보이지 않아도 한순간에 변할 수 있었다. 생각에 잠긴 듯한 그의 표정에는 불길한 분위기가 흘렀다. 그가 그리 스트레스를 받지 않은 것처럼 보인다는 사실 또한 경계심을 한층 높였다.

그는 루이세가 말을 잇기를 기다렸다. 갑자기 침묵이 끝없이 계속되었다. 루이세는 불안에 떨며 이야깃거리를 찾기 시작했다. 얼마나 시간을 끌어야 할지 시계를 보고 싶었지만 그럴 엄두가 나지 않았다.

"카밀라가 당신 이름이 외르겐이라고 알려줬어요." 루이세가 말했다.

그때 특수기동대 복장을 한 사람들이 창문 밖을 지나갔다. 그들이 자리를 잡는 것으로 보아 인질 협상팀이 도착한 것이 분명했다.

"그녀를 죽이지 않았어. 아무 짓도 안 했다고." 외르겐이 마침내 입을 열었다. 그도 의자에 앉아 맞물려 돌아가는 톱니바퀴처럼 양손의 손가락을 이리저리 움직였다.

루이세는 그의 마지막 말에 대해서는 토를 달지 않았다. 하지만 이런 식으로 이야기를 시작하면 그의 신뢰를 살 수 있을지도 몰랐다.

"나도 그렇게 생각해요. 당신이 그녀를 죽인 게 아니라고……. 의도적으로는……." 루이세가 잠시 멈췄다가 마지막 말을 덧붙였다.

그가 불에 데기라도 한 듯 화들짝 양손을 뺐다가 재빨리 루이세를 향해 몸을 수그렸다.

"죽이지 않았어. 내가 나올 때까지 여자는 살아 있었다고. 그 여자가 날 속인 거야." 그가 날카롭게 내뱉었다.

그가 양손을 마구 휘젓다가 빈 찻잔을 넘어뜨렸다. 쨍그랑 소리가 났다. 그는 루이세의 눈을 의미심장하게 노려보았다.

"그 여자 잘못이라고!"

루이세는 자신도 동의한다는 듯 고개를 끄덕였다. 갑자기 시간이 부족해졌다. 지금까지는 시간을 끌기 위해 애썼지만 이제 문제는 바깥에 대기 중인 특수기동대가 들이닥칠 때까지 그를 진정시킬 수 있느냐다. 자신이 협상에서 쓸 무기가 되어야 했다.

루이세는 그를 안심시키려 애썼다.

"당신이 아파트를 나선 다음에 죽은 거예요. 검시관에게 전화를 받았는데 숨을 거두기까지 시간이 꽤 걸렸을 거라고 했어요."

그 말을 듣긴 했지만 의미를 이해하진 못한 것 같았다. 그는 자신이 결백하다는 말만 듣고 싶어했다. 이런 상황에서 범인들이 보이는 전형적인 태도다.

"살인 혐의를 받지는 않을 거예요."

이 말이 효과가 있기를 바라면서 말을 골랐다. 하지만 살인은 아니어도 분명 과실치사로 기소될 것이다. 솔직히 반장이 2급 살인으로 기소하더라도 그리 놀랄 일은 아니었다. 어차피 그들은 이 사건을 가중 폭력으로 인한 사망으로 보고 있으니까.

"내가 죽인 게 아냐. 그 여자가 날 초대했고, 침실로 가자고 한 것도 그 여자라고."

말투에서 공격성은 조금 사라졌지만 여자를 비난하는 투는 여전하다.

루이세는 조용히 고개를 끄덕이며 그가 멍청하지 않다는 것을 깨달았다. 놈은 당연히 피해자와의 일이 합의에 따른 것이라고 주장할 것이다. 수산네의 사건이 법정으로 가게 되어도 그렇게 할 것이 분명했다. 따라서 그의 말이 사실이 아님을 증명하려면 수산네와 변호사가 고생깨나 해야 할 것이다.

그는 창문 밖을 내다보며 밖에서 일어나는 일을 무심히 쳐다보았다. 교통이 통제되고 행인들의 통행이 금지되었다. 움직이는 사람이라고는 주차장과 건물 근처에 자리를 잡은 경찰관뿐이다. 루이세는 거실 벽에 걸린 시계를 흘깃 쳐다보았다. 그와 마주 보고 앉은 지 몇 시간은 된 것 같았다.

"아무 문제도 없었어. 그러다가 갑자기 모든 게 잘못된 거야. 완전히." 외르겐이 말했다. 딱히 루이세에게 한 말도 아니었다.

잠깐 루이세는 그가 울음을 터뜨릴 것 같다고 생각했다. 정확히 어디서부터 잘못된 건지 묻고 싶었지만 그럴 엄두가 나지 않았다. 그것이 바로 문제다. 무엇이 그의 그런 행동을 촉발했는지 그 자신도 모른다는 것. 강간 케이스를 준비해 데이트에 나갔을 때부터 그에게는 자신만의 계획이 있었을 것이다. 그 계획이 제대로 실행되지 못했다면 그는 그것 또한 뭔가 잘못된 것으로 보았을 것이다. 하지만 루이세는 지금 그것을 터뜨릴 생각은 없었다. 분명 향후 정신감정이 행해질 테고 판단은 상담의의 몫이다. 현관 바깥에서 목소리가 들렸다. 안에 있는 사람에게 전하기 위한 것은 아니고 다만 바깥에서 무언가를 의논하는 소리다. 그것을 들으니 때가 되었다는 것을 알 수 있었다. 뱃속이 조여오고 맥박이 빨라졌다.

"최고의 변호사를 구할 수 있게 도와줄게요. 지금 나가면 카밀라도 당신을 돕기 위해 최선을 다할 거예요." 루이세가 그를 정면으로 쳐다보며 말했다.

처음에는 그의 눈이 루이세의 시선을 피했지만 천천히, 루이세의 말 한마디마다 힘이 실리면서 다시 돌아왔다.

단지 낚싯밥을 이리저리 던지는 것에 불과했지만 반응이 돌아왔다. 그의 눈에서 무언가 느껴졌다. 그래서 루이세는 말을 계속했다.

"일단 인질 협상팀이 주도권을 쥐면 난 아무것도 해줄 수가 없어요. 바로 특수기동대가 들어올 거예요. 하지만 우리가 먼저 걸어나가면 더는 인질극이 아닌 거예요."

이제는 할 말이 떨어져 가는데 그는 아까보다 더 침착해 보였다. 기동대 복장을 한 사람들과 멀리에서 위치를 잡는 저격수들이 보였다.

"그리고 언론이 몰려오기 전에 마무리 짓는 것도 좋을 거예요." 루이세가 덧붙였다.

이미 꽤 많은 사진기자들이 경찰이 세워놓은 통제선 뒤에 몰려들어 있었다.

"무슨 문제라도 생기면 당신을 데리고 도망칠 거야." 그가 한참 동안 생각하다 말했다. 그의 목소리는 다시 쉰 듯한 속삭임으로 돌아가 있었다.

루이세가 고개를 끄덕였다. 일단 문 밖으로 나가면 도망칠 기회 같은 것은 없었다. 여기에 출동한 경찰들의 규모만 보아도 크게 놀랄 것이다. 그를 속이는 것 같아 가슴이 저려왔다. 지금 그녀와 함께 나가면 협상 과정을 거칠 필요가 없을 텐데. 제 발로 나가지 않으면 대테러 특공대를 들여 보낼 것이다. 물론 그는 그런 팀이 올 줄이라곤 생각도 못 했을 것이다. 덴마크에서 인질을 잡는 행위는 테러리즘으로 간주된다. 특히 이런 상황에서는 인질을 구해내기 위해 최고로 훈련된 팀이 대기 중이라는 것도.

그가 일어서서 거실 안을 조금 서성댔다.

"같이 나가는 거야." 그가 루이세를 쳐다보며 말했다. 그 표정이 무슨 뜻인지 루이세는 알아챌 수 없었다.

그의 눈은 흉포해 보이면서도 동시에 겁에 질린 것 같았다. 하지만 겉으로는 마치 이 상황이 모두의 실수, 일종의 오해, 잘못 걸린 전화, 그러니까 자신과 아무 상관없는 것이라고 확신하는 듯 여전히 침착했다. 루이세는 자신이 없었지만 일단 일어서서 고개를 끄덕였다. 불시에 비참한 최후가 닥칠 수도 있는 순간이다.

"카밀라도 바깥에 있어?" 외르겐이 물었다.

"모르겠어요." 루이세가 어깨를 으쓱이며 말했다. 카밀라가 없기를 바랐다.

그가 천천히 다가와 루이세 앞에 섰다.

"당신이 도와줄 거라 약속했으니까 이렇게 하는 거야. 그리고 당신을 정말로 알고 싶거든."

루이세가 몸을 부르르 떨었다.

'우와, 아직도 그런 게 가능하다고 생각하는 거야?'

그는 자신의 폭행을 범죄라 여기지 않는 게 확실했다. 경찰이 자신을 기소할 죄목을 생각하고 있지 않다. 그야말로 완전히 망가진 사람이다.

'전형적인 반사회적 인격장애자야.'

"오늘 수산네를 보러 온 이유가 뭐예요?" 외르겐이 자신을 문 쪽으로 밀자 루이세가 물었다.

"신문에 내가 누굴 죽였다고 썼더라고. 그건 사실이 아니야. 그녀는 날 잘 알고, 내가 그런 사람이 아닌 것도 알아."

루이세가 고개를 푹 숙였다. 그의 눈을 들여다볼 수 없었다.

"여자의 팔다리를 묶고 재갈을 물리는 걸 정상이라 볼 수는 없어요. 사전에 동의하지 않으면 두려울 수 있다고요……."

그 말을 들은 그의 얼굴에서 표정이 완전히 사라졌다. 루이세가 말을 멈추었다.

그들은 문 바로 앞에 섰다.

"잠깐만 기다려요. 전화해서 우리가 나간다고 이야기할 테니까." 루이세가 최대한 침착하게 말했다.

전화를 걸어 반장과 간단히 말하는 동안 그가 루이세를 지켜보았다. 이제 완전히 두려움에 사로잡힌 듯한 그의 눈에는 불안함뿐 포악한 기운 따위는 없다. 그의 시선이 한곳에 모이지 못하고 사방을 헤맸다. 그가 루이세의 팔을 붙들었다. 그리고 문을 열자마자 자기 앞에 세울 준비를 했다.

"문을 열면 천천히 안마당을 가로질러 나가는 거예요." 루이세가 다급히 말했다. 너무 빨리 움직이면 무슨 일이 일어날지 모르니 미리 다짐을 해두었다.

그가 손잡이를 돌려 문을 열었다. 반장이 길 끝에 서서 가만히 그들을 쳐다보았다.

둘은 마치 낯선 곳에 처음 도착한 동물처럼 천천히 한 걸음을 내딛었다. 외르겐이 방패처럼 루이세를 앞에 세웠다. 현관 밖으로 두어 걸음 나오자 그가 우뚝 멈춰 주변을 둘러보았다. 여러 건물 지붕 위에 저격수들이 그를 겨누고 있었다. 기동대 복장을 한 경찰들이 건물을 완전히 둘러싸고 대기했다. 루이세의 눈에 그들은 분리해 생각할 수 없는 한 덩이의 무리일 뿐이지만, 그는 마치 세세한 내용을 외우기라도 하듯 그들을 찬찬히 둘러보았다.

그가 루이세를 한 번 더 앞으로 밀쳤다. 그 동작이 너무나도 과격해 루이세는 그가 자신을 버리고 혼자 다시 아파트로 뛰어 돌아갈 것이라 생각했다. 그때 반장이 루이세 뒤에 있는 무언가를 노려보며 아주 가볍게 머리를 흔드는 것이 보였다. 외르겐에게 어리석은 짓 하지 말라고 하는 것인지, 루이세 뒤쪽 지붕에 있을 저격수에게 신호를 보내는 것인지 알 수 없었다.

반장이 그들을 향해 다가오기 시작했다. 그의 뒤로 외르겐을 체포할 경관들이 보였다. 루이세는 라르스와 눈을 맞추었다. 고개를 돌리니 인질 협상팀에 소속된 사람들 두어 명이 이웃 안마당에 서서 상황을 지켜보고 있었다.

루이세가 걸음을 멈추고 외르겐이 자신을 지나쳐 걸어가게 두었다. 그가 루이세를 쳐다보지 않고 천천히 반장을 향해 걸어갔다. 하지만 그녀 옆을 지날 때 아주 나지막한 소리로 말했다.

"당신을 믿어."

루이세는 기동대와 방탄조끼를 입은 경찰들이 달려와 그에게 수갑을 채우고 몸을 수색하고 체포하는 것을 가만히 지켜보았다. 그들 무리는 차들이 주차된 곳으로 향했고, 이내 경찰 네 사람이 짙은 푸른색 승합차 뒷좌석에 그와 함께 올라탔다. 반장이 다가와 루이세 옆에 서더니 괜찮은지 물었다.

루이세는 고개를 흔들었다. 그 순간 다리가 후들거리고 있음을 깨달았다. 온몸의 힘이 스르르 빠져나가는 것 같았다.

'전혀 괜찮지 않아.'

과학수사반이 아파트 안으로 들어갈 준비를 했다. 돌연 수산네의 안부가 궁금했지만 그건 어차피 나중에 알게 될 것이다.

얼마 지나지 않아 사진기자들의 카메라 플래시가 외르겐뿐 아니라 루이세를 향해서도 터졌다. 당황한 루이세가 재빨리 등을 돌렸다.

라르스가 다가와 한 손으로 그녀를 감싸고 끌어당겼다.

"자, 가자."

라르스가 루이세를 부축하다시피 해 차로 데려갔다. 로스킬레 경찰서장이 양팔을 벌리고 활짝 웃으며 다가오는 것이 보였다. 루이세는 고개를 돌리며 걸음을 재촉했다.

라르스가 차 문을 열고 안으로 들어가는 것을 도와주었다. 온몸의 근육이 말을 듣지 않고, 다리는 후들거렸으며, 손은 제멋대로 떨렸다.

"또 그녀를 강간하러 온 걸까? 손이 묶여 있던데. 아니면 죽이러 온 건가? 아, 그리고 사람을 보내 알아봤더니 카린은 찾아간 적이 없더라고." 고속도로로 향하는 차 안에서 라르스가 말했다.

루이세가 몸과 마음을 추스르려 애쓰며 고개를 흔들었다. 지금 당장은 그것에 대해 생각하고 싶지 않았다. 하지만 라르스가 관심을 보이는 것도 당연했다. 계속 바깥에서 대기하지 않았던가.

"죽이러 온 게 아니야. 자기가 크리스티나를 죽인 게 아니라고 해명하러 왔대. 집을 나설 때만 해도 살아 있었다고 말이야."

사건 이야기를 시작하니 힘든 고개 하나를 넘은 것 같은 기분이 들었다.

라르스가 고개를 끄덕이고는 애초에 루이세가 짐작한 것을 입 밖에 꺼냈다.

"수산네가 자신을 지목할 수 있다는 걸 알았겠지. 재판에 가면 목격자 증언도 중요하고."

루이세는 신문에 실린 수산네의 일기를 보고 외르겐이 어떤 반응을 보였는지 설명했다.

"자기가 하지 않은 일에 대해 부당한 비난을 받았다고 느꼈던 것 같아."

라르스가 루이세를 힐끗 돌아보더니 속도를 높여 고속도로의 추월 차선으로 들어섰다.

"대체 무슨 의도였던 거지? 어떤 사람이 강간 준비물을 챙겨서 데이트에 나간단 말이야?"

"아마 가학피학성 변태성욕이 있는 건 인정할 것 같아. 그리고 그게 정상이라 여기는 것도……. 물론 법적으로야 문제가 없지. 상대도 그걸 좋아한다면 말이야." 루이세가 말했다.

라르스가 중간 차선으로 옮겨 속도를 조금 줄이고 귀를 기울였다.

"하지만 이 경우는 그렇지 않지. 아마 성관계는 미리 합의가 되었겠지만 어떤 종류의 섹스를 할 것인지 그리고 언제 멈출 것인지는 이야기하지 않았을 거야. 적어도 수산네는 그런 말이 전혀 없었으니까. 오히려 반대로 내가 그런 것을 좋아하냐고, 그러니까 묶이고, 맞고, 강간당하는 걸 즐기느냐고 물었더니 강하게 부인했거든. 그런 걸 미리 논의하지도, 그에 대한 대답이 '예스'이지도 않았을

346

거야."

"아, 몇 년 전에 그 사건 기억나? 위층 사는 사람이 사람을 시켜 아래층 사는 여자를 강간하게 한 거?"

고개를 절레절레 흔들며 루이세의 말을 듣고 있던 라르스가 갑자기 입을 열었다.

루이세가 기억나지 않는다며 고개를 저었다.

"위층 남자가 인터넷에서 아래층 사는 여자인 척하면서 젊은 남자 하나를 꼬여서는 강간 게임을 하자고 했잖아. 자기 전에 문을 열어둘 테니 들어와서 자기를 강간하라고, 최대한 현실적으로 꾸미기 위해 아무리 비명을 지르더라도 멈추지 말고 계속하라고 말이야."

루이세도 그 사건이 기억났다. 사건 보고서를 읽으면서 처음으로 누군가를 거세했으면 하고 바랐던 기억이 떠올랐다. 위층 남자가 저지른 짓은 말로 표현할 수 없을 정도로 끔찍했지만 그가 받은 처벌은 미미한 수준에 그쳤다.

"아래층 여자가 휴가 간 동안 화분에 물을 준 적이 있어서 열쇠를 가지고 있었지. 그걸로 복사본을 만들었잖아, 맞지? 그 젊은 남자는 그 사실을 알고 완전히 놀랐고." 루이세가 덧붙였다.

"맞아. 그리 똑똑한 사람은 아니었어. 위층 남자는 결국 유죄 판결을 받았고."

"미친 놈." 루이세가 말했다. 오래된 사건 이야기를 하다 보니 기운이 좀 나는 것 같았다. 비교적 금방 해결된 간단한 사건이지만 범행이 너무나도 악의적이어서 기억에 남아 있다.

"오늘 그자, 외르겐 말이야. 그놈도 꽤 심하게 망가졌지, 응? 어땠어?" 라르스가 물었다.

"기본적으로는 침착하고 조용했어. 자기가 성폭행을 여러 건 저질렀다는 걸 인식하지 못하는 것 같더라고. 그저 오해를 받았다고 느끼는 것 같았어."

루이세가 말을 멈추고 잠시 생각에 잠겼다.

"놈이 얼마나 계산적인지 알면서도 지금은 그렇게 믿기지가 않아. 정말로 도망치거나 숨으려 했던 것 같지는 않아. 그렇게 생각하면 지하철 감시 카메라에 잡히지 않았던 것도 우연이라고 보는 게 맞고. 하지만 한편으론 여자들한테 이메일을 보낼 때 추적을 피한 것이나 피해자의 집에 지문을 남기지 않은 건 아주 주도면밀했지."

"논리가 안 맞는데." 라르스가 알쏭달쏭한 표정으로 말했다.

"그러게." 루이세가 고개를 끄덕였다. 다음 순간, 죄책감이 밀려왔다.

"그러고 보니 나 그 사람한테 별의별 약속을 다 했는데. 생각나는 대로 떠들어댔단 말이야."

"그럴 수밖에 없었잖아." 라르스가 루이세를 쳐다보지도 않고 고개를 끄덕이며 대꾸했다.

"사람이란 그런 건가 봐. 순순히 걸어 나오게 할 수 있다면 무슨 약속이든 다 했을 거야." 루이세가 중얼거리며 좌석 등받이를 뒤로 젖혔다. 잔뜩 굳어 있던 근육이 풀리도록 몸을 뒤로 기댔다.

"그게 우리가 하는 일의 일부고, 넌 아주 훌륭히 해냈어."

라르스가 말하며 루이세의 무릎을 살짝 감싸 쥐었다. 그러고는 반장이 루이세가 안에 있는 내내 평소보다 훨씬 긴장해 있었다고 전해주었다.

"물론 수산네가 나왔을 때는 정말 좋아했지. 구세주처럼 그녀를 구해내 현장에서 데리고 나가는 사진이 신문에 실리면 아마 모두가 감동의 눈물을 흘릴걸." 라르스가 껄껄 웃었다. "하지만 그렇게 조용하고 필사적인 반장 모습은 본 적이 없어. 네가 들어가 있는 내내 숨을 참고 있는 것 같더라니까." 라르스가 조금 진지한 어투로 덧붙였다.

루이세는 뭐라고 대답해야 할지 몰랐다. 그녀가 허락도 없이 행동하는 바람에 반장의 재량을 빼앗아버린 것 때문에 화를 내도 할 말이 없었다.

"곧장 집에 데려다줄까?" 라르스가 물었다.

정말로 그렇게 하고 싶었다. 하지만 머릿속 어딘가에서 이렇게 충격적인 경험을 하고 나면 그것이 그대로 굳어지지 않도록 제대로 마무리 짓는 것이 정말로 중요하다는 야콥센의 목소리가 들리는 것 같았다.

"카밀라가 그의 형과 사귀고 있어." 루이세가 불쑥 내뱉었다. 라르스의 반응을 보지 않기 위해 눈을 감았지만 그의 목소리까지 막을 수는 없었다.

"뭐, 뭐라고?" 라르스가 되물었다.

'정말 바보 같은 반응을 보이네.'

라르스는 분명 루이세의 말을 들었다. 그런 반응을 보이는 것도 당연했다.

루이세는 여전히 눈을 감은 채 티볼리에서 헨닝을 만난 이야기를 들려주었다.

"처음에는 그라고 생각했어. 옆모습이 똑같았거든. 알고 보니 헨닝이 그의 형이었어."

라르스도 홀멘의 파티장에서 헨닝을 만났으니 사실 따지고 보면 루이세보다 그를 더 잘 아는 셈이다. 몸이 갑자기 무거워졌다. 이 일을 카밀라에게 어떻게 설명해야 할지 아무리 생각해도 답이 없었다. 그저 어딘가 깊고 캄캄한 어둠 속으로 뛰어 들어가 모든 문제가 해결되고 사태가 조용해질 때까지 숨어 있고 싶었다. 지금으로선 모든 것이 혼란스럽기만 했다.

라르스는 한동안 조용했다.

"일이 더럽게 됐네. 둘 다에게."

29

🕊

로스킬레에서 가장 먼저 돌아온 것은 루이세와 라르스였으나 소
문은 이미 강력계 전체에 퍼져 있었다. 빌룸센 경감이 둘의 사무실
로 찾아와 문간에 서더니 노골적으로 루이세를 뚫어져라 쳐다보기
시작했다. 루이세는 혼자 아파트에 들어간 것이 얼마나 성급하고
무모한 행동인지 비난하는 그를 견뎌낼 여력이 없었다. 그래서 눈
을 마주치지 않고 앞만 쳐다보았다.

"로스킬레 같은 상황이 벌어지면 그걸 처리하도록 고도로 훈련
된 팀이 따로 있지."

사무실 안의 침묵이 점점 버거워지자 경감이 입을 열었다. 루이
세는 듣지 않았다. 아니, 정확히 말하면 듣지 않는 척했다.

라르스가 루이세 맞은편에 앉아 있는데도 경감은 루이세에게만
이야기했다. 방 안의 분위기는 싸늘했다. 라르스가 곧 이어질 꾸지
람을 목격하지 않기 위해 사무실을 나가야 할지, 아니면 남아서 루
이세 편을 들어야 할지 마음을 정하지 못하고 갈팡질팡하는 것이

느껴졌다.

마침내 루이세가 고개를 돌려 빌룸센를 바라보았다. 화가 부글부글 끓어오르기 시작했다. 루이세는 안 그래도 힘든 시간을 보냈다. 집으로 돌아가 드러눕지 않고 이리 돌아온 것만 해도 쉽지 않은 결정이었다.

"할 수 있는 일을 한 것뿐이에요. 바깥에서 지원을 기다릴 시간이 없었습니다. 그리고 결과적으로 다 좋았잖아요." 루이세가 씩씩대며 변명했다.

그런 루이세의 대꾸에 경감은 조금 상처를 받은 것처럼 보였다.

"운이 좋았지."

잔뜩 쌓인 루이세의 분노가 폭발하기 전에 경감이 끼어들었다.

바로 그때 토마스와 미켈이 복도 모퉁이를 돌아 사무실로 들어왔다. 그들은 경감과 라르스를 무시하고 곧장 루이세에게 다가갔다. 미켈이 그녀 옆에 쭈그려 앉고 토마스는 책상 위에 엉덩이를 걸쳤다. 그들의 걱정으로 가득한 얼굴을 보니 루이세는 자신도 모르게 웃음이 나왔다.

"왜 그래? 난 괜찮아. 끝났잖아. 잘 해결됐어." 루이세가 둘을 번갈아 보며 말했다.

본부로 돌아오는 차 안에서 라르스는 미켈이 몇 번이나 아파트로 쳐들어가 루이세를 빼내 오자고 했는데 그럴 때마다 반장이 막아섰다고 전해주었다.

"놈은 어땠어?" 미켈이 호기심을 이기지 못하고 물었다.

"사실 정말 침착했어." 루이세가 대답했다. 사실 그들에게 들려줄 끔찍한 체험담 같은 것이 없다는 것이 스스로도 놀라웠다. 어쩌면 루이세도 머릿속에 높다란 벽을 세우고 몇 차례 잔인한 강간을 저지른 사람을 마주했다는 사실을 잊으려 애쓰는지 몰랐다. 딱히 동정심이 드는 것은 아니었지만 그렇다고 그를 그들이 찾던 계산적이고 냉소적인 인물로 묘사하기도 쉽지 않았다.

그때 갑자기 카밀라가 외르겐과 어울리며 사건에 대해 엄청나게 많은 이야기를 늘어놓았을지도 모른다는 생각이 들었다. 그것이 얼마나 무시무시한 결과를 가져올지 모르는 채 말이다. 카밀라의 이야기가 그의 마음속에 어떠한 반응을 일으켰을 수도 있다. 그와 함께 아파트에 있으면서 느낀 바로는 될 대로 되라는 식은 아니었다.

"그는 아무런 요구도 하지 않았어. 오히려 내가 지키지도 못할 약속을 수없이 했지." 루이세가 말했다.

그때 돌연 그들이 모두 나가주었으면 좋겠다는 생각이 들었다. 루이세는 지쳐 있었고 머릿속은 온갖 생각으로 복잡했다.

"집에 돌아가면 같이 있어줄 사람은 있나?" 경감이 물었다.

루이세가 씩 미소를 지었다. 경감이 이처럼 친절하게 구는 건 무척 드물었다. 이렇게 드문 기회라면 마땅히 즐겨야 했다.

그때 팀장이 사무실로 들어섰다.

"내가 같이 가주지."

루이세가 단호히 고개를 저었다.

"전 괜찮아요. 그냥 혼자 있고 싶어요."

"그러지 말고. 혹시……."

그때 복도에서 또각또각 하이힐 소리가 들려 팀장이 말을 멈추었다. 사무실 안에 있던 사람들 모두 고개를 돌려 문간을 바라보자 카밀라가 우뚝 걸음을 멈추더니 끼어들어도 괜찮을지 모르겠다는 표정으로 주변을 둘러보았다.

"들어와요." 팀장이 말했다.

상황이 지나치게 친밀해질 것이 부담스럽다는 듯 토마스와 미켈이 일어서 문으로 향했다. 경감도 간단히 카밀라에게 인사를 건네고는 토마스와 미켈의 뒤를 따랐다.

"로스킬레에서 대체 무슨 일이 있었던 거야?" 카밀라가 걱정스러운 말투로 물었다. 하지만 그 속에 숨은 호기심을 완전히 감추지는 못했다.

카밀라는 메고 온 커다란 가방을 한쪽 구석에 내려놓고 문 옆 낮은 책장 위에 털썩 주저앉았다. 라르스와 루이세의 사무실이 마치 자기 집이라도 되는 양 편한 모습이다.

"여기 오면 한스 반장님이 계실 줄 알았는데요." 카밀라가 팀장을 보며 말했다.

아마 반장은 당장이라도 외르겐을 심문하기 위해 국선 변호사를 물색하는 중일 것이다.

"수산네는요? 괜찮아요?" 카밀라가 물었다.

루이세는 카밀라를 쳐다보며 그녀가 사건에 대해 얼마나 사세히 아는지 알아내려 애썼다. 카밀라가 기자의 입장으로 여기 와 있는 것이 분명했다.

"아니, 큰 문제는 없어요. 물론 아주 놀랐긴 했겠지만." 팀장이 대답했다.

　카밀라가 아주 걱정스러운 눈빛으로 고개를 끄덕였다.

　"방금 전까지만 해도 같이 있었거든요. 내가 떠나자마자 그가 온 게 분명해요." 카밀라가 대꾸했다.

　라르스가 가방을 챙겨 퇴근할 준비를 했다. 루이세는 그를 위해서라도 쌍둥이들이 이미 잠자리에 들었기를 빌었다. 그 역시 티는 내지 않았지만 많이 지쳐 있을 것이 분명했다. 루이세는 떠나는 그에게 손을 흔들며 도와주어 고맙다고 인사했다.

　"사건 이야기를 듣고 국장이 나더러 로스킬레로 나가보라고 했지만 어차피 거기 도착했을 때쯤이면 상황이 모두 종료되었을 것 같아서 이리로 왔지." 카밀라가 말했다.

　'역시 똑똑해.'

　누구와 약속한 것도 아닌데 아래층의 경비는 어떻게 통과했는지 궁금했다. 경찰 본부로 몰래 올라오기는 그리 쉽지 않을 텐데 말이다.

　"거기서 무슨 일이 일어난 거예요?" 카밀라가 팀장에게 시선을 고정하고 물었다.

　하지만 팀장이 고개를 흔들었다.

　"그 일에 대해 가장 잘 아는 건 루이세지."

　"너였어? 인질 협상팀이 출동했다고 들었어. 그래서 당연히 그들 중 한 사람이 수산네를 빼낸 거라고 생각했는데." 카밀라가 깜짝 놀라 물었다.

　이 이야기가 벌써 새어 나갔다니. 하지만 그리 놀랄 일도 아니었다.

"진짜 제대로 미친놈이지, 엉? 도대체 어떤 인간이 그런 짓을 한단 말이야? 수산네를 죽일 수도 있었어. 아니, 그렇게 따지면 너도 위험했지!" 카밀라가 충격받은 표정으로 머리를 절레절레 흔들면서 말했다.

'그래, 어쩌면 너도.'

루이세가 이렇게 말하려다가 입을 다물었다. 카밀라에게 이런 식으로 진실을 알릴 수는 없었다.

"루이세랑 같이 집에 가줄 수 있어요? 혼자 있지 않게?" 팀장이 진지한 표정으로 카밀라에게 물었다.

"물론이죠." 카밀라가 즉각 대답했다.

팀장은 헨닝에 대해, 그리고 카밀라가 로스킬레에서 벌어진 일에 얼마나 밀접히 관련되어 있는지 알지 못했다.

'팀장에게도 설명해줘야겠군.'

하지만 일단 카밀라에게 먼저 이야기해줘야 했다.

"네 상사는? 날 집에 데려다줘도 괜찮아?" 루이세가 물었다.

"그럼. 급하면 다른 사람한테 시키라지."

그때 복도에서 여러 사람의 목소리와 발소리가 들려왔다. 마치 전투라도 벌어진 듯 침묵을 뚫고 소란이 일었다.

반장이 팀장을 발견하자 그와 일행이 루이세의 사무실 비깥에 멈춰 섰다.

"여기서 일이 마무리되면 외르겐을 베스트레교도소로 보낼 거야." 반장이 말했다.

어떤 반응을 보이기도 전에 그의 시선이 루이세에게 와서 꽂혔
다. '프린스'는 토마스와 미켈, 방금 임명된 국선 변호사에게 둘러
싸여 있었다. 루이세가 고개를 드는 순간 둘의 눈이 마주쳤다. 루
이세는 눈을 피하려 했지만 그의 시선이 그녀를 붙들고 놔주지 않
았다.

"이게 도대체 무슨 일이야?" 카밀라가 소리쳤다.

카밀라가 복도로 뛰어나가려는 순간 팀장이 그녀의 팔을 붙들었
다. 외르겐도 카밀라를 향해 손을 뻗었지만 그 순간 미켈이 달려들
어 그를 제압했다.

외르겐과 카밀라가 아무 이야기도 할 수 없도록 반장이 얼른 가
라고 손짓했다.

"외르겐 사카리아센에 대해 얼마나 많이 알지?" 반장이 카밀라
앞을 막아서며 물었다.

카밀라가 사무실 안으로 도로 들어와 라르스의 의자에 앉았다.

"그는…… 그러니까 그는, 내 남자친구의 동생이에요. 그가 그
런 게 아니에요. 그럴 수가 없다고요!" 카밀라가 말했다.

하지만 그녀의 머릿속에서 퍼즐 조각이 서서히 맞춰지고 있음을
루이세는 느낄 수 있었다.

"너와 수산네에 대해 그가 얼마나 알고 있었지?" 루이세가 물
었다.

반장이 카밀라에게 더 가까이 다가갔다.

"아무것도! 전혀 모른다고. 내 말 들어봐. 정말 멀쩡한 사람이
야. 컴퓨터 컨설팅 일을 하는데 정말 정상이라고. 강간이라니, 믿

을 수가 없어. 몇 년 동안이나 여자랑 같이 살았었다고. 이 년 전에 여자가 떠나긴 했지만 그래도 정말 정상적으로 살고 있어. 그가 범인이라니, 말도 안 돼!" 카밀라가 빠르고 큰 소리로 말했다.

"바로 몇 시간 전에 수산네의 목에 칼을 들이대고 있었으니 달리할 말이 없어. DNA를 확인하기 위해 방금 채혈을 했으니 이제 정확히 알게 되겠지." 반장이 말했다.

카밀라가 여전히 고개를 저었다.

"헨닝은요? 외르겐이 여기 있는 걸 그도 알아요?" 카밀라가 반장의 말을 무시한 채 물었다.

헨닝이 언급되자 반장이 잽싸게 물었다. "형제간의 관계는 어땠나?"

반장이 더 자세히 물으려 했지만 팀장이 손짓으로 그의 말을 막았다. 팀장이 아무 말 없이 반장의 사무실 쪽을 가리켰다.

루이세는 외르겐이 반장의 사무실로 갔음을 어렴풋이 알 수 있었다. 그때 반장의 권위적인 목소리가 들려왔다.

"저기 앉지."

그 말을 끝으로 반장의 사무실 문이 닫혔다.

갑자기 사방이 고요해졌다. 루이세는 넋 나간 듯 멍하니 앉은 카밀라를 바라보았다. 아주 천천히 루이세가 몸을 움직일 힘을 끌어모았다. 그러고는 비틀비틀 카밀라 옆으로 가서 그녀의 머리를 쓰다듬기 시작했다. ▨

저자의 말

『콜미 프린세스』는 허구의 이야기다. 글 내용이 실제로 일어날 수 있고, 그중 몇몇은 정말로 일어났지만 대부분 나의 상상력에서 나온 것이다. 따라서 이 책에 등장하는 인물은 현실의 인물과 아무런 관련이 없다. 이야기의 배경은 실제 세상과 공통점이 많으나 강력계가 코펜하겐 전체를 담당하게 한 것은 작가로서 상상력을 발휘한 부분이다. 실제로 그들은 프레데릭스베르에서 일어난 사건은 다루지 않는다. '모르겐나비센'과 'nightwatch.dk' 역시 가공의 존재다.

이 글을 쓰면서 여러 장면을 최대한 현실적으로 그려낼 수 있도록 실제 세상 속 무대를 배울 필요가 있었다. 내 요청을 기꺼이 받아들여주고 시간을 들여 정성스레 질문에 답해준 모든 사람에게 진심으로 감사의 말씀을 전한다. 그중에서도 법의학 병리학회에 근무하는 친구와 코펜하겐 강력계 A팀의 친구들에게 특별히 감사를 표하고 싶다. 그들의 도움이 없었다면 루이세 릭 이야기를 쓰지 못했을 것이다.

또 글을 읽어주고 큰 도움을 준 로테 토르센과 현명한 나의 편집자 리스베트 묄러 마드센에게도 진심으로 감사한다.

혹시라도 실수나 오류가 있다면 전적으로 내 잘못이다.

옮긴이의 말

🕊️

처음 1장을 읽고 나도 모르게 손을 책상 아래로 내려뜨리고 심호흡을 했다. 숨이 턱 막혀 왔다. 사실감 넘치게 강간 장면을 묘사하는 작가의 솜씨에 혀를 내두르면서도 같은 여자로서 이야기 속 여자가 느꼈을 두려움과 혐오감이 밀려오는 것을 떨칠 수 없었다.

이 책과의 첫 만남을 떠올리자면 그랬다. 충격과 거부감, 하지만 뒤 이어 생겨난 호기심과 흥미. 개인적으로 여성 대상 범죄를 본격적으로 다룬 소설은 읽어본 적이 없기에 여성 작가의 여성 범죄소설은 어떤 분위기일지, 그리고 이 민감하고도 어찌 보면 다소 선정적으로 흐를 수 있는 주제를 작가는 어떻게 풀어낼지 궁금해졌다. 그렇게 나의 책 읽기는 시작되었다. 사실 번역가만큼 외국 작품을 처음부터 끝까지 꼼꼼히 읽는 사람은 없을 것이라 생각한다. 그래서 이번에도 역시 공부하듯 철저히, 하지만 이번만큼은 순수하게 독자와 팬의 입장으로 책에 몰입하기 시작했다.

먼저 간단히 책 소개를 할까 한다. 밀레니엄 시리즈의 천재 소설가 스티그 라르손의 뒤를 이을 범죄소설가로 꼽히는 덴마크 작가 사라 블레델의 『콜미 프린세스』는 그녀의 첫 번째 소설 『녹색 가루(Green Dust)』에 등장했던 여성 형사 루이세 릭과 친구 카밀라 린드를 주인공으로 한 두 번째 소설이다(책 본문 중에도 녹색 가루를 언급하는 내용이 잠시 등장한다. 눈썰미 좋은 독자라면 지금 이 글을 읽고 문득 그 구절을 떠올릴 수 있으리라 생각한다). 그녀가 발표한 소설 중 첫 번째로 영문으로 번역된 이 소설은 출간 직후부터 열띤 반응을 얻으며 앞으로 영어권에서의 그녀의 입지를 탄탄하게 굳혀 놓았다. 참고로 이 작가는 2007년, 2010년, 2011년에 덴마크에서 가장 인기 있는 소설가로 선정되었다고 한다.

맨 앞에서 언급한 것처럼 한 여자, 작품 속 주요 희생자인 수산네 한손이 강간당하는 장면부터 시작하는 이 책은 현재 전 세계를 휩쓸고 있는 인터넷 커뮤니티 열풍, 그중에서도 온라인 데이트를 소재로 조용하고 내성적인 여자들을 대상으로 변태적이고도 충격적인 범행을 벌이는 영리한 범죄자와 한 여성 형사의 대결을 그린다. 사람의 정확한 신원을 파악하기 힘든 인터넷이라는 배경으로 많은 이들이 언급을 꺼리는 민감한 범죄를 저지르는 범인 때문에 주인공 루이세와 그의 파트너 라르스, 그 밖에도 많은 팀원들은 처음부터 크게 애를 먹는다. 시민들의 제보와 과거 미제 사건을 통해 범인은 비슷한 범행을 최소한 세 건 이상 저지른 것으로 밝혀지고, 그중의 한 희생자가 죽임을 당하기도 한다. 사건 하나를 저지르고 곧장 사이트 속 신상명세를 내리고, 누구나 접근할 수 있는 공공시설의 컴퓨터를 통해 이메일을 보내며, 비슷한 대화명을 써가며 능숙하고도 당당하게 사교 생활을 즐기는 범인. 루이세는 우여곡절 끝에 직접 그에게 이메일을 보내 그와 접촉하는 데 성공한다. 우연한 만남을 통해 밝혀지는 범인의 정체는 그야말로 충격적이다. 곳곳에 그럴듯한 낚싯밥을 던져놓는 작가의 솜씨 덕분에 독자는 괜스레 이런저런 사람들을 의심해보지만 결국 범인은 다른 곳에 있었다.

저자의 말에서도 밝혀놓은 것처럼 경찰 내부와 과학수사대의 도움을 받아 그 세계를 자세히 조사한 사라 블레델은 덴마크에서 최초로 범죄소설 전문 출판사를 설립한 사람답게 범죄와 그에 맞서는 사람들의 세계로 독자들을 자연스럽게 끌어들인다. 흔한 할리우드 영화나 드라마를 통해 접했던 내용이 곳곳에서 드러나면서 '덴마크라는 곳에서도 범죄 수사는 그리 다를 바가 없구나'라는 다소 순진한 생각을 하기도 했다. 실제로 발음하기조차 힘든 인명이나 지명을 제외하면 이 소설은 세계 그 어디를 배경으로 해도 손색이 없을 것이다.

우리나라는 세계 어느 나라보다도 인터넷 접속 환경이 우수하고 사용 인구가 많다고 알려져 있다. 내가 아는 한 아직 온라인 데이트가 본격적으로 활성화되지는 않았지만 온라인 커뮤니티 모임이나 채팅을 통한 소위 '벙개'는 젊은이 치고 한 번쯤 경험해보지 않은 사람이 없을 만큼 흔한 일이 되었다. 그런 만큼 우리나라도 인터넷을 이용해 무고한 사람들을 노리는 범죄자들로부터 결코 안전할 수 없다고 본다. 본문에도 등장하지만 실로 생각만 해도 소름 끼치는 일이 아닐 수 없다. 쓰는 글과 달리 자기가 있는 곳을 속이고, 자신의 정체를 숨기거나 위장하고, 상대가 나의 모습을 볼 수 없다는 것을 이용해 대면한 상태에서는 결코 할 수 없을 짓을 아무렇지 않게 저지를 수 있다는 말이 아닌가. 우리의 이러한 두려움을 이용해 작가는 아주 영리하고도 매끄러운 소설을 써냈다. 이메일을 쓰고 인터넷의 각종 커뮤니티를 드나들어본 적이 있는 사람이라면 누구나 그 내용을 쉽게 이해하고 공감하면서 이 책을 즐길 수 있으리라 생각한다.

이전에도 경험해본 적 있지만 책의 배경이 영어권 국가가 아닐 경우 번역 도중 벽에 부딪칠 때가 많다. 낯선 인명과 지명도 그렇고 그 사회의 관습이나 분위기도 그렇다. 그런 면에서 도움을 아끼지 않으신 주한 덴마크 대사관의 정소희 님께 이 자리를 빌려 감사의 말씀을 전하고 싶다.

2011년 가을
구세희

옮긴이 **구세희**

한양대학교 관광학과와 호주 호텔경영학교를 졸업하고 국내외 호텔과 외국계 기업에서 근무했다. 현재는 '꿰어서 보배' 소속 번역가다. '꿰어서 보배'는 소설, 인문, 경영, 심리, 교육 등 각 분야의 실력파 번역가들이 독자들에게 빈틈없고 유려한 번역을 선보이고자 뜻을 모아 만든 번역 팀이다. 옮긴 책으로는 「니얼 퍼거슨의 시빌라이제이션」「위건 부두로 가는 길」「헤드헌터」「호수 살인자」 등이 있다.

KI신서 3594

콜미 프린세스

1판 1쇄 인쇄 2011년 10월 20일

1판 1쇄 발행 2011년 10월 27일

지은이 사라 블레델 옮긴이 구세희 펴낸이 김영곤 펴낸곳 (주)북이십일 21세기북스

출판콘텐츠사업부문장 정성진 마케팅영업본부장 최창규 편집·기획 임후성

마케팅 김현섭 김현유 강서영 영업 이경희 박민형 정병철

출판등록 2000년 5월 6일 제10-1965호

주소 (우413-756) 경기도 파주시 교하읍 문발리 파주출판단지 518-3

대표전화 031-955-2100 팩스 031-955-2151

이메일 book21@book21.co.kr 홈페이지 www.book21.com

21세기북스 트위터 @21cbook 블로그 b.book21.com

값 13,500원

ISBN 978-89-509-3350-0 03890